中国古代文学理论与发展研究

王学胜 ◎ 著

吉林出版集团股份有限公司

版权所有　侵权必究

图书在版编目（CIP）数据

中国古代文学理论与发展研究 / 王学胜著. — 长春：吉林出版集团股份有限公司，2023.8
ISBN 978-7-5731-4207-8

Ⅰ．①中… Ⅱ．①王… Ⅲ．①中国文学－古典文学研究 Ⅳ．① I206.2

中国国家版本馆CIP数据核字（2023）第176247号

中国古代文学理论与发展研究
ZHONGGUO GUDAI WENXUE LILUN YU FAZHAN YANJIU

著　　者	王学胜
出版策划	崔文辉
责任编辑	侯　帅
封面设计	文　一
出　　版	吉林出版集团股份有限公司
	（长春市福祉大路5788号，邮政编码：130118）
发　　行	吉林出版集团译文图书经营有限公司
	(http://shop34896900.taobao.com)
电　　话	总编办：0431-81629909　营销部：0431-81629880/81629900
印　　刷	廊坊市广阳区九洲印刷厂
开　　本	710mm×1000mm　1/16
字　　数	205千字
印　　张	13
版　　次	2023年8月第1版
印　　次	2024年1月第1次印刷
书　　号	ISBN 978-7-5731-4207-8
定　　价	78.00元

如发现印装质量问题，影响阅读，请与印刷厂联系调换。电话：010-82751067

前　言

　　文学是人类借助语言文字认识世界和掌握世界的一种方式，也是人类借以丰富知识、提升智慧、陶冶情感、塑造灵魂的文化资源。中国古代文学正是这样一份极其丰厚的人类文化遗产，值得我们仔细地品读、深入地体验和充分地阐释，从中发掘中华优秀传统文化的丰富宝藏，为世界文化的继承和发展贡献独具一格的中国智慧和中国价值。汲取传统而面向现实，立足本土而心怀天下，这是中国古代文学研究理所当然、势在必行的文化担当。

　　在我们的文学遗产里，存留着先人的情怀和希望，从中我们不仅可以看到他们的精神风貌，还可以看到他们的风度神态，因此解读文学遗产，对于民族精神的承传，是至关重要的。

　　由于笔者水平有限，书稿中难免存在一定的不足与缺陷，希望广大读者多提宝贵意见，以便我们不断改进和完善。

目　录

第一章　中国古代文学的核心 ... 1
第一节　中国古代文学的起源 ... 1
第二节　中国古代文学的类别 ... 6

第二章　中国古代文学观念 ... 17
第一节　中国古代文学观念及其发生渊源 ... 17
第二节　孔子思想与儒家文学观念 ... 23
第三节　老庄哲学与道家的文学观念 ... 28
第四节　法家的文学观念 ... 31

第三章　中国古代文学研究理论 ... 35
第一节　中国古代文学的创作发生论 ... 35
第二节　中国古代文学的创作方法论 ... 39

第四章　文学发展与民间文学的滋养 ... 49
第一节　民间文学滋润了古代文学 ... 49
第二节　古代民歌促成了诗歌的繁荣 ... 50
第三节　民间文学孕育了长篇章回小说 ... 53
第四节　民间文艺哺育了古代戏剧成长 ... 57

第五章　正统文学与通俗文学的消长 ... 60
第一节　正统文学的繁荣 ... 60
第二节　通俗文学的起因 ... 70
第三节　戏剧文学在元明清大放光芒 ... 72
第四节　章回小说在长期积聚中崛起 ... 79

第六章　文学理论对文学的巨大推动作用 ·············· 84
第一节　诗经学对诗歌产生的影响 ·············· 84
第二节　小说理论推动了明清小说的繁荣 ·············· 88

第七章　隋唐时期的文学发展研究 ·············· 100
第一节　隋唐时期文学的发展 ·············· 100
第二节　隋唐时期的文学人物 ·············· 108
第三节　隋唐时期的文学作品 ·············· 120

第八章　宋元时期的文学发展研究 ·············· 129
第一节　宋元时期文学的发展 ·············· 129
第二节　宋元时期的文学人物 ·············· 135
第三节　宋元时期的文学作品 ·············· 145

第九章　明清时期的文学发展研究 ·············· 152
第一节　明清时期文学的发展 ·············· 152
第二节　明清时期的文学人物 ·············· 158
第三节　明清时期的文学作品 ·············· 163

第十章　中国古代文学的实际应用 ·············· 170
第一节　戏剧影视文学专业"古代文学"的应用 ·············· 170
第二节　文献学在古代文学教学中的应用 ·············· 174
第三节　中国古代文学在当今文化中的应用 ·············· 179
第四节　古代文学作品教学中多媒体技术的应用 ·············· 183
第五节　师生互动模式在古代文学教学中的应用 ·············· 190
第六节　审美教育在"中国古代文学"教学中的应用 ·············· 196

参考文献 ·············· 201

第一章 中国古代文学的核心

中国古代文学具有悠久的历史。汉字是中国文学产生的基础，而上古诗歌与神话则是中国文学的源流。在数千年的历史长河中，中国古代文学不断发展演进，衍生出诸多各具特色的文学派别。而这些文学派别所代表的不同文学思想，正是中国古代文学所独有的内涵。

第一节 中国古代文学的起源

一、汉字的产生

文学是人类文化传播的重要方式，传播文学的主要工具是文字。虽然有口头文学之说，但其受时空制约，其传播的范围和时间都有很大局限，且会随着历史的进展在内容和形式方面有所改变，故很难说是原生态文学。通过文字流传的文学，才是最可靠的文献资料。因此，从某种意义上说，文字便是文学流传的前提和条件。即使是鲁迅先生说的"杭育杭育"派，也需要写出这几个字来。要整理研究以前的文学，与古人思想接轨，便非要识字不可。

中国的汉字尤其适于流传，而且适于永久性的流传。先不说字形和字体，只看传播文字的载体便可看出中国先民杰出的智慧。就现存史料来说，最早的汉字是甲骨文，殷商时的知识分子把占卜的结果以文字形式用刀雕刻在龟甲或大块兽骨上，然后集中存放，可能是想用来验证占卜的准确与否，当然肯定也有长期保存流传后世的意识。其结果真的流传下来，致使3000余年后的人们从土里将其挖掘出来后基本还能认识，能读懂大体的意思，真是个奇迹。

流传至今最早的甲骨文是河南安阳小屯出土的殷墟文字，到现在已3600多年。西周时期，依然使用甲骨文，1954年在山西洪洞县首次发现西周甲骨文，其后在扶风、岐山两县间周原遗址也有发现，单字超过4500多个。

中国人历来有不朽意识，即使肉体死亡，也希望灵魂永生，希望自己的名字和事迹永载史册，于是便千方百计通过文字记录下来，并希望永远流传。在甲骨文之后，一些地位高的大贵族便把自己的名字和一些大事包括刑法等铸在青铜器上，这便是金文，也称钟鼎文。最初的铭文往往只有几个字或一两句话，到西周后期字数逐渐增多。成王时的令彝187字，康王时的小盂鼎390字，宣王时的毛公鼎33行，497字，是目前被发现的最长的铭文。

其后，人们便把文字镌刻在石头上，所谓的勒铭、立碑、石鼓文均属此类。稍有地位和影响的人物死后一定要请名人撰写墓志铭并刻碑。诸如此类的举措，目的都是一个：永远流传。另外，用朱漆写在简牍上、用墨写在宣纸上等方式，都可以长久保存。近现代不断出土的竹简，敦煌保存的唐代人写的卷轴，都是1000多年前的文字，至今依然被保存得清晰完整。

甲骨文也好，钟鼎文也好，石鼓文也好，只要是汉字，今人便绝大多数能够看明白，真的达到了流传的目的。我们中华民族有系统的连贯记载3000余年的有文献可证的历史，文字以及这种记载文字的形式是关键性因素之一。

文字的产生是人类文明进步的重要里程碑，是文学流传下来的前提。那么，文字是如何产生的呢？

一般都说汉字是由仓颉创造的。《荀子·解蔽》《韩非子·五蠹》《吕氏春秋·君守》都持这种观点。司马迁《史记》据《世本》说仓颉是黄帝史官。秦始皇统一天下后，为统一文字，废除其他六国文字，命丞相李斯作《仓颉篇》，仓颉与文字的联系就更加紧密了。那么，文字的发明者到底是不是仓颉呢？下面，就这一问题做一简单讨论。

《荀子·解蔽》中说："好书者众矣，而仓颉独传者，一也。好稼者众矣，而后稷独传者，一也。好乐者众矣，而夔独传者，一也。好义者重矣，而舜传者，一也。"从荀子的话来体会，与仓颉同时爱好书写的人很多，但唯独仓颉写的字流传下来，是因为他精神专一。可知与仓颉同时便有许多人爱好书写文字，那么，文字便肯定不是仓颉创造的。在仓颉以前，文字已经成形并流传开来，成为比较普遍的交流工具。仓颉只能是同时代人中写字最好最全的人，对文字的流传与推广有着重要作用。

韩非是荀子的学生，他在分析字义时说："古者仓颉之作书也，自环者谓之私，背私谓之公。公私之相背也，乃仓颉固以知之矣。"认为仓颉创造文字时注意到"私"字和"公"字意义方面的对立，没有论述仓颉造字的情况。《吕氏春秋·审分览·君守》篇说："奚仲作车，仓颉作书，后稷作稼，皋陶作刑，昆吾作陶，夏鲧作城。"高诱注曰："仓颉生而知书写，仿鸟迹以造文章。"是叙述一些发明家时连类而及的。高诱注则有神秘色彩，认为仓颉天生就会写字，但后面紧跟着说是观察模仿鸟爪在地面留下的痕迹而发明了文字。说仓颉"生而知书写"是不可信的，但推测"仿鸟迹以造文章"却有一定道理。

将上述材料综合一下，可以大致推测出文字产生的过程：在漫长的社会历史中，由于生产能力的提高和交流记忆的需要，人们逐渐用一些符号来记载事物，随着符号的增多和共同使用，数量日多使用范围日广。到仓颉时期，文字已经基本成形，由于仓颉的专门书写，再进行一些创造，使之进一步规范和便于掌握。又经过数百年甚至上千年的流传、增广，文字数量更多。秦始皇统一天下，为统治的方便，必须统一文字，于是由当时文化水平最高又掌握实权的李斯来统一书写，使天下文字完全统一起来，这便是篆书，也称"小篆"。其后经过隶书化和楷体化，文字便永远流传下来，发展成为世界主要的几种文字之一。大量的古代文献通过文字流传下来，浩如烟海的古代文学作品也通过文字流传下来，成为我们享用不尽的精神食粮。诗曰："伏羲仓颉复李斯，草创成型规范之。甲骨金石简牍纸，文明华夏尽由兹。"

二、文学的摇篮——神话

在原始时代，生产力低下，原始人在同自然（也包括社会）做斗争的过程中，往往无能为力。他们的知识限制了他们对自然规律的认识和掌握，因而对变化多端的自然现象感到神奇莫测，认为在冥冥之中有神在控制、指挥，于是凭借自身的生活体验，通过想象和幻想，创造出人格化的神的形象，并按照幼稚的思考创作出神的故事，以解释自然现象、征服和支配自然力。这些故事在古代人的口头代代相传，后世便称之为神话。

神话在文学史中有着十分重要的价值。

首先，神话具有不朽的认识价值。神话是原始时期人类社会意识的最初记录，是自然界和社会生活本身的曲折反映，也是人类历史文明的第一页。它为我们认识人类幼年时期的状况，探索远古时代的历史奥秘，了解远古人类的意识、情感，提供了可贵的信息、宝贵的资料。例如，《述异记》中说：盘古死后"头为四岳，目为日、月，脂膏为江海，毛发为草木"的传说，使我们了解到原始人对世界由来的认识，从中可以看出我们祖先的朴素唯物主义思想，即世界并非上帝创造，而是由物质变化而来。又如，《山海经·海外西经》载，"刑天与帝争神，帝断其首……乃以乳为目，以脐为口，操干戈以舞"，表现了古人敢于向绝对权威挑战的精神和不屈不挠的意志。又如，许多奇人异物的神话，从中可以看出古人征服自然的愿望和丰富的想象力等。

其次，神话具有重要的艺术价值。古代神话是浪漫主义文学的萌芽，对后世文学的影响很大。一般来说，神话创作的基础是现实的，而神话的创作方法是浪漫的。神话以其奇特奔放的幻想，启发作家的想象力，并提供了丰富的文学题材和艺术形象。我国先秦时期的神话，同样是我国文学艺术的土壤。屈原的楚辞，庄子的散文，阮籍、陶渊明、李白、李贺、苏轼等的诗歌，特别是小说、戏剧，如《柳毅传书》《张生煮海》《西游记》《封神演义》以及鲁迅的《故事新编》等，同样是我国作家在古代神话的土壤上，辛勤耕耘的丰硕成果。

最后，神话具有很高的审美价值。古代神话以其瑰丽壮伟给人以美妙的艺术享受。神话中所蕴含的对勤劳、勇敢、正直、善良的礼赞，对崇高、粗犷、神奇、悲壮的美的讴歌，不仅反映了我们祖先的思想、情感和性格，而且对我们民族道德情操的形成、价值观念的取向，都有重要的启迪和陶冶作用。神话中的乐观主义、英雄主义以及对现实的积极态度，强烈要求改变现实和追求美好生活的愿望，鼓舞着后代子孙，尤其是对作家进步世界观的形成有着重要的作用。

我国古代神话主要保留在《山海经》《淮南子》《楚辞》《庄子》《列子》和其他一些古籍中。从流传下来的神话来看，大致可分为四种类型：一是关于世界由来、人类起源的"创世神话"，如《盘古开天》《女娲补天》等；二是关于自然神的形象和故事的"自然神话"，如日神、月神、雷神、海神等；三是关于改造自然，改造社会的英雄形象和故事的"英雄神话"，如《鲧禹治水》《刑天与帝争神》等；四是关于一些具有特异功能的异人、异物的"传奇神话"，如"羽民国""长臂国""千里眼""顺风耳"的故事等。

和全人类的神话一样，中国古代神话也经历了自身发展演变的历史过程。从神话的发展历史来看，大致经历了从灵性神话到神性神话，再到人性神话不同阶段。由于中国古代神话在流传过程中，曾被后人不断加工、改造，以致失去了它的本来面目，上述发展阶段便难以明确地分辨界定。

这种加工、改造的结果，还明显地导致了神话的历史化、寓言化和宗教化。

历史化是中国古代神话演变的最突出表现。历代统治者为了维护本阶级的利益，有意识地对神话妄加篡改。例如，"女娲抟黄土作人"的故事，《风俗通义》引俗说，谓"天地开辟，未有人民。女娲抟黄土作人，剧务力不暇供，乃引绳绹于泥中，举以为人。故富贵者，黄土人也；贫贱凡庸者，绹人也"。这就明显地掺入了统治阶级的意识，以神话作为统治阶级地位特殊的理由和根据。此外，由于中国古代史学发展较早，史学家认为神话荒唐怪诞，不能入史，对广泛流传的神话故事进行了看似合理的理性诠释，使之有资格进入历史简册。如把"黄帝三百年"解释为"生而民得其利百年，死而民畏其神百年，亡而民用其教百年"（《大戴礼记·五帝德篇》），把"黄帝四面"解释为"取合己者四人，使治四方"（《尸子》），把"夔一足"讲成"夔非一足也，一而足也"（《韩非子·外储说左下》）。这种把"神"人化，把神话历史化的结果，就使神话失去了它的勃勃生机而僵化成为毫无色彩的"历史"了。究其原因，也与孔子为代表的儒家一向轻视和贬斥神异之说，认为神话"荒唐不经"有关。

寓言化，则是中国神话演变的又一结果。中国神话本来就有蕴含丰富的哲理性和教育性这一突出特点，后世的一些思想家为了宣扬自己的学说，便从神话的

"武库"里选取"为我所需""为我所用"的部分进行加工改造，使之成为寄托某种思想哲理的寓言。这样一来，则强化了神话的理性韵味，减弱了神话的感性色彩，使生动的神话故事变成了以教化为主的寓言故事。这主要反映在先秦诸子的说理性文章中，特别是庄子，堪称改造神话、使神话寓言化的能手。

三、原始诗歌三要素

原始时代，各种艺术往往混合为一，即歌词、乐调、动作紧密结合在一起。《吕氏春秋·仲夏纪·古乐》篇说："昔葛天氏之乐，三人操牛尾，投足以歌八阕。"葛天氏是古帝名，说明在无文字之前的歌谣，其语言、音乐、动作三种要素混合的关系。

第二节　中国古代文学的类别

一、文采斐然：诗词

人类许多民族在语言的发展中产生了适合本民族语言的诗歌形式。在中国，最早的诗歌总集是《诗经》，其中最早的诗作于西周初期，最晚的作品成于春秋时期中叶。

到了战国时期，在南方的楚国华夏族和百越族语言逐渐融合，其诗歌集《楚辞》突破了《诗经》的一些形式限制，更能体现南方语言的特点。

乐府诗是为了配音乐演唱的，相当于现代社会的歌词。这种乐府诗称为"曲""辞""歌""行"等。三国时期以建安文学为代表的诗歌作品吸收了乐府诗的营养，为后来的格律更严谨的近体诗奠定了基础。

到了唐代，中国诗歌出现了四句的绝句和八句的律诗。律诗押平声韵，每句的平仄、对仗都有规定。绝句的规定稍微松一些。

唐代是我国古典诗歌发展的全盛时期。唐诗是我国优秀的文学遗产之一，也是全世界文学宝库中的一颗灿烂的明珠，尽管离现在已经有1000多年了，但许多诗篇还是被广为流传。

  唐代的诗人特别多。李白、杜甫、白居易等一些人是世界闻名的伟大诗人，除他们之外，还有其他无数诗人，像满天的星斗一样。这些诗人，今天知名的就有 2300 多人。他们的作品，保存在《全唐诗》中的就有 48900 多首。

  唐诗的题材非常广泛。有的是从侧面反映当时社会的阶级状况和阶级矛盾，揭露了封建社会的黑暗；有的歌颂正义战争，抒发爱国思想；有的描绘祖国河山的秀丽多娇；此外，还有抒写个人抱负和遭遇的，有表达儿女爱慕之情的，有诉说朋友交情、人生悲欢的等。总之，从自然现象、政治动态、劳动生活、社会风习，直到个人感受，都逃不过诗人敏锐的目光，而成为他们写作的题材。在创作方法上，唐诗既有现实主义的流派，也有浪漫主义的流派，而许多伟大的作品，则又是这两种创作方法相结合的典范，从而形成了我国古典诗歌的优秀传统。

  唐诗的形式和风格是丰富多彩、推陈出新的。它不仅继承了汉魏民歌、乐府的传统，并且大大发展了歌行体的样式；不仅继承了前代的五言、七言古诗，并且发展为叙事言情的长篇巨制，扩展了五言、七言形式的运用，还创造了风格特别优美整齐的近体诗。近体诗是当时的新体诗，它的创造和成熟，是唐代诗歌发展史上的一件大事。

  词，是按照一定的乐谱而演唱的歌词。它是先有一定的曲调，然后再按照固定的通用曲谱填进词去，故又称"曲子词"或"乐府"。由于音乐的关系，词的句子一般是长短不齐的，但每一词调、句中之字、平仄都有一定的限制，词又被叫作"长短句"。

  词，这种体裁，早在六朝便已萌生，敦煌曲子词的牌调也多六朝旧曲。到了唐代，既继承了六朝以来的乐曲也大力吸收了"胡夷乐曲"和"里巷之歌"又制新曲，词便更加成熟，广泛地为民间所使用。唐代民间也有许多俚曲小调，如《杨柳枝》《纥那曲》《竹枝》《山鹧鸪》《抛球乐》《望江南》《菩萨蛮》《何满子》等。自盛唐、中唐以至晚唐五代均有，大部分作者是民间各行各业的劳动者，所反映的社会生活面非常广阔。

  词在本质上和诗一样同属抒情文体，但是词不仅具有自己独特的形式体制，而且取象造境、传声达情与诗大不相同。王国维在《人间词话》中指出："词能言诗之所不能言，而不能尽言诗之所能言。诗之境阔，词之言长。"相对而言，诗的言情功能强大，词的言情功能细致些。诗所表现的社会生活广泛得多，所运用的艺术手段丰富得多，而词则比诗更能深入地表达人们敏感而隐秘的内心世界，更加擅长刻画人们悱恻而缠绵的情态。在古代文坛上，词与诗各具风采，相得益彰。

宋代文学是继唐代文学之后的又一座高峰。不仅在作家作品的数量上远超前代，而且词和文的成就甚至超过了唐朝，尤其是词代表了宋代文学的最新成就。

北宋前期的词，大多是酒筵歌席间娱宾遣兴之作，多言男女情事，形式多为小令，风格婉约流丽，代表作家是晏殊、欧阳修。然而，晏欧词比南唐词抒情性更强，风格更雍容秀雅，文人化、诗人化的倾向更明显，显示着词逐渐由娱宾遣兴，转为了言情写志。

自元代开始，中国诗歌的黄金时期逐渐过去，文学创作逐渐转移到戏曲、小说等其他形式。

二、沉博绝丽：散文

中国古代散文的开端应从先秦历史散文和诸子散文说起。就体裁而言，先秦历史散文的形成，有一个演变过程。早期的《尚书》，除假托的部分，完全是史官所保存的文件的汇编；《春秋》虽相传经过孔子的删定，但仍然保持着史官记录的体式。战国初形成的《左传》《国语》也利用了大量史官记录，但已经不是严格意义上的官方著作。至于战国末年至秦汉之际形成的《战国策》，其主要来源是策士的私人著作。总体来说，这个过程表现为官方色彩逐渐减弱。而越是后期和越是接近民间的著作，其文学成分越是显著，而相应的，在史学的严格性方面都有所削弱。这也可以说是创作风格的特征之一，亦属于文体的范畴之内。

《尚书》就其体裁而言，是古老的文章汇编。而"春秋"原是先秦时代各国史书的通称，后来仅有鲁国的《春秋》传世，便成为专称。这部原来由鲁国史官所编的《春秋》，相传经过孔子整理、修订，赋予特殊的意义，因而也成为儒家重要的经典。《春秋》是一部编年体史书，它以鲁国的纪年为线索，记写了春秋时期的大事，编年体史书之祖。《春秋》最突出的特点就是寓褒贬于记事的"春秋笔法"，这也作为一种写作手法，对后世产生了深远的影响。

《左传》实质上是一部独立撰写的史书，只是后人将它与《春秋》配合后，可能做过相应的处理。《左传》是第一部包含着丰富的这类文学因素的历史著作，它直接影响了《战国策》《史记》的写作风格。促成文史结合，这是《左传》对散文的最大贡献。而另一部史书《国语》是我国第一部国别史，它的形式与春秋等书不同，是以国家为记叙的线索，分别记写了不同时期的大事，开国别体史书之先河。

诸子散文与历史散文不同，是春秋战国时代各个学派阐述自己学说的著作，是百家争鸣的产物。其思想各据一端，精彩纷呈。正因为它是随着争辩的风气而发展起来的，其基本趋向，就是从简约到繁复、从零散到严整。越是后期的著作，篇幅越宏大，组织越严密。就本来的意义说，诸子散文是政治、哲学、伦理等方面的论说文，不是文学作品。就体裁来说，可以说历史散文是记叙文，而诸子散文则是议论文。

时至西汉，以单篇的文章而言，文章的风格总体上带有显著的政治色彩和实用性质，同时也讲究文采。这种文章，受国家政治形势变化的影响很大。直到一部伟大的著作——《史记》的出现。

《史记》是散文体裁的一次变革。全书由本纪、表、书、世家、列传五种体例构成。"本纪"是用编年方式叙述历代君主或实际统治者的政迹，是全书的大纲；"表"是用表格形式分项列出各历史时期的大事，是全书叙事的补充和联络；"书"是天文、历法、水利、经济等各类专门事项的记载；"世家"是世袭家族以及孔子、陈胜等历代祭祀不绝的人物的传记；"列传"为本纪、世家以外各种人物的传记，还有一部分记载了中国各民族的历史。《史记》通过这五种不同体例相互配合、相互补充，构成了完整的历史体系。这种体裁叫作纪传体，以后稍加变更，成为历代正史的通用体裁。

散文在魏晋时期没有长足的发展，这种状况一直持续到唐代的"古文运动"。

所谓"古文",是韩愈等人针对唐代的"时文",即魏晋以来形成、至初盛唐仍旧流行的骈体文而提出的一个概念,指先秦两汉时单行散句、没有规定形式的文体。

古文与时文的区别在于强调的重点不同。时文由于对文章形式的要求过高,力求骈偶,讲究修辞,铺张华丽,是一种诗化的风格。但正是由于这种风格导致了内容的空泛,感情表达得不透彻。韩愈、柳宗元等提倡的"古文运动"正是根据这个特点,欲改革文体,于是发起了声势浩大的古文运动。

古文运动是文学史上一个复杂的现象。就其解放文体、推倒骈文的绝对统治、恢复散文自由抒写的功能这一点来说,无论对实用文章还是对艺术散文的发展,都有不可磨灭的功绩。

我国古代散文的发展大致就是这样一个经过,至后来的宋、元、明、清各朝,散文的体裁没有发生变化,成就上也很难超过前代。

三、词藻艳丽:骈文与辞赋

骈文是与散文相对而言的一种文体名称。骈文的主要特点,一是讲究对偶,二是协调音律。溯根寻源,这种语句对偶、讲究声韵作为一种技巧特色,在先秦散文中早已有之。汉赋出现后,对偶句趋向增多,到了魏晋,骈体文章已经形成,如曹丕《与吴质书》中就不乏对仗甚精的对偶句:"岁月易得,别来行复四年,三年不见,东山犹叹其远,况乃过之?思何可支。"而曹植的《洛神赋》的对仗精工,声韵琅琅,更具骈体文字形成之美,如"其形也,翩若惊鸿,婉若游龙。荣曜秋菊,华茂春松、仿佛兮若轻云之蔽月,飘摇兮若流风之回雪。远而望之,皎若太阳升朝霞;迫而察之,灼若美蕖出绿波"。到了南北朝,尤其齐、梁之际,由于封建君王及贵族士大夫的爱好和提倡,骈文达到鼎盛时期。自东晋末至南北朝以来近两百年间,几乎所有作家都写骈文,不论历史、学术著作,还是书信、奏表,全部骈化,其中大多是些舍本逐末、不顾内容,只求华美的形式主义的东西。当然也有少数作家摆脱束缚,写出了内容较为充实、艺术技巧也很高的骈体作品,如南宋朝之鲍照,他的《芜城赋》被后世誉为"赋家之绝境",它以夸张对比手法,描绘了广陵城昔时之繁华与今日之荒凉,揭示出由于统治集团之间的战乱造成的巨大破坏，如赋尾的"歌曰：边风急兮城上寒，井迳灭兮丘陇残，千龄兮万代，共尽兮何言！"抒发了浓厚的苍凉伤感之情。此外，他的《登大雷岸与妹书》与《瓜步山揭文》等，均写景抒情，议论纵横，笔底传神，各具特色。宋、齐间孔稚珪的《北山移文》，全篇以拟人法借山中景物之口，淋漓尽致地讽刺那些贪图官禄的假隐士的虚伪情态：

"于是南岳献嘲，北陇腾笑，列壑争讥，攒峰竦诮，慨游子之我欺，悲无人以赴吊。故其林惭无尽，涧愧不歇，秋桂遗风，春萝罢月……请回俗士驾，为君谢逋客。"语言生动优美，抒情味极浓。齐、梁间陶宏景的《答谢中书书》，丘迟的《与陈伯之书》，吴均的《与朱元思书》，江淹的《恨赋》《别赋》均为这一时期骈文之名篇。或写南方清秀明丽之景，或抒不满现实、失意牢骚之情，多有惊人之笔。如《与陈伯之书》中的"暮春三月，江南草长，杂花生树，群莺乱飞"几句，把南国风光写得亲切动人。

北朝庾信的骈文成就最高，《哀江南赋》是其代表作，这是他由梁入西魏，羁留北周以后的作品。通篇以追叙梁代兴亡和感慨个人身世为主，客观地揭示出梁代统治者的昏庸腐朽，以及江陵陷落后百姓流离之苦。"日暮途穷，人间何世！将军一去，大树飘零；壮士不还，寒风萧瑟。"该赋的起始，迭用典故，气势苍凉，自是不同凡响。迨读至"水毒秦泾，山高赵陉，十里五里，长亭短亭。饥随蛰燕，暗逐流萤；秦中水黑，关上泥青。于是瓦解冰泮风，飞电散，浑然千里，淄渑一乱"，一片家国破败流亡在道的景象，令人掩卷而叹。唐代大诗人杜甫《咏怀古迹》"庾信平生最萧瑟，暮年诗赋动江关"之句，就是指此篇而言。庾信的《小园赋》和《枯树赋》小巧纤丽，也是自伤身世的抒情名篇。

尽管骈赋文体中还有上述较好的作品，但终因它在声律、对仗等形式上太过雕琢，对文学的发展起到了一定的绊羁作用，所以南北朝之后，就逐渐由盛步入衰微了。

辞赋则是汉代最流行的文体，它的雏形可以追溯到先秦时期的《楚辞》。两汉四百年间，许多散文高手也是辞赋大家。后人以辞赋为汉代文学代表，故有"汉赋"的专称。赋盛于汉，但产生却在战国后期。最早以"赋"作为篇名的是荀子，他为"礼""知""云""蚕""针"五者作赋,以通俗的隐语铺写事物,是赋处于萌芽状态不成熟时期。另外,赋的进一步发展又与纵横家散文的特点有关,且直接受新兴文体楚辞的影响。故推究辞赋之祖,应是屈原与荀况。

作为一种文体,赋的主要特点是半诗半文。就它以铺叙手法写事物来看,接近散文;但从它要求句式基本整齐,且一定要押韵看,又近诗歌。古人常常诗赋并称。由屈子楚辞、荀子之赋变而为汉赋,中间自然有着逐步的过渡。如战国末期之宋玉、唐勒、景差等都以赋见称,保存至今的有《九辩》《高唐赋》《神女赋》《风赋》《登徒子好色赋》,均为宋玉的作品,对汉赋有一定影响。

汉赋的发展可分三个阶段:一是西汉初年的辞赋家追随楚辞余绪,流行骚体。其代表人物有贾谊、枚乘。稍后至西汉中叶,即自武帝起,汉代鼎盛时期,辞赋风行一时,逐渐演变为有独立特征的散体大赋,这是汉赋的主体。据《汉书·艺文志》记载,整个西汉时期共有赋1004篇,其中单是汉武帝时期就有435篇。代表作家有司马相如、东方朔。东汉后期逐渐衰败,辞赋也进入晚期,这时的赋,多是短篇抒情、咏物之作,也兼寓讽世之意,以赵壹、蔡邕、弥衡等为代表。东汉末期,外戚擅权,统治阶级内部争权夺利,军阀混战,杀伐不休,人民反抗斗争如火如荼。尤其是公元184年的黄巾农民大起义的爆发,彻底摧垮了东汉王朝。再也没有表面上的升平繁荣可歌颂的了,汉赋已发展到晚期,汉大赋销声匿迹了,代之出现的是抒情咏物,兼寓嘲讽时世的短篇小赋。汉晚期小赋,虽具有一定思想内容和峻峭清丽的风格,但已趋向衰落了。

四、引人入胜:小说

"小说"一词,在我国是一个不断发展的概念,在不同的历史时期有着不同的内涵。"小说"二字最早出自战国时期的《庄子·外物》"饰小说以干县令,其于大达亦远矣",这里把小说说成是不合大道的琐屑言论,与作为文体意义的"小说"并不相同。

从文体角度提出小说概念的是汉代。东汉初年,桓谭在《新论》中说:"若其小说家,合丛残小语,近取譬论,以作短书,治身理家,有可观之辞。"这段话很明确地定性了小说的一个重要价值——治身理家。

在古代神话传说，民间故事、史传文学的肥田沃土上，魏晋南北朝的小说孕育而生。虽然大多是篇幅短小，情节简单，但结构完整、描写细致，已粗具小说的规模。按其内容而论，可分谈鬼神怪异的志怪小说与记录人物轶闻琐事的轶事小说两类。前者以《搜神记》、后者以《世说新语》为其代表作。

《搜神记》保存了许多古代优秀神话传说，赖此书流传而千古不衰，成为我国优秀文化遗产的一个部分，它为唐代传奇的出现准备了条件。

《世说新语》以精练含蓄的语言，生动地表现了人物的精神风貌，往往只言片语就极生动地勾勒出人物性格，表现了记事写人的高超技巧，艺术成就颇高。它是后世笔记小说的先驱。

南北朝的志怪与轶事小说，发展到唐代而为传奇小说，这是小说发展史上的一大演进。唐代传奇就是用文言写的短篇小说。晚唐文人裴铏率先把所撰的文言短篇集命名为《传奇》，后人以为名。

唐传奇小说的艺术手法，也在发展中逐渐完备和提高。它虽源于志怪，但已不仅是"传鬼神、明因果"，而主要在文采与意识上是"有意为小说"。所以它摆脱了志怪粗横简单、刻板公式，而"叙述婉转，文辞华艳"；人物性格鲜明突出，结构严密，情节曲折，写景、抒情、叙事相结合，已初具长篇规模。另外，它成功地运用了市民口语，生动传神。这些都使它具有极强的生命力，对后代文学产生了深远的影响。诸如宋代传奇小说的形式，宋代以后话本小说及元、明、清杂剧作品的取材等，均与唐人传奇有渊源关系。至于在后世诗文中引用唐传奇典故，就不胜其多了。

中国文学发展的各个时期都有一种比较繁荣的文学样式，如同唐诗、宋词、元曲一样，明代小说代表了明代文学的最高成就，呈现出万紫千红的繁荣景象，明代小说为清代小说艺术高峰的形成准备了充分的条件。明代小说的繁荣，首先表现为作品数量多、规模大、众体齐备、反映社会生活面广。从创作主体来看，由积累型转变到了独创型。从此，文人独创的长篇小说大量涌现，如明末清初大批才子佳人小说和艳情小说的出现，直到《儒林外史》和《红楼梦》，使古代作家独创型小说艺术达到峰巅。

清朝是我国最后一个封建王朝，也是我国历史上一个重要的转折时期。在清代数量浩繁、体式众多的文学作品中，以及一些卓有成就的大家，他们力求在继承中有所突破和创新，这在小说中表现得尤为突出。其中，蒲松龄的《聊斋志异》，是历代文言短篇小说发展到极致的代表，吴敬梓的《儒林外史》是我国成就最高的古代讽刺小说，而曹雪芹、高鹗的《红楼梦》作为打破"传统的思想和写法"的长篇白话小说，就像超拔于中国古典小说群山的一座最高峰，在我国文学史上有着不可替代的地位。

五、文学奇萌：戏曲

我国戏曲艺术形成较晚，有一个缓慢而独特的发展过程。原始社会以农牧生活为内容的歌舞，可以说已经包含了戏剧的萌芽，进入封建社会，出现祭祀乐舞，和娱乐性的优舞；西汉封建帝国建立后，又盛行汇总了民间各种表演艺术的百戏；南北朝时期，北朝出现了"泼头""代面""参军"等具有一定故事性的表演形式。表演艺术经过各代的发展，一步一步地走向成熟，孕育着戏剧的萌芽。但唐代以前我国还没有出现真正的戏曲。

唐代到宋金，是我国戏剧形成的重要阶段，唐代乐舞对后代杂剧的乐调和表演，有很重要的影响。同时变文，以及传奇小说的产生，又为即将出现的戏曲准备了多样的题材。唐代参军戏更加流行，而且有了进一步的发展，一般有两个角色，并出现了伴奏和歌唱。北宋时，在唐参军戏的基础上，发展起了杂剧，杂剧分艳段、正杂剧、杂扮几部分。艳段起开场引入"正文"的作用；正杂剧演出故事经过，一般又分为两段；杂扮则是属于逗人发笑用的段子，一场有 4 人或 5 人演出。和杂剧十分相似的是金代院本，《缀耕录》记载的金院本名目有 690 种之多，剧目、人物已有很细致的区分。杂剧和金院本构成了我国戏剧的雏形。

诸宫是宋金流行的讲唱文学的一种，内容丰富，乐曲组织多样，有了说白和歌曲的分工。在题材和音乐方面，都为元杂剧准备了条件。此外，宋朝的傀儡戏和影戏已能表现完整的故事，有配合的演唱，这对表演艺术也有积极影响。

我国历史上第一次出现的成熟的戏剧形式是元杂剧。它是在金院本和诸宫调的基础之上，融合各种表演艺术形式形成的。其文学剧本还受到了唐宋以来的话本、词曲、讲唱文学的影响。

元杂剧固然是我国表演艺术步步发展综合的辉煌成果，而它的出现与兴盛又有着必然的社会历史原因。

首先，宋辽金元这一历史时期是充满战争气氛的时期，辽侵北宋，金灭辽，金灭北宋，元灭金，元灭南宋战乱连续，直到元朝确立统治地位之后，又实行民族压迫，也更加剧了阶级矛盾。长期处于灾难与反抗斗争中的人民，要求能够有一种文艺形式，能深刻地反映现实生活、通俗而具有强烈的感染力与抨击力量。于是，元杂剧就应运而生了。其次，元杂剧的产生与兴盛也具有可能性。元初，文化传统遭到一定程度的摧残，几十年不开科取仕，知识分子进仕之途被阻塞，本来社会地位就不高的文人，就更增多了接触下层的机会。出现了许多由文人和民间艺人共同组成的书会，吸收了民间艺术成果，推动了杂剧的创作。另外，宋元经济的繁荣进一步为杂剧的发达提供了可能，城市中有大批的艺人和众多的勾栏瓦肆，表演活动的人力、物力资源空前雄厚。上述种种，都促使元杂剧产生，并在元代前期就很快达到了兴盛局面。

元代可以考知姓名的杂剧作家，有80多人。见于记载的作品，超过500多种。现存的也在百种以上，声势颇壮。

元杂剧将歌曲、舞蹈、宾白有机地融为一体，是一种综合性的艺术，它具有自己的一套完整的体制，很有规律。从结构上看，一般是一本四折，演出一个完整的故事，个别也有一本五折、六折的。

折，是音乐组织单位，同时又是故事情节发展的一个自然段落。一折中往往又包括不少场次，有时间、地点的变动。杂剧每折必须使用同一宫调的曲牌组成的一套曲子，演出时，一般都是正末或正旦独唱，而其他角色只是一旁道白。所以一般根据正末或是正旦担任主角，可以分杂剧为末本戏和旦本戏。另外的角色有外末、外旦、净、卜儿、徕儿等，比较灵活，其多少与有无可以根据剧情决定。杂剧角色分工比诸宫调要细。

大多数杂剧还有楔子，一般篇幅较短，或出现在第一折之前，起开场引起正文或对故事进行简介的作用。也有些插在折与折之间，起过场衔接的作用。

杂剧的剧本一般由曲词和宾白组成，曲词广泛地吸收了诗、词、民间说唱文学的精华，格律严密，适合演唱，同时又自由流畅，可以添加衬字，是一种新颖的诗体。宾白，一般由白话组成，也有少部分韵语。一般分为对白和独白。剧本往往还规定演员的主要动作、表情和舞台效果，叫作"科"，如"哭科""跪科"等。

元杂剧形式严密，别具一格，表演精彩，颇有特色，在群众中影响很大。

第二章 中国古代文学观念

第一节 中国古代文学观念及其发生渊源

"文学"的内涵、特征是什么？对此，中国古代有自己的独特观念。然而在清代以前，这种观念只是在古代文论家所列举的或古代文选一类的著作所收罗的"文"的外延中体现着，并无明确的界说。直到晚清章炳麟在西方逻辑学的影响下，才对中国古代的这种文学观念做出了明确的界定："文学者，以有文字著于竹帛，故谓之'文'；论其法式，谓之'文学'。凡文理、文字、文辞皆称'文'；言其采色发扬，谓之'彣'。……凡'彣'者必皆成'文'，凡成'文'者不皆'彣'。是故榷论'文学'，以文字为准，不以彣彰为准。"章氏此论，准确地概括了中国古代占主导地位的"文学"概念：文学（简称"文"）是一切文字著作，衡量是不是文学的特征或标准是"文字"，而不是"彣彰"，即"文采"。

一、中国古代"文学"观念的发展

先秦时期，"文"或"文学""文章"不仅包括一切文字著作，而且外延比文字著作还广，包括道德礼仪的修养文饰。《国语·郑语》说："物一无'文'。""文章"的本义也是如此。《周礼·考工记》云："画缋（同绘）之事……青与赤谓之'文'，赤与白谓之'章'。"由交错的线条和具有文饰性的花纹，衍生出文饰的含义。《楚辞·九章·橘颂》："青黄杂糅，文章烂兮。"此处的"文章"即指斑斓的色彩。《左传·隐公五年》："昭文章，明贵贱。"杜预注"文章"："车服旌旗。"正由文饰之义转化而来。由自然界的文饰，引申为道德文饰及礼仪修养。孔子说："郁郁乎文哉，吾从周。"《诗·大雅·荡》毛序："厉王无道，天下荡荡，无纲纪文章。"

这里的"文"和"文章",均指周代的道德文明和礼仪法度。《战国策·秦策》:"文章不成者不可以诛罚。"这里"文章"则指法律制度。《论语·公冶长》记子贡语:"夫子之文章,可得而闻也。"此处的"文章",不只指孔子编纂的文辞著作,而且包括孔子的道德风范。朱熹《论语集注》:"文章,德之见乎外者,威仪文辞皆是也。"道德礼仪的修养离不开后天的学习,所以道德的文饰修养又叫"文学"。《论语·公冶长》中记载:"子贡问曰:'孔文子何以谓之"文"也?'子曰:'敏而好学,不耻下问,是以谓之文也。'"《论语·先进》述及孔门四科,即"德行""言语""政事""文学"。北宋经学家刑昺将"文学"解释为"文章博学",郭绍虞先生将"文章博学"解释为"一切书籍、一切学问",即"最广义的文学观念"。

其实此处的"文学"并不等于我们今天所谓的"广义的文学",在此之外,还包括礼仪道德的学习修饰。因此,《荀子·大略》说:"人之于文学也,犹玉之于琢也。……子赣、季路,故鄙人也,被文学,服礼义,为天下列士。"正因为此时的"文学"是道德的形式载体和外在规范,所以它并不以"文采"为特质,而以"质信"为特征。《韩非子·难言》指出,当时人们把"繁于文采"的文字著作叫作"史",把"以质信言"、形式鄙陋的文字著作称为"文学"。于是"文"必须以原道为旨归。《论语·学而》:"行有余力,则以学文。"《墨子·非命》:"凡出言谈、由(为也)文学之为道也,则不可而不先立义法。"所以"文学"又常被用来指"儒学"。

如《韩非子·五蠹》:"儒以文乱法,侠以武犯禁。""故行仁义非所誉,誉之则害功;文学者非所用,用之则乱法。"当然,"文"也可单指文字著作。《论语·述而》:"子以四教:文、行、忠、信。"刑昺疏:"文,谓先王之遗文。"朱熹《论语集注》:"程子曰:'教人以学文修行而存忠信也。'"罗根泽先生指出:"周秦诸子……所谓'文'与'文学'是最广义的,几乎等于现在所谓学术学问或文物制度。"从"学术学问"一端而言,"在孔、墨、孟、荀的时代,只有文献之文和学术之文,所以他们的批评也便只限于文献与学术"。

两汉时期,情况出现了变化。一方面,"文学"一词仍保留着古义,指儒学或一切学术。如《史记·孝武本纪》:"上乡(向也)儒术,招贤良,赵绾、王臧等以文学为公卿。"《史记·儒林传》："延文学儒者数百人，而公孙弘以《春秋》白衣为天子三公。""治礼，次治掌故，以文学礼义为官。"这是以"文学"为"儒学"的例子。西汉桓宽《盐铁论》记载的与桑弘羊大夫对话的"文学"，即指儒士之学。《史记·太史公自序》云："汉兴，萧何次律令，韩信申军法，张苍为章程，叔孙通定礼仪，则文学彬彬稍进。"又《史记·晁错传》中"晁错以文学为太常掌故"。这是把"文学"当作包含律令、军法、章程、礼仪、历史在内的一切学术了。另一方面，此时人们把有文采的文字著作如诗赋、奏议、传记称作"文章"。于是"文章"一词取得了相对固定的新的含义，而与"文学"区别开来。《汉书·公孙弘传·赞》中云："文章则司马迁、相如。"与"文章"相近的概念还有"文辞"。如《史记·三王世家》："文辞烂然，甚可观也。"《史记·曹相国世家》："择郡国吏木讷于文辞、厚重长者，则召除为丞相史。"这里的"文辞"即文采之辞。不过"文章"在出现新义的同时，也泛指一切文化著作的古义仍然保留着。如《汉书·艺文志》："至秦患之，乃燔灭文章，以愚黔首。"作为包罗"文学""文章"在内的"文"，仍然指一切文字著作。因此，《汉书·艺文志》中所收"文"之目录包括"六艺"（六经）、"诸子""诗赋""兵书""术数""方技"的所有文化典籍，百九十六家。

魏晋南北朝时期，人们继承汉代"文章"与"文学"的分别，以"文章"指美文，以"文学"指学术。如《魏志·刘劭传》："文学之士，嘉其推步详密文章之士，爱其著论属辞。"刘劭《人物志·流业》："能属文著述，是谓文章司马迁、班固是也；能传圣人之业，而不能干事施政，是谓'儒学'，毛公、贯公是也。"所以刘勰《文心雕龙·序志》中说："古来文章，以雕缛成体。"《情采》篇说："圣贤书辞，总称'文章'，非采而何？……若乃综述性灵，敷写器象……其为彪炳，缛采名矣。""夫铅黛所以饰容……文采所以饰言……"同时，"文学"一词也出现了狭义的走向，与唯美的"文章"几乎相同。宋文帝立四学，"文学"成为与"经学""史学""玄学"对峙的辞章之学，亦即汉人所称的狭义的"文章其后"。宋明帝立总明馆，分为"儒""道""文""史""阴阳"五部，其"文"即与上述"文学"相当。与此同时，南朝人又进一步分出"文""笔"概念。"文"是有韵的、情感的文学，"笔"是无韵的、说理的文学。这种与"笔"相举的"文"，萧绎说它"惟须绮縠纷披,宫徵靡曼,唇吻遒会,情灵摇荡",与今天所讲的以"美"为特点的"文学"是相通的。

陆机《文赋》中说:"诗缘情而绮靡。"其实,魏晋南北朝时期不仅"诗"重视"绮靡"的形式美,而且整个文学都体现出唯美的倾向。以刘勰为例,刘勰《文心雕龙》所论之"文"范围虽然很广,但大多以形式美相要求。如《征圣》论"圣人之文章,衔华而佩实者也"。《宗经》中说:"扬子比雕玉以作器,谓《五经》之含文也。夫文以行立,行以文传,四教所先,符采相济。"《辨骚》说楚辞:"金相玉式,艳溢锱毫。""观其骨鲠所树,肌肤所附,虽取熔经义,亦自铸伟辞。故《骚经》《九章》,朗丽以哀志;《九歌》《九辩》,绮靡以伤情;《远游》《天问》,瑰诡而惠巧;《招魂》《招隐》,耀艳而深华……气往轹古,辞来切今,惊采绝艳,难与并能矣。"《诠赋》:"铺采摛文""蔚似雕画"。《颂赞》论颂、赞:"镂彩摛文,声理有烂。"《祝盟》论祝辞和盟书:"立诚在肃,修辞必甘。"《诔碑》论诔文和碑文:"铭德慕行,文采允集。"《杂文》论对问、七、连珠乃至典、诰、誓、问、览、略、篇、章、曲、操、弄、引、吟、讽、谣、咏:"渊岳其心,就凤其采。""负文余力,飞靡弄巧。""甘意摇骨体,艳词动魂魄。""体奥而文炳""情见而采蔚"。《诸子》论诸子之文:"研夫孔、孟所述,理懿而辞雅;管、晏属篇,事核而言练;列御寇之书,气伟而采奇;邹子之说,心奢而辞壮……《淮南》泛采而文丽。斯则得百氏华采……"《论说》说:"论也者,弥纶群言,而研精一理者也。""飞文敏以济辞,此说之本也。"《封禅》说封、禅之文:"鸿律蟠采,如龙如虬。"《章表》说章表:"章式炳贲""骨采宜耀"。《议对》说议与对策之文:"不以繁缛为巧",而"以辨洁为能"。《书记》论包含"簿""录""方""术"等24种文体在内的"书记":"或全任质素,或杂用文绮""既弛金相,亦运木讷""文藻条流,托在笔札"。因此,《总术》总结说:"凡精虑造文,各竞新丽。"文采美几乎成了所有文体的创作要求。所有这些,都标志着文学观念的演进与深化。

然而,这并不是说,这个时期人们对"文学""文章"内涵、特征的认识就与今人的"文学"概念完全一样了。上述萧绎对"文"的界定与要求,只代表古人对广义的"文"中一种门类的作品特质的认识,它是一种文体概念,而不是一般意义上的"文学"概念。它与"笔"一样都统属于广义的"文"这一属概念之下。

就一般意义而言,广义的文学概念并没有改变。曹丕《典论·论文》:"盖文章,经国之大业,不朽之盛事。"挚虞《文章流别论》:"文章者,所以宣上下之象,明人伦之叙,穷理尽性,以究万物之宜(仪)者也。"《文心雕龙·时序》谓:"唯有齐楚两国,颇有文学。""自献帝播迁,文学蓬转。"这里的"文章""文学"外延远比我们今天所说的文学广泛得多。这种泛文学观念,古人虽未明确界说,却无可置疑地体现在这一时期的问题论中。曹丕《典论·论文》中列举的"文"有奏、议、书、论、铭、诔、诗、赋八体,陆机《文赋》论及的文体有诗、赋、碑、颂、论、奏、说十类。挚虞《文章流别论》所存佚文论述的文体有颂、赋、诗、七、箴、铭、诔、哀辞、哀策、对问、碑、图谶。萧统《文选序》明确声称他的《文选》是按"事出于沉思,义归乎翰藻"的标准编选作品的,《文选》不录经、史、子,可见其对文学审美特点的重视。然而即使在他这样比较严格的"文"的概念中,仍然包含了大量的应用文、论说文。《文选》分目有赋、诗、骚、七、诏、册、令、教、策、文、表、上书、启、弹事、笺、奏记、书、檄、对问、设论、辞、序、颂、赞、符命、史论、史述赞论、连珠、箴、铭、诔、哀文、哀策、碑文、墓志、行状、吊文、祭文等30多类,足见其"文"的外延之宽泛。刘勰《文心雕龙》之"文",较之《文选》之"文",外延更加广泛。《文心雕龙》所论,仅篇目提到的就有包括子、史在内的36类文体。在《书记》篇中,作者又论及谱、籍、簿、录、方、术、占、式、律、令、法、制、符、契、券、疏、关、刺、解、牒、状、列、辞、谚二十四体,其中有不少文体不仅超出了美文范围,甚至还超出了应用文、论说文范围,如"方"指药方,"术"是指算书,"券"指证券,"簿"指文书。这与班固的《汉书·艺文志》的收文范围及其体现的文学概念如出一辙。曹丕讲:"夫文,本同而末异。"在六朝人论及的各种文体中,它们是建立在一个什么样的共同的根本("本同")之上而被统一叫作"文"的呢?只能找到一个共同点,即是它们都是文字著作。正如后来章炳麟所指出的那样:"凡云'文'者,包络一切箸于竹帛者而为言。"

唐朝韩愈、柳宗元掀起古文运动,南宋真德秀步趋理学家之旨编《文章正宗》与《文选》抗衡,取消了两汉时期"文学"与"文章"的分别和六朝的"文""笔"

之分，文学观念进入复古期，"文学""文章""文辞"或"文"泛指各种体制的文化典籍，嗣后成为定论，一直延迄清末。晚清刘熙载《文概》论"文"，包括"儒学""史学""玄学""文学"："大抵儒学本《礼》，荀子是也；史学本《书》与《春秋》，马迁是也；玄学本《易》，庄子是也；文学本《诗》，屈原是也。"他还概括说："六经，文之范围也。"正中经六朝而远绍先秦的文学观念。因而，章炳麟在《文学总略》中对"文"或"文学"的界说，乃是对中国古代通行的文学观念的一次理论总结。即以下一段最受人诟病的言论为例："……有成句读文，有不成句读文，兼此二事，通谓之'文'。局就有句读者，谓之'文辞'。诸不成句读者，表谱之体，旁行邪上，条件相分；会计则有簿录，算术则有演草，地图则有名字，不足以启人思，亦又无增感。此不得言'文辞'，非不得言'文'也。"请不要把它视为一个文字学家的文学观念，若与刘勰《文心雕龙·书记》篇中体现的文学观念做一比较，就会发现二者并没有什么两样。

二、古代文学观念的发生渊源

中国古代以"文学"为文字著作，以"文字"为"文"的特征，有着特殊的文化渊源。"文"，甲骨文、金文都写作交错的图纹笔画。所以《国语》中说："物一无'文'。"《易·系辞传》说："物相杂故曰'文'。"许慎在《说文解字》中解释为："文，错画也，象交文。"许慎的这个解释很绝妙，一方面，它成功解释了"文"这个字本身的构造特征。甲骨文、金文中的"文"是"错画也，象交文"，在后世高度抽象的"文"的写法，如篆文"文"的写法中，也具有"错画也，象交文"的特点，正如徐锴《说文解字系传·通论》中所阐释的："……故于'文''人''义'曰'文'。"另一方面，"文"若指文字，"错画也，象交文"也符合所有汉文字的构造特征。汉字分独体字、合体字。独体字是象形字、指事字，它"依类象形"，是典型的"错画""交文"之"象合体字是形声字、会意字，它由独体字复合而成，亦为"错画"之"象"，由于汉文字都符合"错画也，象交文"这一"文"字的训诂学解释，因而中国古代把文字著作称作"文"，就是很自然的事了。古代学者"才能胜衣，甫就小学"，而章炳麟本身就是文字学家，他们的文学观念受到训诂学对"文"的诠释的影响,乃势所必然。

然而,文字著作可称"文",而"文"未必仅指文字著作。符合"错画也,象交文"特征的现象有很多。天上的云彩是"文"——"天文",地上的河流是"文"——"地文",人间的礼仪是"文"——"人文",色彩的交织是"文"——"形文"(绘画),声音的交错是"文"——"声文"(音乐),文字的参差组合也是"文"——"文章""文学"或者叫"辞章"。刘勰《文心雕龙·情采》中指出:"立文之道,其理有三:一曰形文,五色是也;二曰声文,五音是也;三曰情文,五性是也。五色杂而成黼黻,五音比而成韶夏,五情发而为辞章:神理之教也。"只有作为"文学""文章"二语省称的"文",其外延才与文字著作、文化典籍相等,才表示一种文学概念,而与"天文""地文""人文""形文""声文"区别开来。

第二节 孔子思想与儒家文学观念

一、孔子思想的文学渊源

孔子文学思想的文化渊源,要从文学思想的萌芽说起。先秦时代是我国古代文学批评的萌芽阶段,这个阶段有关文学的意见,只有简短的资料。它们大抵散见在各种学术著作中,成篇的专门论述文学的文章尚未出现。然而,周代的文化学术有很大的发展。相传孔子编订的六经,绝大部分产生于周代,《诗经》也都是周诗。由于诗歌创作的发展,从西周到东周春秋时代,人们逐渐形成了对诗歌作用的一些认识和见解,那就是:作诗可以表达自己的喜怒哀乐之情,表达对别人或事物的赞美或讽刺;通过采诗、观诗,可以了解人们的思想感情,考察民情风俗。这种认识,以后发展成为比较完整的"言志""美刺""观风"等诗歌理论。

春秋战国时期是社会发生剧烈变革的时期。由于生产的发展和阶级矛盾的尖锐化,旧的奴隶制度逐步解体,新的封建制度逐步形成。在当时社会剧烈变化的过程中,涌现出许多思想家,他们依据不同的阶级性,提出了许多不同的政治、经济、哲学等方面的主张,形成百家齐鸣、文学作品异常繁荣的历史性的大局面。

在诸子百家的论著中，包含着不少有关文学的见解，这些虽然还没有成为完整的篇章，但其中已经有不少较为深刻的原则性的论点，对于后世的文学批评，有很大的启发和影响。特别是儒家的文学思想，在我国文学批评史上占有重要的地位。这时期人们所用的"文学"这一名词，内容比较宽泛。所谓"文"或"文学"是文化学术的总称，具体地说，就是《诗》《书》《礼》《乐》等著作，而其中只有少数是文学作品。当时人们常用的和文学有关的另一个名词是"言"或"言辞"。它表现在口头上，是人们的日常谈话和政治外交辞令等；表现于书面记录中，主要是政治文告、法令和学术著作等。它的含义也比较宽泛。所以，当时的人们对于文学的见解，大都包含在对文化学术的见解范围之内。当时的思想家常常提到关于诗的意见，那是比较纯粹的有关文学的见解。但《诗》三百篇大都入乐，诗乐紧密配合；人们对于诗歌和音乐的见解，也常常互相联系，有时很难分开。基于上述情况，这段文学批评史的内容，特别不容易跟学术思想史、美学思想史划出清楚的界限。然而儒家的创始人孔子很重视文学（文化、学术），这就为孔子文学思想的发展提供了一个重要的条件。

生活在春秋末期"礼坏乐崩"时代的孔子，对"礼乐文明"怀着真诚的信仰，在春秋时代礼乐文化激烈的变革中，以"仁"释礼，援仁入乐，通过改变礼乐文化的精神基础，以期"挽狂澜于既倒，扶大厦之将倾"，进而实现其复兴周代"礼乐文明"的文化理想。"礼是一种举止文雅崇高的艺术。"脱胎于原宗教祭仪的周代礼乐文化，其"礼乐相须以为用"的表现形式，使其发朝之时，便和作为文学的"诗"与作为艺术的"乐"紧密地联系起来，周代礼乐文化的表现方式，亦是联系文学和艺术的存在方式。从这个意义上说，周代的礼乐文明不仅是孔子文学思想发生的文化背景，也是孔子文学思想最为切近的来源。研究孔子文学思想，周代礼乐文明不仅是其产生的重要历史背景和文化资源，而且在某种程度上甚至是其文学思想的一部分，"正因为有作为历史源头的西周礼乐文化，春秋末期遂有孔子以礼乐为价值取向的儒家文学思想因素"。因此，对孔子文学思想的研究，不能不从这里开始。

（一）礼乐溯源

"礼乐文明"虽然是人们对周代文化的特定称谓，但礼乐并非周人所创，而是有其更为古远的源头。究竟源头在哪里，大家的说法并不是很一致。"孔子曾经感叹说'礼云礼云，玉帛云乎哉！乐云乐云，钟鼓云乎哉！'这些或多或少地都反映了古代礼仪活动可能就是用玉帛、钟鼓为代表物的。"从字源上看，古时的"礼"，指的是行礼之器，后来推而广之，凡"奉神人事通谓之礼"，这样"礼"与祭祀就有着不可分割的关系。《礼记·礼运》中载："夫礼之初，始诸饮食，其燔黍捭豚，污尊而抔饮，蒉桴而土鼓，犹若可以致其敬于鬼神。"虽然这里认为礼始诸饮食，但它又说即使在污尊杯饮的阶段，也是蒉桴而土鼓，礼乐并用，致敬鬼神的，可见"礼"的终极目的仍与祭祀密切相关。

虽然我们不能具体考订礼、乐起于何时何地，但却可以知道，在人类文化发展的过程中，礼、乐都曾经与原始祭祀有关，是原始祭祀中不可或缺的环节。礼最初指祭祀时的行礼之器，乐指祭祀时的乐舞。礼器的作用是示敬，乐舞的作用是娱神，而礼、乐在原始祭祀中所呈现出的这种相辅相成的文化功能，也正是礼、乐后来被政治所用，并逐渐成为一种文化模式的根本原因。

礼的观念从周初时便显示出来，周代的文化系统是在对前代文化批判继承的基础上发展而来的："殷因于夏礼，所损益，可知也。周因于殷礼，所损益，可知也。"（《论语·为政》）礼在周代不再是单纯的仪式、仪节，而是礼典、道德伦理融为一体，成为周代政治、文化的核心，其影响遍布于意识形态和社会生活各个领域。在周人那里，"乐"的作用也不仅是用以娱神，而是作为"礼"的外在表现形式，广泛地应用于贵族阶级各种典礼仪式，一方面将等级差别以用"乐"的差异表现出来，另一方面又借助乐的"异文合爱"（《礼记·乐记》）的和合作用，以巩固政权、规范贵族生活。人们所说的"礼乐教化"对孔子来说既是他的文学思想发生的文化历史背景，也是他的文学思想的构成元素。文学思想表征了他的礼乐思想的文化艺术精神，礼乐思想规定了他的文学思想的政治教化伦理道德品格。孔子的这些文化教育思想对当今传统的道德审美文化具有深远的借鉴作用。

（二）礼乐文化的文学意义

西周的礼乐文化，一方面，使作为区分社会等级秩序和社会行为规范的"礼"，成为周代文化的核心；另一方面，又使在原始祭祀中与礼并立、用于娱神的"乐"，转向治人，形成了礼本乐用、乐以礼制的文化格局。"乐之为乐，有歌有舞"（《左传·襄公二十九年》孔注），古时的乐是诗（祷辞）、乐、舞三位一体的综合艺术。

从这个意义上说，周公制礼作乐的过程，既是一次政治体制、社会秩序的建立和规范的过程，也是一次文学思想、文学观念的强化过程，因而有着重要而深远的文学意义。西周作为礼制载体的乐被称为"雅乐"。但"礼乐相须以为用"的文化格局并非就意味着"礼"与"乐"在文化地位上是一致的，"乐"的作用是为辅"礼"，周代的雅乐除了作为礼制象征之外，还承担着德育教化的政教功能。西周时代"乐以礼制，礼本乐用"的文化格局，一方面使"乐"作为"礼"的载体，将强调贵贱尊卑的，"礼"通过"乐"的不同形式展示出来。"礼"就是国与家的秩序，在家里面，父子、夫妻、兄弟要长幼有序、尊卑有位；在庙堂上，君臣要有义，贵贱要有别，这就是"礼"。"礼"就是最高的人伦道德，所以诗和音乐就是这种人伦道德的最感性的显现。另一方面指"体要""大体"，指文体的内在规定性。笔者认为，"礼"也就是内在的本质性的人格道德。在西方大多文学理论中，"体"的"风格"和"形式"词义各异，在理论上分工也比较明确，但是在中国古代却很难统一在"文体"上，"体"是本体与形体之奇妙统一。中国古代文体学的综合性极强，包含了文类学、风格学与相关审美形式等理论。文学作为一种活动，是人类社会所特有的现象，很多人物也被人们直接或者间接地描写。文学是直接或者间接地写人的，很多时候也都是为了人们的需要而写的。所以，在很大程度上人显然是文学活动的出发点和归宿点。文学是以活动的方式而存在，是整个人类活动的一种高级的特殊精神活动，因此文学活动的发生也即文学思想的产生，是与人类的活动息息相关的。

二、儒家文学观念

（一）中庸的文学追求

"中庸"是儒家重要的思想范畴，孔子将其概括为"过犹不及"。这也成为儒家哲学的最高准则，中庸之道表现在文学上，形成了以"中和为美"的文学观。《论语·八佾》载"《关雎》乐而不淫，哀而不伤"，是因为它恰如其分地表现了人的情感：快乐而不至于毫无节制，悲伤而不至于伤害身心，情感与理智达到了完美的统一。"子谓《韶》，尽美矣，又尽善矣。谓《武》，尽美矣，未尽善矣。"《论语·雍也》又载："质胜文则野，文胜质则史。文质彬彬，然后君子。"这些都是孔子"中庸"思想的表现，这一思想直接影响了后世文学理论的发展。

《礼记·经解》引孔子语云："其为人也温柔敦厚，诗教也。"《礼记·中庸》云"喜怒哀乐之未发谓之中，发而皆中节谓之和"，提出"致中和"的主张。《毛诗序》论述诗歌的言情特点时，提倡"发乎情，止乎礼仪"。汉代董仲舒出于维护封建专制统治的需要，在文学思想上将孔子的"思无邪"申发为"中和之美"，唐代古文运动的代表韩愈和柳宗元都极力推崇"文以明道"。"受中庸平和的儒家思想的影响，中国文学崇尚美在其中而简朴于外，平淡而有实理，简约而有文采，温和而有条理，含蓄写意的美学风格，主张在文学作品中要有节制地宣泄情感，以'远而不怒''婉而多讽'的方式来批判现实。"强调文学所抒之情，要"以理节情"，这对塑造中国文学艺术含蓄蕴藉、深沉内向的总体美学形象和民族性格起着重要作用。"创作上不以表达纯情的文学作品为上品，往往是情理兼具，文质并重；崇尚从容、雍穆，富有委婉、典雅，而缺乏直率、狂热、奔放、潇洒。"儒家的"中庸"思想在文学表现方面似乎是要在文学作品表现情感与表现理性之间寻找一个平衡点，创造一个情与理相统一的审美境界，目的是更好地发挥文艺作品对人的陶冶、净化作用。

（二）天人合一的文学理念

中国古代"天人合一"的思想传统，有一个逐渐演化的过程。中国人习惯把自然天地与人的道德精神结合起来，如孔子的"智者乐水，仁者乐山"的说法。

在他看来,智者和仁者各有不同的思想品格,他们从山水之中直观他们各自的德行,从而产生审美的愉悦感。"儒家的自然山水之美,乃是一种德行之美,是一种自然美景与人的美德的统一,二者联系在一起,必将'天人合一'的观念贯穿到艺术创作和审美理想的追求中,所以'天人合一'亦即'天人合德',也就转化为艺术创作和欣赏中的'情景合一',有此'情'乃有此'景',有此'景'乃有此'情','情'(人)和'景'(天)缺一不可,并且情景相互交融为'一',才能产生充满道德精神润泽的'圣贤意境'。"

天人合一不是把人所居的自然界仅仅当作征服的对象,也不是在它面前盲目崇拜而无所作为。儒家思想中的"天人合一"更重要的是体现在人与人之间的和谐上。儒家的核心三纲五常,就是在承认社会等级制度、承认人的位分的差别上,和谐人与人的关系。宋明理学强调人的位分,人在不同的地位有不同的义务和责任,但人皆可以成就理想人格,皆可以从自己所处的位分上进行道德实践。

综上所述,儒家思想对于中国文学的影响也是巨大的,儒家思想渗入中国人的生活、文化,而对中国文学产生影响的,也恰恰是儒学中最具本质意义的东西。

第三节 老庄哲学与道家的文学观念

一、老庄的思想渊源

(一)老子的思想渊源

老子约生活于公元前571年至前471年之间,是中国古代伟大的哲学家和思想家,道家学派创始人,被唐朝帝王追认为李姓始祖。老子乃世界文化名人,世界百位历史名人之一,存世有《道德经》(又称《老子》)。其作品的精华是朴素的辩证法,主张无为而治,其学说对中国哲学发展具有深刻影响。在道教中老子被尊为道教始祖。《老子》在政治上是积极的。

老子尚柔守雌,其思想渊源于商朝的《归藏(坤乾)》。老子关于"道生一,一生二,二生三,三生万物"的宇宙论体系,实际就是"三生万物",这个"三"就是大易的"三才"之三。《童子问易》指出:"《太玄》应是扬雄模仿《周易》'两仪生成模式'对老子'三(才)生万物'命题构建的新的宇宙图示和理论体系。"

(二)庄子的思想渊源

庄子是战国中期道家学派的代表人物,著名的思想家、哲学家、文学家,道家学说的主要创始人之一。庄子祖上系出楚国公族,先人避夷宗之罪迁至宋国蒙地。庄子生平只做过地方漆园吏,因崇尚自由而不应同宗楚威王之聘。庄子是老子思想的继承和发展者。后世将他与老子并称为"老庄"。他们的哲学思想体系,被思想学术界尊为"老庄哲学"。其代表作品为《庄子》以及名篇《逍遥游》《齐物论》等。

庄子思想主要有两个来源,一是老子,二是《易经》。《周易》本经始终未体现阴阳二字,可庄子洞察到"《易》以道阴阳"。庄子的天籁、地籁、人籁"三籁"思想就是《易经》"三才"思想的别称。庄子尊重天道,主张"天地与我并生,而万物与我为一",强调"天人合一"。

庄子善作儒家的反命题。儒家主张"天人有分",庄子在《庄子·三木》篇中则说"无始而非卒也,人与天一也"。李学勤先生指出:庄子《三木》这一章在天人关系认识上正好与孔子"天人有分"思想相反,这"正是庄子一派习用的手法"。

二、道家的文学观念

(一)老子的文学观念

在老子的时代,文学是供贵族奴隶主表现权威、满足欲望的,而百姓却处在饥寒交迫的境地,文学被礼乐文明异化了,所以老子对当时的文学采取了全面否定的态度。老子认为正是礼乐文学使人们变得虚伪狡诈,失去了人性纯真的本质。为了"去欲",老子在文学上提倡"绝圣弃智""绝仁弃义""绝学无忧",在精神上追求"无知无欲"、老死不相往来。他还说:"五色令人目盲,五音令人耳聋。"这里"五色""五音"就是指文学艺术。这些文学形式刺激人的欲望,让人发狂,百姓不复慈孝，难以生存，所以"圣人为腹不为目"，文学艺术不符合社会实用的标准，有害人心，应该被排除在外。同时，老子对"言"和"辩"也做出了评价，指出"美言不信"，否定了文学的形式美；"善者不辩"，否定了文学的思想内涵。所以，在老子看来，"文学"应该是以人的生存为目的，以人的精神无欲为追求的，而最好的实现方式就是对文学艺术与文化教育的不作为。

老子的文学观以"道"为本，道是"自然"的，是虚无缥缈、不可言说的，是无限与有限、混沌与差别的统一。自然之道是可以应用于一切事物的，无论是用于政治还是用于文学都一样。老子的自然之道强调"无为"，即"文学"应合乎自然规律，言语修辞要顺应自然，不强求、不泛滥。在这种认知的基础上，老子提出了一种新型的文学大美境界："大音希声，大象无形。"有声有象的部分的美不是"全美"，全美是"道"的体现，想要感受自然的这种完美深厚、多变圆融之"道"，老子认为要在心境上做到"涤除玄览"。"道"是玄妙莫测、无中生有的，所以只有排除外部干扰，达到致虚守静的状态，从而使精神集中来体察"全美"的"道"。只有满足以上条件的文学，才是符合自然之道的文学。

老子强调"道法自然"，反对文学是因为当时的文学充满了情感的泛滥。虽然老子为文学设定了境界，但这种境界是不可言说的，不过老子给出了"文学"应有的特质，比如在心境上要做到"致虚境，守静笃"。虽然是为了感悟"道"的途径，但是也可以引申为文学所需要的创作状态与赏析前提，甚至可以说是一种审美标准，而被后世吸收，广泛地应用到文学观念里。

（二）庄子的文学观念

庄子继承了老子对礼乐文明的看法，他认为文学所带来的文化知识是社会混乱的根源，文学扭曲人的本性、扰乱秩序，要求"灭文章，散五彩"，毁灭一切文学文化，希望回到原始的朴素社会中。而且，庄子还指出了一直被追捧的文化典籍的弊病，文献不过是文字的记录，是僵固的学问，文字没有办法表达出学术的全部内涵，人也无法理解文字背后的真实意义。从这一方面讲，文学也是没有存在价值的。

庄子主张"自然无为"，反映在文学审美上就是对自然之美的追求，庄子反对人为的文学形式,并将之作为文学的创作要求与审美理念。真正的美是"天籁",人为的丝竹之音最低,更不要说被礼乐束缚的文学了,庄子消解了文学活动中人为的创作与修饰,反对文学创作中对言辞的繁复雕琢,明确讽刺礼乐文明以道德仁义为美。庄子崇尚自然,在《庄子》中,像庖丁解牛、轮扁斫轮这样的小故事不胜枚举。庄子希望通过这些故事来引出文学应该尊崇自然的法则,即使是人为的艺术,也应该在精神上顺应自然,只有这样才能使文学与自然同化,从而达到浑然天成的境地。

庄子给出了如何追求"道"中的自然之美的方法,一是虚静,二是物化。庄子认为"道"就在万物之中,想要观"道",就要"心斋""坐忘",提高主体修养、摒弃欲望,然后才能做到"天地与我并生",达到"万物与我同一"的状态。当主体精神与外物同化,观察到"道"的美,人就想描述出来,于是庄子对"言"和"意"的关系做出说明。"言"是表达"意"的工具,"言"是手段,"意"才是目的,二者不可混淆。庄子提出了几种"言"的方式:寓言、重言、卮言。当这些手法也表达不出"意"的时候,可以借助"象圈"来实现。庄子的言、象、意渗透到文学观念中,扩大了文学的范畴,文学成为具象与抽象、有限与无限、经验与超验的统一。

第四节 法家的文学观念

一、法家的思想渊源

法家是中国历史上研究国家治理方式的学派,提出了富国强兵、以法治国的思想。它是诸子百家中的一家,战国时期提倡以法制为核心思想的重要学派。

《汉书·艺文志》将法家列为"九流"之一。其思想源头可上溯于春秋时的管仲、子产。战国时李悝、吴起、商鞅、慎到、申不害等人予以大力发展,遂成为一个学派。战国末韩非对他们的学说加以总结、综合,集法家之大成。法家强调"不别亲疏,不殊贵贱;一断于法"。法家是先秦诸子中对法律最为重视的一派,而且提出了一整套理论和方法。这为后来建立的中央集权的秦朝提供了有效的理论依据，后来的汉朝继承了秦朝的集权体制以及法律体制，这就是我国古代封建社会的政治与法制主体。法家作为一种主要思想派系，他们提出了至今仍然影响深远的以法治国的主张和观念，这就足以见得他们对法制的高度重视，以及把法律视为一种有利于社会统治的强制性工具。这些体现法制建设的思想一直被沿用，成为统治者稳定社会的主要手段。当代中国法律的诞生就是受法家思想的影响，法家思想对于一个国家的政治、文化、道德方面的约束还是很强的，对现代法制的影响也很深远。

在中国传统法治文化中，齐国的法治思想独树一帜，被称为齐法家，古代大家和近代学者一致认为其为道家分支。齐国是"功冠群公"的西周王朝开国功臣姜太公的封国，姜太公的祖先伯夷辅佐虞舜，制礼作教，立法设刑，创立礼法并用的制度。太公封齐，简礼从俗，法立令行，礼法并用成为齐国传承不废的治国之道。管仲辅佐齐桓公治齐，一方面将礼义廉耻作为维系国家的擎天之柱，张扬礼义廉耻道德教化的重要性；另一方面强调以法治国，君臣上下贵贱皆从法，成为中国历史上第一个提出以法治国的人。至战国时期，齐国成为中国历史上第一次思想解放运动和百家争鸣的策源地，继承弘扬管仲思想的一批稷下先生形成了管仲学派。管仲学派兼重法教的法治思想成为先秦法家学派的最高成就。

战国是一个大变革的时代。铁制工具的普及大大提高了生产效率，使个体家庭成为基本的生产单位。战国时期法家先贤李悝、吴起、商鞅、申不害、乐毅、剧辛相继在各国变法，废除贵族世袭特权，使平民可以通过开垦荒地、获得军功等渠道成为新的土地所有者，让平民有了做官的机会，瓦解了周朝的等级制度，从根本上动摇了靠血缘纽带维系的贵族政体。平民的政治代言人是法家，法家的政治口号是"缘法而治""不别亲疏，不殊贵贱，一断于法""君臣上下贵贱皆从法""法不阿贵，绳不挠曲""刑过不避大臣，赏善不遗匹夫"。

法家在法理学方面做出了贡献，对于法律的起源、本质、作用以及法律同社会经济、时代要求、国家政权、伦理道德、风俗习惯、自然环境以及人口、人性的关系等基本问题都做了探讨，而且卓有成效。

但法家也有其不足的地方，如极力夸大法律的作用，强调用重刑来治理国家,"以刑去刑",不重视道德的作用。他们认为人的本性都是追求利益的,没有什么道德标准可言,所以,就要用利益、荣誉来诱导人民去做。比如战争,如果立下战功就给予很高的赏赐,包括官职,以此来激励士兵与将领奋勇作战(这也许是秦国军队战斗力强大的原因之一)。这就引发了一个问题,即一个君王,如果他能给予官员及百姓利益,官员和百姓就会拥戴和支持他,同时这个君王还擅长"术"的话,那么这个国家就很有可能强盛;但如果这个君王不具备以上的任何一条的话,这个国家就很可能走向衰落,甚至是灭亡。所以,法家理论一个很大的不足在于过度依赖君王个人的能力。但秦能灭六国,统一中国,法家的作用还是应该肯定,尽管它有一些不足。

二、法家的文学观念

法家代表新兴的地主阶级的利益,韩非作为法家的集大成者,他的文学观念带有明显的反儒性质。法家的政治哲学与墨家相似,都强调以现实利益与实际效果作为评判优劣的标准,这就导致法家不会认同儒家关于文学是积极的劝导的观念。法家着眼于法制,法制的特点是限制,在劝导的过程中会出现差错,但是用法令的手段效果是唯一的,所以法家主张排斥一切文化学术,消除一切文献制度,实行文化专制政策。

韩非师承荀子,他继承了荀子人性恶的观点,法家的文学观念是以人性趋利避害为依据的。韩非认为人与人之间的关系是利害关系而不是伦理关系,所以文学的教化作用是不可能在人际关系上实现的,这样文学的社会同化作用就不存在了,国家应该放弃"六艺之教";韩非认为如果像儒家一样教育民众以学问,就会使百姓拥有自己的想法,造成私下议论政事、私自抵抗政令的现实,从而破坏国家的稳定统治和法令的顺利实施。如果统治者允许文学对政治进行干预,就会造成国家秩序的混乱。韩非预见到了"文学者非所用,用之则乱法"的恶劣后果,所以才会那么激烈地排斥文学和学者。不仅如此,韩非还强调要对人民的思想、言谈进行控制,对民众的言谈举止有具体的要求,并通过法令条文来规范不轨言行。一切文学活动都要"以法为本",包括对言辞的表达与修辞的手法,矫揉造作、不和法令的文章内容与文学形式应该被禁止。

韩非认为当时社会有"今修文学,习言谈,则无耕之劳而有富之实,无战之危而有贵之尊"的不良风气,人们向往学术文化不利于耕战的推行。他主张"不期修古,不法常可"的"变易"发展观,反对学习古代的文化制度,应以现实为根据变新。所以韩非在《五蠹》里对理想社会有这样的设想:农民、战士、管理者,其他的职业是不必要的,"学者"对发展国家实力没有帮助,所以学者是应该被消灭的蠹虫,学者掌握的"文学"自然也应该被消灭。韩非在政治上否定文学,因为"儒以文乱法",明确要求"息文学而明法度",坚持"以法为教""以吏为师",主张摒弃文学中的文化制度和典籍学术。法家排斥文学带来的不利于统一的"思想自由",认为文学最不应该去宣传那些仁义道德。法家需要的是完全作为政治统治工具存在的耕战文学,文学不需要任何华丽善辩的言辞、曲折隐晦的思考、独立自由的意志,"文学"只需要成为为君主歌功颂德、操控人民的手段即可。

法家的文学观是建立在"以功用为之彀"的基础上的,一切评判标准都以政治统治为最终目标,文学作为精神文明的组成部分是不利于实现国家物质繁荣的,法家需要的"文学"是法令文书。所以,法家的文学观反对一切文学的内容和形式,认为文学不仅不利于耕战,更不利于政治的统治,企图通过文化专制的法律政令来取代文学所代表的意识形态。

第三章 中国古代文学研究理论

第一节 中国古代文学的创作发生论

优秀文学创作的发生虽然具有一定的偶然性,但其中的规律和刺激文学创作发生的物和情值得我们去学习和研究。

一、文学创作与物情相关

文学创作与物情相关,这种观点源远流长,阵容颇壮。《乐记》云:"凡音之起,由人心生也,人心之动,物使之然也。"开了这种观点的先河。陆机《文赋》讲:"遵四时以叹逝,瞻万物而思纷,悲落叶于劲秋,喜柔条于芳春。"刘勰《文心雕龙·明诗》讲:"人禀七情,应物斯感,感物吟志,莫非自然。"钟嵘《诗品序》讲:"气之动物,物之感人,故摇荡性情,形诸舞咏。"这些言论清晰地勾画了物→情→辞的生成路线,奠定了这种观点的雄厚基础。此后,这种观点成为常识,而为历代文人所引述。如唐代的白居易说:"大凡人之感于事,则必动于情,然后兴于嗟叹,发于吟咏,而形于歌诗矣。"宋代的朱熹说:"人生而静,天之性也;感于物而动,性之欲也。夫既有欲矣,则不能无思;既有思矣,则不能无言;既有言矣,则言之所不能尽,而发于咨嗟咏叹之余者,必有自然之音响节奏,而不能已焉。此诗之所以作也。"明代的蔡羽说:"辞无因,因乎情;情无异,感乎遇。遇有不同,情状形焉。是故达人之情纾以纵,其辞喜;穷士之情隘以戚,其辞结;羁旅之情怨以孤,其辞慕;远游之情荒以惧,其辞乱;去国丧家者思以深,其辞曲。此无他,遇而已矣。"清代的尤侗说:"文生于情,情生于境。"

作为文学本源的"物",要义有二。一是指自然景物,古人常称"景"。如刘勰《文心雕龙·物色》中说:"献岁发春,悦豫之情畅;滔滔孟夏,郁陶之心凝;天高气清,阴沉之志远;霰雪无垠,矜肃之虑深。岁有其物,物有其容,情以物迁,辞以情发。"杜甫说:"云山已发兴,玉佩仍当歌。"二是指社会生活,古人常称"事"。

如钟嵘《诗品序》中讲:"嘉会寄诗以亲,离群托诗以怨,至于楚臣去境,汉妾辞宫,或骨横朔野,魂逐飞蓬,或负戈外戍,杀气雄边,塞客衣单,孀闺泪尽,或士有解佩出朝,一去忘返,女有扬娥入宠,再盼顾国,凡斯种种,感荡心灵,非陈诗何以展其义?非长歌何以骋其情?"

文学是表情达意的,而情意的产生又基于现实事物的感触,有什么样的生活遭遇,就有什么样的思想情感及其表现,因而古代文论有"不平则鸣"说。司马迁在《史记·太史公自序》中曾深有体会地指出:"夫诗书隐约者,欲遂其志之思也。昔西伯拘羑里,演《周易》;孔子厄陈蔡,作《春秋》;屈原放逐,著《离骚》;左丘失明,厥有《国语》;孙子膑脚,而论兵法;不韦迁蜀,世传《吕览》;韩非囚秦,《说难》《孤愤》;《诗》三百篇,大抵贤圣发愤之所为作也。此人皆意有所郁结,不得通其道也,故述往事,思来者。"韩愈则把这种现象总结为"大凡物不得其平则鸣草木之无声,风挠之鸣;水之无声,风荡之鸣,其跃也或激之,其趋也或梗之,其沸也或炙之;金石之无声,或击之鸣;人之于言也亦然,有不得已而后言,其歌也有思,其哭也有怀。凡出口而为声者,其皆有弗平者乎!"由于人处于富贵、平安的顺境时,感受不深、不真;处于穷苦、坎坷的逆境时,不仅情真意切,而且能感他人所不能感,思他人所不能思,发他人所不能发,所以常有这种现象:"和平之音淡薄,而愁思之声要妙;欢愉之辞难工,而穷苦之言易好也。"这就叫"诗(文)穷而后工"。欧阳修曾揭示过其中奥秘:"凡士之蕴其所有而不得施于世者,多喜自放于山颠水涯,外见虫鱼草木、风云鸟兽之状类,往往探其奇怪,内有忧思感愤之郁积,其兴于怨刺,以道羁臣寡妇之所叹,而写人情之难言,盖愈穷则愈工。然则非诗之能穷人,殆穷而后工也。"举例来说,"李陵降胡不归而赋别苏武诗,蔡琰被掠失身而赋《悲愤》诸诗,千古绝调,必成于失意不可解之时。惟其失意不可解,而发言乃绝千古。下此嵇康临终,杜甫遭乱，李白投荒，皆能继响前贤""使七子不当建安之多难，杜陵不遭天宝以后之乱，盗贼群起，攘窃割据，宗社乾脆，民众涂炭，即有慨于中，未必其能寄托深远，感动人心，使读者流连不已如此也"。这正如陆游曾戏谑而不无自嘲地感叹的那样："天恐文人未尽才，常教零落在蒿莱。"

因此，作家的生活经历、人生际遇对创作具有一定的决定作用，"身之所历，目之所见，是铁门限"。有鉴于此，古人强调作家"伫中区以玄览"（陆机），"读万卷书，行万里路""多历名山大川，以扩其眼界"，要像杜甫、白居易那样"身入闾阎，目击其事"，了解民生疾苦，反对作家"纸上谈兵""闭门造车"，所谓"纸上得来终觉浅，绝知此事要躬行""山思江情不负伊，雨姿晴态总成奇；闭门觅句非诗法，只是征行自有诗""眼处心生句自神，暗中摸索总非真，画图临出秦川景，亲到长安有几人？"。

二、文学创作的发生源自内心的渴求

在"物→情→辞"的文学生成论中，也有人不追究"物"的生成原因，而且连"物"这一环节都给予切断、舍弃，这就形成了另一形态的文源论：文本心性。

以心灵为文学的本源，这在中国文学表现论中已露端倪。按照文学表现论，文学既然是心灵表现，而非现实的模仿，所以外物不同于在艺术模仿中那样作为文艺的反映对象而成为文艺本源，而是作为心灵意蕴的刺激物、激发器，文学所要表现的不是外物而是外物所点燃的心灵火花，当外物点燃了心灵火花后，便完成了使命，退出文学表现舞台，这很容易让人得出"诗本性情"的文源观。而且，外物作用于人的心灵可以产生思想情感，作用于其他生物则不能生出思想感情的事实，也促使人们把文学表现的情思之源归结为"人"这个"禀有七情"的"有心之器"之"心"，而不会归结为作为情思激发器的"物"，所以，当扬雄说"言，心声也"，陆机说"诗缘情"，欧阳修说"诗原乎心者也"时，包含了"文本于心"这样一个不言而喻的文源论。

三、文学创作的发生源自经典的启发

今天的文学理论教材认为，书本只是文学创作用资借鉴的"流"，而不是文学创作赖以发生的"源"；中国古代文论则认为，书本，主要是经书，可以是文学创作取之不尽、用之不竭的源泉，所谓"六经者，文之源也"。

细看一下，持这种观点的论者还真不少。北齐颜之推就指出："夫文章者，原出五经。诏命策檄，生于《书》者也；序述议论，生于《易》者也；歌咏赋颂，生于《诗》者也；祭祀哀诔，生于《礼》者也；书奏箴铭，生于《春秋》者也。"他认为文出"六经"，并分析了每种经典派生的文体。唐魏颖《李翰林集序》将历代文学演变的源头推倒"六经"："伏羲造书契后，文章滥觞者六经。六经糟粕《离骚》，《离骚》糠秕建安七子。七子至白（李白），中有兰芳，情理婉约，词句妍丽。自与古人争长，三字九言，鬼神出没，瞠若乎后耳。"唐代古文家独孤及在给人的集子作序时总结说："公之作本乎王道，大抵以五经为泉源。"宋代李涂则在前人所说的"五经""六经"之外加上经过朱熹诠注的"四书"，他说："《易》《诗》《书》《仪礼》《春秋》《论语》《大学》《中庸》《孟子》，皆圣贤明道经世之书，虽非为作文而设，而千万世文章从是出焉。"明代茅坤仍以"六经"为文之"祖龙"。宋濂则主张文学创作在"以群经为本根"之外还要以"迁、固二史为波澜"。另有些人把文源从经书扩展到一般书籍，如刘克庄指出"文人之诗"是"以书为本，以事为料"。元代杨载说："今之学者，倘有志乎诗，须先将汉魏盛唐诸诗日夕讽咏，熟其词，究其旨，则又访诸善诗之士，以讲明之，若今人之治经，日就月将，而自然有得，则取之左右逢其源。"

古代的中国人为什么以经、书为文之渊薮？一来，文学必须"原道"，而"道沿圣以垂文。故"原道"就是"征圣""宗经"。汉代立《诗》《书》《易》《礼》《春秋》于官学，钦定为"五经"。唐初，以《周礼》《仪礼》《礼记》"三礼"，《春秋》左氏、公羊、穀梁"三传"合《诗》《书》《易》为"九经"，文宗开成年间刻石国子学，又加《孝经》《论语》《尔雅》为"十二经"，至宋，列《孟子》于经部，为"十三经"。于是，人们对此奉若神明。"文出五经"乃至"群经"，正是这种"宗经"

观念的反映。把古代圣贤的载道之经规定为文学创作的源泉，可以从根本上奠定文学创作不偏离儒道基础。二来，中国古代，由于文人、学者合一，文章、学术不分，故书卷、学问一直是文学使用的材料，就像清代学者总结的，文学作品是"学问、义理、辞章"三者的统一，这也自然使文论家们从书本中寻找文学源泉。三来，中国古代的文人学士大都过的是书斋生活，他们的创作往往不是得自"江山之助"，而是得自书本的感发，所谓"若诗思不来，则须读书以发兴"，这也促使他们把书本视为文学创作的一大来源。

第二节 中国古代文学的创作方法论

一、活法说

"活法"的概念是南宋吕本中首先提出来的。他说："学诗当识'活法'。所谓'活法'者，规矩备具，而能出于规矩之外；变化不测，而亦不背于规矩。是道也，盖有定法而无定法，无定法而有定法。知是者，则可以与语'活法'矣。"吕氏所论，本针对诗歌创作而言，南宋的俞成发现它具有普遍的方法论意义，便把它引入整个文学创作领域："文章一技，要自有'活法'。若胶古人之陈迹，而不能点化其句语，此乃谓之死法。死法专祖蹈袭，则不能生于吾言之外。活法夺胎换骨，则不能毙于吾言之内。毙吾言者故为死法，生吾言者故为活法。""活法"提出后，在宋、元、明、清文论界引起了广泛的反响。张孝祥、杨万里、严羽、姜夔、魏庆之、王若虚、郝经、方回、苏伯衡、李东阳、唐顺之、屠隆、陆时雍、李腾芳、邵长衡、叶燮、王士祯、沈德潜、翁方纲、章学诚、姚鼐、袁守定等人，或径以"活法"要求于文学创作，或通过对"死法"的批评从反面肯定"活法"的地位。他们从不同角度、不同层面丰富了"活法"理论，为我们全面理解"活法"的内涵提供了充分的依据。

那么，"活法"究竟是什么方法？

"活"即"灵活""圆活""活脱"，作为呆板、拘滞、因袭的对立面，其实质即流动、变化创造。"活法"简单地说即变化多端、"不主故常"的创作方法。清代的邵长蘅指出："文之法；有不变者，有至变者。"姚鼐指出："古人文有一定之法，有无定之法……无定者，所以为纵横变化也。"邵氏讲的"至变"之法，姚氏讲的所以为"纵横变化"之法，指的就是"活法"。

"活法"作为灵活万变之法，在不同的创作环节上有着不同的表现形态。在创作过程的起始，"活法"要求"当机煞活"，切忌"预设法式"，反对创作之先就有"一成之法"横亘胸中，主张文思触发的随机性。魏庆之《诗人玉屑》卷6载："仆尝请益曰：下字之法当如何？公曰：正如弈棋，三百六十路都有好着，顾临时如何耳。"何以如此？因为"诗人之工，特在一时情味，固不可预设法式"。

如谢灵运的名句："池塘生春草，园柳变鸣禽。""此语之工，正在无所用意，猝然与景相遇，借以成章。"

那么，引发文思的"机缘"是什么？就是气象万千、瞬息万变的大自然。

以"活法"作诗著称的杨万里在《荆溪集序》中曾这样自述创作体会："每过午登古城，采撷杞菊，攀翻花竹，万象毕来献予诗材，盖麾之不去，前者未雕，而后者已迫，涣然未觉作诗之难也。"大自然是"体有万殊，物无一量"的，因而文思的触发也就光景常新、变化无常了，故"当机煞活"联系到"机"的内涵来说即"随物应机"。

这种"随物应机"的方法直接从现实中汲取文思，给审美意象带来极大的鲜活性。这种文思触发的随机性，也给艺术创作带来了"莺飞鱼跃""飞动驰掷"的流动美。古人形容这种美，往往以流转的"弹丸"为喻。

在艺术表现的过程中，"活法"要求"随物赋形""因情立格"，这种方法，用今天的话说即给内容赋予合适的形式的方法。内容有内外主客之分。相对于外物而言，"活法"表现为"随物赋形"（苏轼）。用清代叶燮的话说，就叫"准的自然"之法、"当乎理（事理）、确乎事、酌乎情（情状）"之法。相对于主体而言，"活法"表现为"因情立格"（徐祯卿）。由于"向心"文化的作用和表现主义文学观念的渗透，"活法"更多地被描述为"因情立格"、表现主体之法。如吕本中《夏均父集亭》界说"活法"，其特征之一是"惟意所出"；王若虚认为文之大法即"词达理顺";章学诚指出"活法"即"心营意造"之法。他们都论述到"法"与主体的连带关系,从另一侧面揭示了"活法"的心灵表现特色。

"活法"根据特定内容赋予相应的形式,因而是"自然之法"(叶燮)。对此,古人曾屡屡论及。如沈德潜《说诗晬语》中说:所谓"法"者,"行所不得不行,止所不得不止,而起伏照应,承接转换,自神明变化于其中",从内容对形式的决定性方面论证了"活法"的内在必然性。而不从内容表现需要,仅从内容表达需要的外部寻找一种所谓美的模式加以恪守,则是不"自然"的,无必然性的。正如陆时雍《诗镜总论》所说的那样:"水流自行,云生自行,更有何法可设?"

班然"活法"主要表现为"因情立格"之法,那么,"情无定位",法随情变,艺术创作自然不能被"一成之法"所束缚。这里有两个要点:一是"情无定位"说,它揭示了"活法"所以为变化无方之法的动力根源。它由明代徐祯卿在《谈艺录》中所提出:"夫情既异其形,故辞当因其势。譬如写情绘色,倩盼各以其状,随规逐矩,圆方巧获其则。此乃因情立格,特守围环之大略也。"

二是法随情变。既然"情无定位",所以法无定方,文学创作没有一成不变的法式可循。"活法"所以强调"不主故常",否定"文有定法",以此,王若虚《文辨》说:"夫文岂有定法哉?意所至则为之题,意适然殊无害也。"又在《源南诗话》中指出:"古之诗人,虽趣尚不同,体制不一,要皆出于自得。至于词达理顺,皆足以名家,何尝有以句法绳人哉?"章学诚《文史通义·文理》中说:"文章变化,非一成之法所能限。"又在《文格举隅序》中指出:"古人文无定格,意之所至而文以至焉,盖有所以为文者也。文而有格,学者不知所以为文而竟趋于格,于是以格为当然之具而真文丧矣。"

在艺术表现的终端上,"活法"追求"姿态横生,不窘一律",既然艺术表现是"随物赋形""因情立格",其结果自然是"姿态横生""了无定文""莫有常态"。因而在作品面目上,"活法"最忌讳千篇一律,雷同他人,而崇尚"自立其法",强调"法当立诸己,不当尼(泥)诸人"。

衡量"自立其法"的一个重要标准是法在文成之前还是之后。"法在文成之前,以理从辞,以辞从文,以文从法,一资于人而无我,是以愈工而愈不工""法在文成之后，辞由理出，文自辞生，法以文著""不期于工而自工，无意于法而皆自为法"。所以古人强调："文成法立。"张融《门律自序》云："夫文岂有常体，但以有体为常。"根据"自得"之意赋予三种意义均表现方法、形态、格式，就是合理的、美的。意象各别，姿态万千，美的表现方法、形态、格式就多种多样，它存在于"因情立格"、创作告成后的各种特定作品中，没有超越特定内容、离开具体作品可以到处套用的美的"常体"；只有根据"自得"之意写出的作品之法式才属于自己，才是"自立之法"。

除此之外，"活法"还表现为"圆活生动"、变通无碍之法。这主要是在"活法"与具体的创作手段、方法、技巧的关系中显示出来的。这里要交代一点，古人讲"文有大法无定法""定法"若指一成不变的美的创作方法、模式，那是没有的；但如果指"可以授受的规矩方圆"，指文学创作基本的技巧、具体的手段，它还是存在的，所以古人在肯定文有"无定之法"的同时又肯定文有"一定之法"。那么，"活法"这个"文之大法"与之有什么关系？

首先，它表现为从"有法"到"无法"，既不为法所囿又不背于法的"自由之法"。这一点，"活法"说的始作俑者吕本中说得很清楚："所谓'活法'者，规矩备具，而能出于规矩之外，变化不测，而亦不背于规矩也。是道也，盖有定法而无定法，无定法而有定法。"这是一种领悟了"必然"的"自由"，一种"无规律的合规律性"，以古人之言名之即"从心所欲不逾矩"。它表明，"活法"排斥"定法"，只不过是为了提醒人们不要用僵死的观点对待"法""泥定此处应如何，彼处应如何"，帮助人们破除对"法"的精神迷执，所谓"法既活而不可执也，又焉得泥于法"，对于具体的手段、基本的技巧，它并不排斥，恰恰相反，"活法"主张长期地学习、充分地掌握，并把这作为达到超越、走向自由的关键，正像韩驹《赠赵伯鱼》诗形容的那样："一朝悟罢正法眼，信手拈出皆成章。"

其次，"活法"作为一种注重变化、流动的思维方法，它用因物制宜的态度对待事物，从而使它在驾驭各种具体的方法手段时变得圆融无碍。如"起承转合，不为无法"，但依"活法"之见，"不可泥""泥于法而为之，则撑柱对待，四方八角，无圆活生动之意"。又如，"字法""有虚实、深浅、显晦、清浊、轻重"等，但"第一要活，不要死。活则虚能为实、浅能为深、晦能为显、浊能为清、轻能为重"。屠隆指出："诗道有法，昔人贵在妙悟。""妙悟"之后就活脱无碍、左右逢源了，所谓"新不欲杜撰，旧不欲抄袭，实不欲粘滞，虚不欲空疏，浓不欲脂粉，淡不欲干枯，深不欲艰涩，浅不欲率易，奇不欲谪怪，平不欲凡陋，沈不欲黯惨，响不欲叫啸，华不欲轻艳，质不欲俚野"。

由于"活法"是"随物应机""当机煞活""因情立格""随物赋形""姿态横生、不窘一律""圆活生动"、变通无碍的创作方法，换句话说，由于"活法"是根据个别的独得意象因宜适变地状物达意的方法，所以它充满了蓬勃的生机和旺盛的创造力，能给人类文化的长卷带来属于作者所有的美的作品和法式，从而与毫无生机的蹈袭模仿形成了鲜明对比。俞成说："专祖蹈袭"的"死法""不能生于吾言之外"，是"毙吾言者"，只有"夺胎换骨"的"活法"才不会"毙于吾言之内"，是"生吾言者"。因此，"活法"是创新之法，而不是蹈袭之法、拟古之法。

二、定法说

关于文学创作的方法，古代文论既论述到"活法"，又论述到"定法"。所谓"活法"，即辞以达意、"随物赋形""因情立格""神明变化"之法。这种"法"只示人以文学创作的大法，并无一成之法可以死守，所以叫"活法"。它徒有"法"之名而无"法"之实，故叶燮《原诗·内篇下》云："法者，虚名也，非所论于有也"；"活法为虚名，虚名不可以为有"。所谓"定法"，是状物达意时具体的技法，它可以传授和学习，所以叫"定法，"定法"积淀了文学创作成功的审美经验，为进入文学堂奥之门径，不可或缺。叶燮《原诗·内篇下》云："又法者，定位也，非所论于无也。""定位不可以为无"，即是指此。章学诚《文史通义·文理》指出："学文之事，可授受者规矩方圆，不可授受者心营意造。"这"可授受"的"规矩方圆"就是"定法""不可授受"的"心营意造"即"活法"。尽管"立言之要，在于有物"，作为"言有物"的"活法"更为重要，但作为"言有序"的"定法"亦不可偏废。姚鼐《与张阮林》中指出："古人文有一定之法，有无定之法。有定者，所以为严整也；无定者，所以为纵横变化也。二者相济而不相妨。"

"活法"本身虽然由内容决定灵活万变，不同于"定法"，但在状物叙事、表情达意时又不得不借助在创作实践中积累起来的一定的章法、句法、字法。这样，"活法"实际上离不开"定法"，并包含"定法"。正如宋代吕本中在《夏均父集序》中所分析的那样："所谓'活法'者，规矩具备，而能出于规矩之外；变化不测，而亦不背于规矩也。是道也，盖有定法而无定法，无定法而有定法。"而一定的章法、句法、字法如果离开了"当乎理、确乎事、酌乎情"的"活法"，就会沦为令人不齿的"死法"。方回《景疏庵记》将这种"死法"喻为毫无生机的"枯桩"。沈德潜《说诗晬语》中指出："所谓法者……若泥定此处应如何，彼处应如何，不以意运法，转以意从法，则死法矣。试看天地间水流云在，月到风来，何处著得死法？"

由此看来，在古代文学创作方法理论中，"定法"是与"活法"并行不悖、相辅相成的，并为"活法"所统辖。这便决定了"定法"区别于"死法"的最终分野。不同于"活法"又不离"活法"，有一定之法可以恪守而又不落入死守成法的僵化窠臼，这就是"定法"的基本内涵。

"文以意为主"，先秦时期，文章道德不分，立言从属于立德，文学创作无"定法"可循，《论语·卫灵公》中孔子的一句"辞达而已"，揭示了这一时期文学创作的根本大法，亦为后世"活法"说所本。汉代，令人赏心悦目的诗赋逐渐从广义的文学中脱颖而出，以其美丽的风姿引起了理论家的关注。扬雄《法言》中揭示的"诗人之赋丽以则，辞人之赋丽以淫"，标志着汉人对诗赋"丽"的形式美特征的最初自觉。魏晋六朝时期，美文学的创作取得空前发展，文论家们在"诗赋欲丽""绮靡浏亮""绮裁纷披""宫徵靡曼"等文学自身形式规律的审美自觉的指导下，对文学创作的具体技法做出了丰富、深入的理论总结，标志着"定法"论的正式登场。尤其值得注意的是刘勰的巨著《文心雕龙》。这部"体大思精"的文学理论专著在《总术》《附会》《熔裁》《章句》《丽辞》《声律》《练字》《比兴》《事类》《夸饰》《隐秀》《指瑕》等篇目中论述、概括了谋篇布局、遣字造句的一系列审美规则，实开后世"篇法""句法""字法"理论的先河。唐代是一个律诗辉煌的时代。诗人们既不忘风雅美刺的道德承当，也以前所未有的热情打造诗律之美。"为人性僻耽佳句，语不惊人死不休。"（杜甫）"吟安一个字，捻断数茎须。"（卢延让）"二句三年得，一吟双泪流。"（贾岛）与此相应，唐代涌现了许多探讨诗律的诗论著作。如元兢的《诗髓脑》、崔融的《唐朝新定诗格》、齐己的《风骚旨格》等。宋代，佛教禅宗话头的影响，使得谈"文法""诗法"的用语多起来，"定法"作为与"活法"相对的术语诞生。人们不只抽象地谈论"定法"，而且具体地落实到"章法""句法""字法"层面。尤其是江西诗派，"开口便说句法"，不仅掀起了一股"活法"热，也掀起了一股"定法"热。明代是一个拟古的时代。在前后七子"诗必盛唐，文必秦汉"口号的倡导下，宋人提出的诗文"章法""句法""字法"问题得到进一步探讨和强调，如王世贞《艺苑卮言》卷1指出："首尾开合，繁简奇正，各极其度，篇法也。抑扬顿挫，长短节奏，各极其致，句法也。点缀关键，金石绮彩，各极其造，字法也。""篇法，有起，有束，有放，有敛，有唤，有应。大抵一开则一阖，一扬则一抑，一象则一意，无偏用者。句法，有直下者，有倒插者……篇法之妙，有不见句法者，句法之妙，有不见字法者：此是法极无迹。"清代是一个善于综合、总结的集大成时期。叶燮、邵长蘅、徐增、宗岗、脂砚斋等人对诗文小说的创作法则都发表过很有价值的意见，古代文论的"定法"说达到了空前丰富和深入的程度。

三、用事说

"用事"，又叫"用典"。刘勰说："事类者，盖文章之外，据事以类义，援古以证今者也。"（《文心雕龙·事类》）据此可知，用事（用典），是引用古事、古语含蓄地表达自己的思想感情、证明自己观点正确性的一种修辞方法和论证方法。王勃倾吐"怀才不遇"的牢骚，却说"冯唐易老，李广难封"（《滕王阁序》），就含蓄多了。萧统提出自己的诗学观点，则说："诗者，志之所之也，情动于中而形于言。《关雎》《麟趾》，正始之道著；桑间濮上，亡国之音表。"（《文选序》）第一句和后面一联对偶的上半联引自《毛诗序》，下半联引自《礼记·乐记》，自己观点的正确性就不证自明了。

从典故的成分来看，有"事典"与"语典"之分。"冯唐易老，李广难封"，用的是事典。上面萧统说的那一段，用的是语典。刘勰《文心雕龙·事类》列举过"明理引乎成辞，征义举乎人事"两类情况，"引乎成辞"以"明理"就相当于用语典，"举乎人事"以"征义"则相当于用事典。

当用古代的人事隐喻自己的真情实感时，"用事"就与"比喻"的方法重合了。正如清代李重华《贞一斋诗说》指出："比，不但物理，凡引一古人，用一故事，俱是比。"比如"冯唐易老，李广难封"，既是"用事"，又是"比喻"；王勃是说自己像西汉的冯唐一样，人生易逝，他希望明主能趁着自己年轻任用自己，千万不能像西汉名将李广那样，战绩赫赫而终身不得封侯。

古人用语典，往往不指明出处，讲究剪裁融化。剪裁即裁取合乎自己句式需要的古语；融化即把裁取的古语加以改易，用以表达自己的意思。这时，用语典就与"点化"的方法重合了。杜甫云："春水船如天上坐，老年花似雾中看。"这里语出沈佺期诗："人如天上坐，鱼似镜中悬。"这既属于"用事"，也属于"点化"（"脱胎换骨""点铁成金"）。

作为"援古证今"的论证方法，"用事"出现在散文中，尤其是论说文中乃势所必然；作为表情达意的含蓄方法、与"比喻""点化"相交叉的方法，"用事"出现在辞赋、骈文乃至诗歌中也很自然。从文学史上看，先秦时期诗赋中用事并不多见，散文，尤其是诸子散文中引用古言古事表述意见的倒不少见。《文心雕龙·事类》上溯到《周易》，它是这样描述的："昔文王繇《易》，剖判爻位。《既济》'九三'，远引高宗之伐；《明夷》'六五'，近书箕子之贞：斯略举人事，以征义者也。至若《胤征》羲和，陈《政典》之训；《盘庚》诰民，叙迟任之言：此全引成辞，以明理者也。"《周易》常常采用古代故事示人休咎，刘勰将用事的历史上推到《周易》，用心可谓良苦。汉代的散文出现了骈偶化倾向，奏疏策论也丰富完备起来，逞辞大赋也出现了，文章中用事比先秦更多。刘勰的描绘可见一斑："……贾谊《鵩赋》，始用《鹖冠》之说；相如《上林》，撮引李斯之书：此万分之一会也。及扬雄《百官箴》，颇酌于《诗》《书》，刘歆《遂初赋》，历叙于纪传，渐渐综采矣。至于崔（骃）、班（固）、张（衡）、蔡（邕），遂据拾经史……因书立功……"魏晋南北朝时期，经过汉代的酝酿，骈体文到这时已正式形成并在创作上达到鼎盛期。骈文要求典雅、精练、含蓄、委婉，故用典成为其方法上的一大特点。用事作为与比喻相通的含蓄的表情达意的方法，本来就适合于诗，这时候经过在句式、语音、用词方面与诗很接近的骈文的浸淫渗透，便在诗歌创作（主要是五言诗）中蔓延开来。像颜延之、谢灵运，都是著名的代表。然而也就在同时，问题出现了。按照《尚书》《毛诗序》开辟的"言志述情"的诗学传统，诗歌只要表达了真情实感就可以成为好诗，而典故的运用常常造成读者的不理解，滞碍情志的传达。

那么，诗到底可不可以用事？再连带起来，文中用典也存在着读者是否理解的问题。可否用事？梁代的钟嵘《诗品序》提出了一种意见，他认为诗不可用事，而文可以并且应当用事，所谓"若乃经国文符，应资博古。撰德驳奏，宜穷往烈"。什么原因？因为"文"与"诗"具有不同的使命。"诗"须"吟咏情性"，"文"却不必；"文"要"尽扩经国"的使命，也应该从古言古事中找到根据，如果不理解，可去查类书。钟嵘的后一种意见，代表了古代批评家的普遍主张，他的前一种意见，则是他的一厢情愿。在他之后，文中用事作为一种共识而不再有批评家去争论它。而诗中用事，一方面在唐有杜甫、韩愈、李商隐，在宋有苏轼、黄庭坚、陆游、辛弃疾，在明有"临川派"，在清有"宋诗派"为其代表，历代不乏其人；另一方面，每一个时代的批评家们都卷入进来，对此说长道短、评头品足、厘定是非、臧否得失，从而构成了中国古代"用事"说的主体。

中国诗歌批评史上关于"用事"的四次大讨论，在不同的历史阶段由不同的创作实际所引起，然后按照正、反、合的顺序不断朝前推进（清代吸取前人经验，省去了"反"这个环节，直接从"正"走向"合"）。在"合"的环节，"用事"不同历史阶段"合"的用事论的重合、相通之处，它们有这样一些要点：

关于诗歌用事的态度：既不一味强调用事，也不简单排斥用事，而是主张诗歌要"善于用事""用得恰好"。

关于诗歌用事的方法，主要有："正用"，即"故事与题事正用者也"；"反用"，即"故事与题事反用者也"。如林逋诗："茂陵他日求遗稿，犹喜曾无封禅书。"这里反用了司马相如的故事。司马相如退职家居，临死前还写《封禅书》讨好汉武帝。林逋"反其意而用之"，表明如果皇帝他日来求遗稿，他自喜没有《封禅书》

一类的作品讨好皇帝，以此表示他高洁的品格。"借用"，即"故事与题事绝不类，以一端相近而借用之者也"，亦叫"活用"（用事不泥）、"化用"。"暗用"，即"故事之语意，而不显其名迹"。古人讲"虽用经史，而离书生"，用事要如"水中著盐，不著形迹"，亦是此意。

"泛用"，即"于正题中乃用稗官、小说、俗说、戏谈、异端、鄙事为证，非大笔力不敢用，变之又变也"，也就是融化经史子集以为语。从某种意义上说，人类使用的语言无不是建立在对前人语言的广采博收之上的，因而"泛用"实际上算不上"用典"。

上述诸法，不限于诗，文中用事亦然。

那么诗如何用事才算"恰好"？一切以不妨碍性情的传达接受为转移。

用事不可多（忌繁、忌堆积）。用事是为表达情意服务的，用事太多，则反客为主，我为事使，"使读者迷于使事用典之繁"，而转忘其"所欲譬喻之原意"，且使事过繁，"多有难明"。

用事不可僻。用事过僻，就会在作品与读者之间设置一层隔膜，影响语言的明白晓畅，使作者"嗫不能读"，如非用不可，则须"僻事实用""隐事明使"，也就是要直接、详尽、明白地使用冷僻的典故。

那么用事可以太明白吗？也不可。因为太明白了，不能给读者留下回味想象的余地，所以必须"熟事虚用""明事隐使"。

诗用故实，以"水中著盐，不露痕迹"为高，因为它既然用得"有而若无"，使读者"浑然不觉"，说明用事并未阻碍诗的传达接受。

诗歌用事，又尚"融化不涩"，不"拘泥古事"，那也是因为这是"我来使事"而非"我为事使"的表现。

这些意见，包含若干的审美价值和现实意义，足见"用事"说这一古代文论遗产并未过时。

第四章 文学发展与民间文学的滋养

第一节 民间文学滋润了古代文学

民间文学是古典文学发展的动力之一，是中国古代文学的重要组成部分，因为正统文学的各种体裁最初都在民间酝酿发育，并不断从民间文学吸取营养以维持其生机和活力。

第一，民间文学孕育了新鲜的文学体裁，不断为传统文学输送文学样式。《诗经》的主体"国风"学术界公认是民间歌谣，它的四言体式、赋比兴表现手法和复沓的章法，成为西周到春秋几百年的主要文学样式。五言诗起源于汉乐府，词起源于唐朝民间，曲起源于宋末元初的民间，长篇章回小说起源于宋元民间说书艺人的话本。但是民间文学充满活力的文体，到了文人手里时间一久，就会逐渐失去生命，被形式主义和空洞的内容弄得僵化。就好比从森林中挖出松苗栽到花盆，离开了大自然四时风雨、暖风和阳光，很快便会枯萎。词最初诞生于民间，文人接过去繁荣了一阵子，到了南宋末期便陷入形式主义死胡同，就充分说明了这一点。

第二，民间文学作品为一些文学家提供了丰富的创作素材。民间作家口头创作了作品，但他们没有能力，也没想到把它们用文字形式保留下来。所以，它们多以不定型形式流传于民间。它们是毛坯、半成品。一旦被专业作家发现，专业作家便惊奇起来，给予格外的注意，并动手加工，形成文学作品。比如，中国上古神话中的有巢氏、神农氏、燧人氏等人物以及夸父逐日、女娲补天、后羿射日等神话故事都首先是劳动人民的口头创作，其次才是后人的记录整理，使我们有幸得以欣赏。《西游记》由唐代和尚玄奘独自到西方取经历险的故事，在民间逐渐演绎为情节纷繁的神怪故事,最后由吴承恩将它们汇集起来,写成《西游记》。《水浒传》最先也是南宋以后在民间口头流行的传说,后经过无数民间说书艺人的加工创作,最后才由专门作家施耐庵修改定稿的。

第三,民间文学能以新鲜的格调给文学发展以强大的影响。"旧文学衰颓,因为摄取民间文学或外国文学而起一个新的转变,这例子是常见于文学史上的。"(鲁迅《门外文谈》)文学家自觉不自觉地吸取民间文学营养,对改造文风起了很大的促进作用。民间文学"刚健""清新"的风格,就像不竭的清纯活水,源源不断地向传统文学提供生命活力,抵御了种种腐朽文风。"山无陵,江水为竭,冬雷震震,夏雨雪,天地合,乃敢与君绝!"(汉乐府《上邪》)"十四十五上战场,手执长枪。低头泪落悔吃粮,步步近刀枪。昨夜马惊辔断,惆怅无人遮拦。"(《敦煌曲子词》)像这样的民间文学作品以充满活力的语言不断影响文人,古代文学作品才能青春永驻。

第二节　古代民歌促成了诗歌的繁荣

《诗经》是我国第一部诗歌总集,共收入自西周初期(公元前11世纪)至春秋中叶(公元前6世纪)500余年间的诗歌305篇。它分《风》《雅》《颂》三部分。其中《风》是各诸侯国的民间歌谣,是《诗经》的主要部分,除《周南》《召南》产生于江、汉、汝水一带外,其他均产生于从陕西到山东的黄河流域。

《诗经》的作者成分很复杂。除了周王朝乐官制作的乐歌、公卿、列士进献的乐歌外,还有许多原来流传于民间的歌谣。关于这些民间歌谣是如何集中到朝廷来的,汉代学者认为,周王朝派有专门的采诗官,到民间搜集歌谣,以了解政治和风俗的盛衰利弊;也有人认为这些民歌是由各国乐师搜集的,乐师是掌管音乐的官员和专家,他们以唱诗作曲为职业,搜集歌谣是为了丰富他们的唱词和乐调。诸侯之乐献给天子,这些民间歌谣便汇集到朝廷里了。

现存的《诗经》,语言形式基本上都是四言体,表现手法以赋比兴为主,体式上大多重章叠句。如《魏风·硕鼠》:

硕鼠硕鼠，无食我黍！三岁贯女，莫我肯顾。土乐土，爱得我所。

硕鼠硕鼠，无食我麦！三岁贯女，莫我肯德。国乐国，爱得我直。

硕鼠硕鼠，无食我苗！三岁贯女，莫我肯劳。郊乐郊，谁之永号？

全诗三章，每章仅变化个别字词，形成复沓的章法，于反复中深化情感，加强表达。每句四字，押一个语音系统的韵。《诗经》以"国风"为主体，很可能"雅""颂"中的四言诗也是受民间歌谣的影响而盛行一时的。这就是说中国古代的四言诗，是由民间歌谣奠定的。

中国古代的五言诗孕育于汉乐府民歌。"乐府"最初是指主管音乐的官府。汉代人把乐府配乐演唱的诗称为"歌诗"，这种"歌诗"在魏晋以后也称为"乐府"。掌管音乐的官方机构，在先秦时就有了。1977年秦始皇陵附近出土的编钟上铸有"乐府"二字。到了汉武帝时，乐府机构的规模和职能都被大大扩大了，其具体任务包括制定乐谱、训练乐工、搜集民歌及制作歌辞等。在普通场合演唱的歌辞，主要是从各地搜集来的民歌。为了区别于文人制作的乐府歌辞，习惯上把采自民间的歌辞称为"乐府民歌"。

《汉书·艺文志》还列出西汉所采集的138首民歌所属地域，其范围遍及全国各地。这些作品基本上都收入了宋代郭茂倩所编的专书《乐府诗集》，保存在郊庙歌辞、鼓吹曲辞、相和歌辞、杂曲歌辞中，汉乐府民歌在内容上具体而深入地反映了社会下层民众日常生活的艰难与痛苦。如《妇病行》："妇病连年累岁，传呼丈人前一言。当言未及得言，不知泪下一何翩翩。'属累君两三孤子，莫我儿饥且寒！有过慎莫笞答，行当折摇，思复念之！'乱曰：抱时无衣，襦复无里。闭门塞牖，舍孤儿到市。道逢亲交，泣坐不能起。从乞求与孤买饵，对交啼泣，泪不可止。'我欲不伤悲，不能已！'探怀中钱持授交。入门见孤儿，啼索其母抱。徘徊空舍中，'行复尔耳，弃置勿复道！'"此诗把一户贫穷农民的苦难写得如在眼前。《东门行》写了一个城市贫民为贫困所迫走向反抗："出东门，不顾归。来入门，怅欲悲。盎中无斗米储，还视架上无悬衣。拔剑东门去，舍中儿母牵衣啼。'他家但愿富贵，贱妾与君共铺糜。上用仓浪天故，下当用此黄口儿，今非！''咄！行！吾去为迟。白发时下难久居！'"也是"感于哀乐，缘事而发"

的现实主义之作。

汉乐府在形式上有杂言体，也有整齐的五言诗，如"十五从军征，八十始得归。道逢乡里人：'家中有阿谁？''遥看是君家，松柏冢累累。'兔从狗窦入，雉从梁上飞。中庭生旅谷，井上生旅葵。舂谷持作饭，采葵持作羹。羹饭一时熟，不知饴阿谁。出门东向看，泪落沾我衣。"（《十五从军征》）此诗写一位退伍老兵返乡的所见所感，形式上是整齐的五言诗，只是对话较多。而"青青园中葵，朝露待日晞。阳春布德泽，万物生光辉。常恐秋节至，焜黄华叶衰。百川东到海，何日复西归？少壮不努力，老大徒伤悲！"（《长歌行》）强调趁青春年华努力奋发，形式上也是整齐的五言诗，但全诗不用对话，已有后代五言诗风范。

中国古代的词也是在民间酝酿成熟，由文人接过去发扬光大的。

词就其本来性质狭义而言，是歌辞；就其文学属性广义上看，是一种诗歌。

隋唐时期原产于西域的"胡乐"尤其是龟兹乐大量传入中原，与汉族原有的以清商乐为主的各种音乐相融合，产生了一种新的音乐——燕乐。"燕乐"的名目，在隋代就有，而在唐代大盛。唐代社会经济繁荣，人们的生活丰富多彩，音乐成为唐人生活中不可缺少的娱乐享受，而燕乐新鲜活泼，曲调繁多，使用各种不同的乐器伴奏，富于变化，故尤为人们所爱好。唐人崔令钦的《教坊记》所载教坊曲则有燕乐名目324种。这些燕乐曲调有舞曲，也有歌曲：歌曲的歌辞就是词的雏形，当时叫作"曲子词"。唐代的燕乐与前代的不同在于：严格按照乐曲的要求来制作歌辞，包括依乐章结构分阕，依曲拍分句，依乐声高下用字，其文字形成一种句子长短不齐而有定格的形式。总之，词是燕乐的产物，燕乐大盛于开元、天宝年间，这是词发展中的第一个重要阶段，也可以说是词的雏形阶段。

词诞生于玄宗时期的民间。《旧唐书·音乐志》说宫廷中"自开元以来，歌者杂用胡夷里巷之歌"，应当包含了不少依燕乐所填歌辞。近代在敦煌发现的抄本曲子词，有很多是因乐作辞的。其产生年代早晚不等，其中有一部分是玄宗时代的作品；它们的作者，可能包括了乐工、歌女、普通百姓及无名文人，"访云寻雨，醉眠芳草"的愉悦内容和征夫思妇、离愁别恨的伤感内容占了敦煌曲子词的相当大比重，而且大多是民间创作，给我们提供了不少自然朴实、感情直率、生活气息很浓的作品,"莫攀我,攀我太心偏。我是曲江临池柳,者人折了那人攀,恩爱一时间"。

《望江南》词中充满了女性幽怨愤激的情绪。"叵耐灵鹊多谩语,送喜何曾有凭据?几度飞来活捉取,锁上金笼休共语,比拟好心来送喜,谁知锁我在金笼里。欲他征夫早归来,腾身却放我向青云里。"这首《鹊踏枝》借思妇与喜鹊的对话,似怨非怨地写出了征夫之妻盼望亲人回归的心情,语言在轻快风趣中又透出苦涩。"枕前发尽千般愿,要休且待青山烂。水面上秤锤浮,直待黄河彻底枯,白日参辰现,北斗回南面。休即未能休,且待三更见日头。"《菩萨蛮》连举出青山烂、水上浮秤砣、黄河枯、白天见星星、北斗转向南、三更见太阳等六件不可能的事来表白爱情的坚贞,让人想起汉乐府《上邪》那种炽热的感情。

盛唐文人所写曲子词基本上都是整齐的五、七言形式,文人作长短句起于以诗入曲的尝试,开始大量创作长短句的时代是中晚唐。此时文人词逐渐形成显著的风格:内容以抒写日常生活的情感为主,意境比较细巧,表现手法比较委婉,语言比较凝练精致,张志和的《渔父》、韦应物的《调笑》、戴叔伦的《调笑》等是文人词代表作品。

张志和的《渔父》五首,其一:"西塞山前白鹭飞,桃花流水鳜鱼肥。青箬笠,绿蓑衣,斜风细雨不须归。"词中富有江南特色的鹭鸟、鳜鱼、桃花水、斜风细雨,构成了一幅精美的画面,流水般的韵脚和轻快变化的节奏,又使它读来流畅而轻盈,词中渗入了淡泊闲适的情感,令人感到作者悠远旷达的人生情趣。韦应物有《调笑》二首,其一:"胡马,胡马,远放燕支山下,跑沙跑雪独嘶,东望西望路迷。迷路、迷路,边草无穷日暮。"通过描写一匹骏马焦躁不安的形象,烘托出一种迷惘、悲壮、忧虑的复杂情绪氛围。

第三节 民间文学孕育了长篇章回小说

最初的古典长篇章回小说,都是先在民间酝酿发育,最后由文人加工定型的。陈寿撰《三国志》,裴松之作《三国志注》以后,三国故事开始流传于民间,并以民间演义的形式不断丰富其内容。据杜宝《大业拾遗录》载，隋炀帝观水上杂戏，节目有曹操谯水击蛟、刘备檀溪跃马。刘知襄《史通·采撰》写道，唐初时有些三国故事已"得之于道路，传之于众口"。李商隐《骄儿》诗云："或谑张飞胡，或笑邓艾吃。"可见到了晚唐，三国故事已经普及到小儿皆知的程度。

随着说话的兴盛和戏剧的流行，这一人所熟知的题材自然格外为艺人所青睐。宋代说话中，有"说三分"的专门科目和专业艺人，同时皮影戏、傀儡戏、南戏、院本也有搬演三国故事的。

苏轼《东坡志林》载："王彭尝云：涂巷中小儿薄劣，其家所厌苦，辄与钱，令聚坐听古话。至说三国事，闻刘玄德败，频蹙眉，有出涕者；闻曹操败，即喜唱快。"可见此时三国故事已有明显的尊刘贬曹倾向。宋代这一类故事的话本没有留传下来，现存早期的三国讲史话本，有元至治年间所刊《三国志评话》，其故事已粗具《三国演义》的规模，但情方颇与史实相违，民间传说色彩较浓，叙事简略，文笔粗糙，人名地名多有谬误，未经文人的修饰。与此同时，戏剧舞台上也大量搬演三国故事，现存剧目即有40多种，桃园结义、过五关斩六将、三顾茅庐、赤壁之战、单刀会、白帝城托孤等重要情节皆已具备。

而后罗贯中"据正史，采小说，证文辞，通好尚"（高儒《百川书志》），创作出杰出的历史小说《三国志通俗演义》。它是文人素养与民间文学的结合。一方面，作者充分运用《三国志》和"裴松之注"以及其他一些史籍所提供的材料，凡涉及重要历史事件的地方，均与史实相符；另一方面，作者又大量采录话本、戏剧、民间传说的内容，在细节处多有虚构，形成"七分实事，三分虚构"的面目。

《水浒传》的故事源于北宋末年的宋江起义。其事在《宋史》之《徽宗本纪》《侯蒙传》《张叔夜传》以及其他一些史料中有简略的记载：以宋江为首的这支武装有首领三十六人，一度"横行齐魏""转略十郡，官军莫敢接其锋"，后在海州被张叔夜伏击而降。

到了南宋，宋江等人的事迹很快演变为民间传说。宋末元初人龚开作《宋江三十六人画赞》记载了三十六人的姓名和绰号，并在序中说："宋江事见于街谈巷语，不足采著。"由此可知，一则当时关于宋江事迹的民间传闻已经很盛，二则龚开所录三十六人，未必与历史上实有的人物相符。又据同为宋末元初人罗烨的《醉翁谈录》记载，当时已有"石头孙立""青面兽""花和尚""武行者"等说话名目，显然是一些分别独立的水浒故事。《宣和遗事》也有一部分内容涉及水浒故事，从杨志押解花石纲、杨志卖刀，依次述及晁盖智取生辰纲、宋江私放晁盖、宋江杀阎婆惜、宋江九天玄女庙受天书、三十六将共反、张叔夜招降、宋江平方腊封节度使等情节，虽然像是简要的提纲，却已有了一种系统的面目，像是《水浒传》的雏形。而元杂剧中也有相当数量的水浒戏，今存剧目就有三十三种，剧本全存的有六种，它们对水浒故事有所发展，其中李逵、宋江、燕青的形象已相当生动了。

自宋元之际始，水浒故事以说话、戏剧为主要形式，在民间却越演越盛，它显然投合了老百姓的心理与爱好。这些故事虽然分别独立，而相互之间却有内在的联系。《水浒传》的作者就是在这样的基础上，创作出了一部杰出的长篇小说。

三国、水浒故事在民间的起义，主要是通过"说话"和"杂剧"两种民间艺术形式进行的，这两种艺术形式之所以能够很出色地承担这一任务，主要是以下原因：

第一，注重趣味性和虚构。"说话"是"说话人"赖以养家糊口的职业，"杂剧"是戏班子赖以安身立命的饭碗，所以必须尽一切可能来吸引听众和观众。而听众听"说话"、观众看戏是为了娱乐，要表演得有趣味才留得住他们。因此，趣味性就成了"说话"和"杂剧"的第一原则。"说话"和"杂剧"主要是叙述故事，而实事史实不一定有趣味，更不可能有充分的趣味。

说书和演戏有许多情节都出于虚构，以虚构为基础追求趣味性。

首先在情节的设计上用力，以引起新鲜感和惊奇感。注重编织故事，杂以科诨笑料，为中国通俗小说在准备故事情节、积累艺术经验。由编织故事进而刻画人物，再进而突现个性，是宋元以来中国通俗小说的发展历程。

第二，思想感情与市井民众相通。由于要使观众听众即市井民众感兴趣，"说话"和"杂剧"不能使话本剧本中人物的言行、感情"高雅"得让市井民众无法理解和接受，而必须使观众听众对话本剧本里的人物产生深刻共鸣，感同身受地关注其命运，从而兴味盎然地欣赏下去。《宣和遗事》所写孙立等为救杨志而杀防送军人、晁盖等劫取蔡京生日礼物、宋江私放晁盖及杀阎婆惜及晁盖、宋江"统率强人，略州劫县、放火杀人"，这些都不是一般市井民众所敢于采取的行动，但话本却并不加以谴责；《宣和遗事》叙宋江的部分，还安排了九天玄女娘娘赐宋江天书的情节，以表明他们的这些行为是上合天意的。杂剧《双献功》写李逵自告奋勇做孙孔目的护卫，护送他夫妻二人去泰安进香。途中白衙内拐走孙孔目的妻子，孙孔目前去告状，也被白衙内打入死牢。李逵进入死牢救出孙孔目，并夜入白衙内家杀了奸夫淫妇，敢做敢当，一派草莽英雄气派。但剧中李逵还有精细的一面，他装傻捉弄狱卒，用蒙汗药将其麻倒，无须动手就救出人来，从而使李逵这一智勇双全的形象更显动人光彩。这是因为市井民众对某种程度上的反政府行为或某些被统治阶级判为不道德的行为怀有同情，对这种行为中所蕴含的机智、勇敢等加以赞赏，都是不难理解的。也可以说，这些是市井民众所向往的思想感情和言行。

《三国演义》和《水浒传》都是"章回小说"的形式，后来的古代长篇小说也都是采用这种形式，也说明它最初起源于民间说话中的"讲史"。

在说话艺术中，"小说"类基本上都是能够一次说完的短篇故事，"讲史"类则专门演述长篇历史故事，必须连续讲若干次，每讲一次，就相当于后来的一回。现存早期的讲史话本，均为元代所刻。这类讲史话本大抵都是根据说书人的简要底本敷演为书面的读本，内容上史籍记录与民间传闻相杂。以故事情节为主，较少注意人物形象的描写，文字大多比较粗糙。在这样的基础上，罗贯中、施耐庵等具有深厚文学修养的文人，通过对已有的材料的整理加工和提高，终于创作出中国最早的成熟的长篇小说。其中《三国志通俗演义》仍继承着"讲史"的传统，而《水浒传》则既吸收了"讲史"中的有关内容，又汇集了大量关于水浒英雄故事及戏剧故事加工创作而成。

第四节　民间文艺哺育了古代戏剧成长

古代戏剧最初在民间孕育，后来由文人接过来发扬光大。民间艺术是古代戏剧的温床。

中国戏剧的起源，可以追溯到很远。北宋以前，歌舞、杂技、说唱中很早就有戏剧性的表演。《诗经·颂》和《楚辞·九歌》中的祀神歌舞由歌舞、音乐和舞蹈三者有机结合而成，有的还包含故事情节，并由巫觋装扮成神或其他人配合音乐、歌舞队共同表演，可以说它是歌舞剧的雏形。秦汉有"角艇戏"，包括杂技等表演艺术在内。如《东海黄公》表演黄公的故事，实际上是有规定情节的竞技表演。南北朝时出现"拔头""代面""踏摇娘"等具有一定故事内容的歌舞表演，唐代以科白滑稽为主的参军戏和以歌舞为主的歌舞戏均有所发展。这些表演艺术的逐步成熟，为元杂剧这样的正式戏剧出现准备了条件。元杂剧的直接源头主要是两个：一是宋金的说唱艺术诸宫调，二是以调笑为主的宋杂剧、金院本。

北宋中叶，艺人孔三传创造了一种"诸宫调"来说唱长篇故事，到了金代，这种说唱艺术发展得更为成熟，主要标志是董解元《西厢记诸宫调》的问世。以《董西厢》为代表的诸宫调的音乐即是元杂剧音乐的基础，从这个意义上说董解元是"北曲"的首创人毫不过分。《董西厢》按不同宫调将多个曲牌分别联套演唱一段故事情节和曲与说白交错的体式，也为元杂剧所继承；《董西厢》的宏大的结构、细腻的人物性格描写，尤其是经常通过故事中人物的自叙（代言形式）来展开情节的特点，又在文学上给元杂剧以相当的影响。

唐代"参军戏"已经很盛，现代的相声、独角戏还保留着它的一些基本特征。参军戏的一支与歌舞相结合，并渗入了戏剧的因素，便形成宋杂剧和金院本。宋杂剧和金院本虽然还比较幼稚，但已经是基本成型的戏曲。其内容仍以诙谐调笑为主，但有了简单的故事情节；其形式或偏重于唱或偏重于念诵、说白，后来两者日趋结合；其角色有四五个，各有不同的名目；其代言体的特征虽还不明确，但正在向这一方向转化。从现存剧目来看，金院本比宋杂剧故事性更强些，如《庄周梦》《赤壁廖兵》《杜甫游春》《张生煮海》等，均为元杂剧所承袭。

宋以前，正统文学是诗词散文，所以各色戏剧萌芽尽管有的是为统治者表演的，但基本上属于民间艺术形式。元杂剧是直接继承金院本，又糅合了诸宫调的多种特点，并从其他民间技艺中吸取了某些成分而发展起来的。元杂剧才是具有完备的文学剧本、严格的表演形式、完整而丰富的内容的成熟戏剧。由于宋杂剧和金院本并无剧本留存，无法知道其中有无完全是代言体的剧目，而元杂剧的这一特征是清楚的。采用代言体是成熟戏剧的重要标志，因为必须在这种表演形式中，才能吸引观众进入虽是虚构却具有真实感的戏剧场景。

从文学角度讲，元朝以前民间文学对元杂剧的影响，还表现在以下两方面：一是民间文学为元杂剧提供了创作素材，如关汉卿的《西蜀梦》写英雄无敌的关羽、张飞丧生于不足挂齿的小人叛臣之手，托梦刘备为他们报仇；《单刀会》写东吴的鲁肃设宴约关羽过江，企图强迫他交出荆州，关羽明知其意，却不肯示弱，单刀赴会，怒斥鲁肃，智退伏兵，安然归去。剧中通过描绘关羽的英雄业绩、慷慨情豪，突出了英雄主义的主题。还有元杂剧中的六个"水浒戏"：《李逵负荆》《燕青博鱼》《黄花峪》《双献功》《争报恩》《还牢末》，通过描写梁山好汉"替天行道"、主持正义的事迹，反映出元代民众对合理公正的社会秩序的要求。梁山好汉作为正义力量的代表，对邪恶势力加以审判和惩罚。戏剧中的梁山好汉，既是反抗官府的造反者，又是在代替失职的地方政府执行其应有的功能。这些剧本取材于尚未定型的"三国""水浒"故事，表明民间文学是古代戏剧成长的肥沃土壤。

二是民间文学的思想倾向为元杂剧提炼了好的主题思想。包拯其人是北宋仁宗朝名臣，史称："拯立朝刚毅，贵戚宦官为之敛手，闻者皆惮之。人以包拯笑比黄河清，童稚妇女，亦知其名，呼曰：'包待制。'京师为之语曰：'关节不到，有阎罗包老。'"宋金到元，民间一直在演义包拯的故事，并逐渐形成包公故事的主题思想。元代杂剧作家在此基础上创作了许多包公戏。除了前面提到的关汉卿的《鲁斋郎》《蝴蝶梦》之外，无名氏的《陈州粜米》和李潜夫的《灰阑记》也是其中比较优秀的作品。《陈州粜米》写赈灾官员刘得中、杨金吾奉钦命放粮，却趁机大肆盘剥，还打死了敢于反抗的贫苦百姓张古。包拯微服查得实情，用计严惩了贪官污吏。剧中写包拯让张古的儿子亲手打死杀父仇人，令人痛快。《灰阑记》描写封建家庭中对财产继承权的激烈争夺，别有特色。富翁马均卿纳妓女张海棠为妾，生有子，马的正妻为独霸家产，与奸夫合谋将马均卿毒死，嫁罪于海棠，并强夺其子为己子。案子进了官府，太守凭银子断是非，街坊邻居、接生婆等各色人物也都收了马妻的银子做伪证，张海棠最终在酷刑下屈招罪名。这里写金钱对封建家庭的破坏和世人倚强凌弱，真实有力。最后包公断案，诈称谁把站在石灰圈中的孩子拽出圈外，便判给谁。他从张海棠因怕伤害孩子而不敢用力、马妻则悍然不顾地强拉孩子出圈的对比中认明真相，并将其余案情一一查清。大抵元代包公戏写到断案或处理案件，都是运用巧计，所以这种戏的意义不仅在于揭示社会问题和歌颂清官，还有一种传播智慧的意味，这对于吸引观众也是很重要的。

第五章　正统文学与通俗文学的消长

第一节　正统文学的繁荣

诗歌到了唐代出现了空前的繁荣。据清人《全唐诗》及今人陈尚君《全唐诗补编》，计有作者3600余人、诗55000余首。唐诗的繁荣表现在以下方面：

第一，诗人队伍的扩大和主导力量的改变。魏晋南北朝诗歌创作，主要产生于宫廷文人和高级士族这两个圈子。虽然也出现了一些出身低微的诗人，但他们往往依附于前者，影响也有限。唐代的情况则不同，诗歌的作者群非常广大，不但帝王和高级官僚参与其中，大量中下级官僚以及普通士人，乃至和尚、道士、妓女等各种身份的，有一定文化修养的人也都热情地从事诗歌创作，这是过去历史上未曾有过的。尤其值得注意的是，自初唐以后，宫廷文学就逐渐失去了在诗坛上的主导地位，真正有杰出成就、对诗歌创作潮流产生重大影响的诗人，从初唐"四杰"和陈子昂，到李白、杜甫，以及李贺、李商隐等人，大都家庭出身并不显赫，本人的政治地位也并不高。有些著名诗人如王维、白居易，虽然晚年仕宦显达，但他们在诗歌领域的影响与他们的政治地位没有直接关系。总体上说，诗歌创作在唐代是一种普遍的社会文化现象，这一点对唐诗特点的形成及创作数量的大幅度增长具有根本性意义。

第二，唐诗所反映的社会生活层面的扩展。前代诗歌，尤其是南北朝诗歌，一个显著的缺陷是与下层社会生活相脱离，并且有意回避尖锐的政治矛盾，所表现的内容大抵以个人日常生活和喜怒哀乐为主。而唐代诗人来自社会的各个阶层，并且不少人来自社会的中下层，他们对社会各方面的情况较前人有更深刻的了解和体验，自身的经历也更为曲折丰富。加上时代的变化，使他们具有干涉社会、干涉政治的信心和勇气，因此唐诗所反映的社会生活层面就显著扩展了。诗人对各种社会现象、社会问题的观察与思考，诗人自身不同的人生观念与人生理想，都在诗歌中充分地表现出来，这造就了唐诗丰富多彩的面貌。

第三，艺术风格与流派的多样化。诗歌的审美特征在魏晋南北朝时期受到高度重视，这是中国文学的重大进步。自建安时代开始，以曹植为标志，诗歌的审美趣味渐偏向于华丽。华丽并没有什么不好，包括前人指责南朝诗歌的"绮靡""纤巧"等，也根本不能构成文学的罪名。但问题在于：在一个很长的时期中，文学单纯以华丽为美（尽管华丽之中也有各种区别），而排斥其他的风格，这必然造成褊狭的艺术趣味，妨害文学的繁荣发展。唐诗从总体上来说，也是注重修辞之美、注重华丽的，这是对前人的继承。但唐诗就其华丽一面来说，掺杂了各种不同的因素，富于变化；而且某些前人不大可能承认为"美"的风格，如险怪、粗犷等，也诸相纷呈、各放异彩，表明唐代诗人对美的理解更为宽广。人们习惯上把唐诗分成初、盛、中、晚四个阶段，在每一阶段都有一些自标一格、不蹈袭前人的杰出诗人出现，他们共同汇聚为唐诗群星璀璨的盛大局面。

第四，诗歌艺术形式的完善。诗歌作为情感的审美表现，是在一定形式中完成的，形式绝不是无足轻重的因素。说到唐诗艺术形式的完善，通常人们容易想到齐梁以来诗歌格律化的过程在唐代得到完成，这当然很重要，但更重要的一点表现在，唐人比前人更自觉、更强烈地意识到诗歌是一种美的构造。唐人诗歌创作讲究风骨，风骨即文学作品中的生气、感染力和语言表现的力度，也指作品具有一种与时代相适应的雄浑壮大之美的意味；讲究"兴象"，即以诗人的情感、神思统摄物色万象，使之呈现为富有韵味的意境，和后世所说的"境界"略为相似。唐人把诗作为一种美的构造来写，所描绘的意象味等各方面加以推敲。唐诗中大量的优秀作品，都呈现出诗意高度集中、意境单纯明净的特点。这正是唐诗为人们所喜爱的重要原因。

词在宋代达到了高峰。《全宋词》为宋词总集，辑两宋词人1330余家，词作19900余首。

北宋前期重要的词作家如张先、晏殊、宋祁、欧阳修以至晏几道等，奠定"士大夫之同"的基本格调。他们的代表作,气象高华而感情深沉、各具个性。尤其是欧阳修,其词对苏轼产生了直接的影响。柳永则是进一步发展词体的重要作者。他长期落魄江湖,因而词中更能体现一部分城市市民的生活和思想感情,而且能采用民间俗曲和俗语入词,善用铺叙手法,创作大量慢词。柳词具有广泛的社会基础,形成宋词的新潮。

北宋中期苏轼登场,词坛上像耸峙起气象万千的大山。他不仅倡导豪放词风,"指出向上一路"(王灼《碧鸡漫志》),且"无意不可入,无事不可言"(刘熙载《艺概》),词的境界大为拓展。苏门弟子及追随者秦观、黄庭坚、贺铸等都能各自开辟蹊径、卓然各成一家,词坛呈现万紫千红的繁荣景象。尤其秦观的词深婉而疏荡,与周邦彦的富艳精工、李清照的清新柔媚如天际三峰,各至婉约词之顶巅。李清照生当南北宋过渡时期,南渡以后词风由明丽而变为凄清,沈谦说"男中李后主,女中李易安"(见《填词杂说》),把她与李煜相提并论,确也当之无愧。

南宋以后,由于民族矛盾的尖锐,从宋金对峙到元蒙灭宋,爱国歌声始终回荡词坛,悲壮慷慨之调应运发展,把豪放词风提高到一个新层次。张元干、向子諲、岳飞、张孝祥、陆游、辛弃疾、陈亮、刘过、刘克庄、吴潜、刘辰翁、文天祥等,如连峰峦嶂峥峰绵亘。其中以辛弃疾的成就最高,他一生有词600多首,其中有抒写抗金和恢复中原的宏愿被压抑的悲愤和对苟安投降派的批判,也有对自然风景、田园风光的赞美;风格以雄深雅健、激昂慷慨为主,也有潇洒超逸、清丽妩媚。辛弃疾在宋代词人中创作最为丰富,历来与北宋苏轼并称"苏辛"。前人或在苏、辛之间比较高低,正如对唐人作李白、杜甫优劣论,是很困难的。陈毅《吾读》曾说:"东坡胸次广,稼轩力如虎。"不加轩轾,允称卓识。南宋时期还有许多杰出词人对婉约词风进一步开拓,宛如丛丛奇葩争胜,也不可能都用婉约一格来概括。姜夔的"清空""骚雅",史达祖的"奇秀清逸",吴文英的"如七宝楼台",王沂孙的"运意高远""吐韵妍和",张炎的"清远蕴藉""悢怆缠绵"等。他们都是在词的音律与修辞艺术上精益求精,有时也在作品中寓托家国之感。

宋词有许多脍炙人口的作品,豪放词如岳飞的《满江红》:

怒发冲冠,凭阑处,潇潇雨歇。抬望眼,仰天长啸,壮怀激烈。三十功名尘与土，八千里路云和月。莫等闲，白了少年头，空悲切。

靖康耻，犹未雪；臣子恨，何时灭！驾长车，踏破贺兰山缺，壮志饥餐胡虏肉，笑谈渴饮匈奴血。待从头，收拾旧山河，朝天阙。

此词抒写抗金壮志，气贯长虹。婉约词如李清照的《一剪梅》：

红藕香残玉簟秋，轻解罗裳，独上兰舟。云中谁寄锦书来？雁字回时，月满西楼。

花自飘零水自流。一种相思，两处闲愁。此情无计可消除，才下眉头，却上心头。

此词写夫妻相思之情，缠绵悱恻，柔情似水。

散文在唐宋两朝登峰造极。《全唐文》是清代官修的唐五代的文章总集，共1000卷，收文章18488篇，作者3042人，每一位作者都附有小传。由四川大学古籍研究所整理编纂、巴蜀书社出版的《全宋文》，是目前我国最大的一部断代文章总集，收录了宋代300年间上万个作家的近10万篇文章，总字数超过一亿字，分编为180册，目前已出版多册。

散文是中国发现最早的文体，先秦历史散文、诸子散文，两汉司马迁、班固的历史散文和贾谊、王充等人的政论散文都达到了后人难以企及的高度。魏晋南北朝骈文形式主义文风兴起，把散文引入歧途。到了唐代中叶，韩愈、柳宗元发起古文运动，迎来了中国古典散文的又一高潮。

韩愈具有积极维护封建专制和儒家"道统"的热情，他又是一个个性很强、自我表现欲很强的人。当韩愈投入古文复兴运动时，他的气度与前人实有很大的不同。而古文运动获成功，不仅由于他的理论，更是由于他写出了许多富于个性、才力和创造性的佳作，从实践上重新奠定了散体文的文学地位。同时，他大力提倡与呼吁文体改革，团结了一批撰写散体文的作家，使散体文创作形成了一股较大的文学潮流。

韩愈的古文理论主要如下：第一，主张散文创作"宜师古圣贤人"（《答刘正夫》），学古文根本上是为了学习"道"。第二，学习古人的散文体格，主要应该学习古人"词必己出"（《南阳樊绍述墓志铭》），而不是简单地模拟古文。至于韩愈本人的创作，又比他的理论更能反映出他作为文学家的气质。他创作了许多既出于真情又刻意追求艺术性的文学作品。

他的一些议论性短文带着充沛的感情，写得真挚动人。如《送孟东野序》为孟郊鸣不平，激动地发泄着对时代与社会埋没人才现象的一腔怨气；《送董邵南序》则借安慰因"举进士，连不得志于有司"而只好去燕赵谋事的董邵南，抒发对才士沉沦不遇、生不逢时的感慨；而《送李愿归盘谷序》则借赞美退隐者的清高，斥责那些"伺候于公卿之门，奔走于形势之途，足将进而趑趄，口将言而嗫嚅"的小人的卑劣行径，蕴含了下层文人在社会压抑下急于宣泄的"不平之气"。此外，还有一些近乎寓言的杂感，则锐利尖刻、生动形象，往往一针见血，而又不动声色。如《杂说一》《杂说四》《获麟解》等，借龙、马、麟等动物的遭遇来写人，在这些杂感中往往包含了韩愈自己怀才不遇的感慨或穷愁寂寞的叹息，如著名的《杂说四》：

世有伯乐，然后有千里马。千里马常有，而伯乐不常有，故虽有名马，祇辱于奴隶人之手，骈死于槽枥之间，不以千里称也。马之千里者，一食或尽粟一石。食马者不知其能千里而食也，是马也，虽有千里之能，食不饱，力不足，才美不外见，且欲与常马等不可得，安求其能千里也。策之不以其道，食之不能尽其材，鸣之而不能通其意，执策而临之曰："天下无马！"呜呼！其真无马邪？其真不知马也！

此文表现人才遇知己的不易，抨击当时社会埋没人才的种种弊端，很有震撼力，而且形象生动。

韩愈的记叙文，如《〈张中丞传〉后叙》《柳子厚墓志铭》等，叙事中或加渲染，或杂谐谑，也写得生动传神。像《〈张中丞传〉后叙》写到南霁云向贺兰进明求援，而贺兰进明出于妒忌按兵不动，反而设宴以笼络南霁云。这时，韩愈以浓墨重彩写道：

霁云慷慨语曰："云来时，睢阳之人不食月余日矣，云虽欲独食，义不忍；虽食，且不下咽。"因拔所佩刀断一指，血淋漓，以示贺兰，一座大惊，皆感激为云泣下……

（南霁云）将出城，抽矢射佛寺浮图，矢着其上砖半箭，曰："吾归破贼，必灭贺兰，此矢所以志也。"

这两段，在刻画南霁云忠勇坚贞品格的同时，把南霁云刚烈的个性也表现出来了。

纵观韩愈的散文创作，其艺术技巧可以归纳为以下三方面：

首先，韩愈很注意语汇的创新，骈文的一个重要缺陷就是语言陈旧、套路烂熟、好用典故，而韩愈从前人的语汇中推陈出新，从当时的口语中提炼新词，创造出不少新颖的语汇，使文章常常闪现出妙语警句，增添了不少生气。像《送穷文》中的"面目可憎""垂头丧气"、《进学解》中的"动辄得咎""佶屈聱牙""业精于勤荒于嬉，行成于思毁于随"、《原道》中的"不塞不流，不止不行"、《送孟东野序》中的"不平则鸣"、《应科目时与人书》中的"俯首帖耳""摇尾乞怜"等，都是沿用至今、鲜明生动的词语。此外，韩愈还一反骈文好用华丽辞藻的习惯，采取一些不为人所用或刺激性很强的词汇，如《送穷文》写鬼"张眼吐舌，跳踉偃仆，抵掌顿脚，失笑相顾"、《石鼎联句诗序》写人"白须黑面，长颈而高结"、《进学解》写治学"牛溲、马勃，败鼓之皮，俱收并蓄"、《送廖道士序》写山气"蜿蜒扶舆，磅礴而郁积"，看起来未必美，但极其生动传神。当然有时韩愈也不免矫枉过正，用一些冷僻生涩的文字，使文章佶屈聱牙，拗口难通。

其次，韩愈很注重句式的设计。骈文的句式，固然整齐合拍、音节响亮，但缺少变化，气势较弱，而韩愈的散文，则极善于交错运用各种重复句、排比句、对仗句，来增加文章的变化与气势，发挥散文句子可长可短的优势，弥补散文缺乏音乐美和节奏感的缺陷。如《进学解》论先生的学业、儒道、文章、为人的四层，结尾分别是"先生之业，可谓勤矣""先生之于儒，可谓劳矣""先生之于文，可谓宏其中而肆其外矣""先生之于为人，可谓成矣"，使四层意思的节奏显得很和谐，语气在流畅中层层加码，为后面突然的大转折做了有力的铺垫。又如《画记》中述画中之人，不避重复地列举了"骑而立者五人，骑而被甲载兵立者十人，一人骑执大旗前立，骑而被甲载兵行且下牵者十人，骑且负者二人"等32种姿态的123人；记画中的马，则一一写了27种马的姿态，看起来很啰唆，但读来却娓娓动听,画上各种人、马姿态毕现,各种长短错落、节奏不一的句式以极其繁复的方式组织在一起,正好令人感受到这是一幅庞大细密、错落参差的宏大图画的布局形式。此外,《送孟东野序》连用38个"鸣",由于句式变化,并不令人感到单调,反而有一种喷涌而出、咄咄逼人的气势。《祭十二郎文》中写初闻噩耗心里震动的一段,句句用语助词收尾,"也""乎""耶"的不同语气错落相杂,或感叹或疑问,句子忽长忽短,很真实地表现出感情的激烈起伏变化。

最后,韩愈极为注意文章的结构布局。他有时以重笔陡然而起、突兀而现,抓住读者目光,然后再转入本题,如《送董邵南序》以"燕赵古称多感慨悲歌之士"起首,《送温处士赴河阳军序》以"伯乐一过冀北之野而马群遂空"起首;有时从远处迂回而来,如《送区册序》先说阳山的穷僻荒寒、文化落后,然后借庄子关于逃世之人闻空谷足音而喜的话转接,写出其时其境中与区册相识的愉快。至于《送孟东野序》则是上述两种类型的结合,文章从"大凡物不得其平则鸣"的警句振起后,却不引入孟郊之事,而是从物声说到人声,从人声说到文辞,文辞又是从上古说到唐,一路悄恍迷离、不着边际。最后寥寥数语归结到孟郊,反观前文,既是作者自身人生感想的抒发,又成为本文正题的铺垫。另外像《原道》那种抽丝剥笋般的层层推进,《原毁》的正反互映、通篇对比,虽是单纯说理文字,章法却有诸多变化。值得注意的是,在特定情况下,韩愈还有意避免摇曳生姿的文章结构。如《柳子厚墓志铭》写得十分平实,表现出他对这位朋友爱其人格才华而惜其行事(韩不赞同柳参与永贞革新)、怜其遭遇的心情;《祭十二郎文》也是直抒衷情,不有意为文,但自然平实其实也是对文章结构的一种精心考虑。

韩文具有各种体式。风格也有所不同,其最显著的特征是气势雄大、感情充沛而文字奇崛新颖、句式参差交错、结构开阔变化,前人说它"猖狂恣肆"(柳宗元《答韦珩示韩愈相推以文墨事书》),"如长江大河,浑浩流转,鱼鼋蛟龙,万怪惶惑"(苏洵《上欧阳内翰书》)。当然,韩愈在文章上很用力,"做作"的痕迹也是难免的。

当时,韩愈是文坛上的领袖,他不仅自己提出理论、参与实践,而且极力提携文学上的同道,如作《荐士诗》推荐孟郊,写《荐张籍状》《荐樊宗师状》推荐张籍、樊宗师，写《讳辩》为李贺打抱不平等。他自己也说自己交游很广，"所与交往相识者千百人……或以事同，或以艺取"（《与崔群书》），李翱则说他"颇亦好贤"（《答韩侍郎书》）。因此，在他周围形成了一个作家集团，他们在诗、文两方面都进行了具有创新意义的努力。在诗歌方面取得成就的人不少，散文方面则除了韩愈外，李翱以议论文为主，虽结构整饬，却缺乏文采和气势；皇甫湜的散文则比较重视外在语言形式上的奇崛，但情感力度较弱，气势也不够雄大；樊宗师的散文更把韩愈的语言奇崛险怪推向了极致，虽然"词必己出"，但他忽略了语言交流的通则，走向了晦涩艰深。

宋代有6位散文大家，成就突出的是欧阳修和苏轼。

欧阳修在北宋诗文革新运动中做出了卓越贡献，成为北宋中叶文坛的领袖，这可以说是古今共识。论宋代古文者，莫不知欧阳修之后有曾、王、三苏，曾、王与欧阳修皆江西人，三苏出欧阳修门下，欧阳修在中国文学史上算不得一流大家，但他作为宋代古文运动的领袖，其文论和创作实践，对当时及后代的影响却不容低估，足可与"文起八代之衰"的韩愈媲美。为纠正西昆体雕刻过甚的偶俪之文的流弊，他身体力行地实践自己"其道易知而可法，其言易明而可行"的创作主张，撰写了大量平易生动的古文，成为人们学习的典范；在知贡举时，擢拔文章晓畅的三苏等英才。由此开创了一代文风，使宋代古文形成一种平易自然、流畅条达的成熟风格，扭转了唐宋之交文章脱离社会现实的倾向，确立了散体文的正宗地位，使散体文不但后继有人，而且更加发扬光大，避免了重蹈中唐古文运动后继乏人的覆辙。

欧阳修的政论性的文章如《朋党论》《五代史伶官传序》是传统"古文"中的名篇，对结构和文采都颇有讲究，名言警句层出不穷，如"忧劳可以兴国，逸豫可以亡身""君子与君子以同道为朋，小人与小人以同利为朋"。

最能体现他的文学技巧与艺术成就的是记事兼抒情的散文。他的这一类文章，在注意散体文意脉结构、句法上的特点的同时，又汲取骈体文在音律、辞采方面的长处，并且重视文中情绪变化与文章节奏变化的协调，时而舒展，时而收敛，呈现一种纤徐流转、抒情性和音乐感都很强的风格特点。最著名的《醉翁亭记》，从"环滁皆山"的扫视开始，将读者的视线逐渐引向西南诸峰，推进到琅琊山，入山中溪泉旁，随峰回路转，又引人抬头看见泉上小亭，再从作亭者为谁、命名为谁的设问，推出自号"醉翁"的太守，引发"醉翁之意不在酒，在乎山水之间也，山水之乐，得之于心而寓之酒也"的感慨议论，趁势导向山中四时之景，转写"醉翁"的酒宴和醉态、酒宴散后的情景、与人不同的心境，最后点明太守为"庐陵欧阳修"，即作者本人。全文既萦回曲折，又连绵不绝，无一句跳脱。既有明晰的节奏感，又流动摇曳，作者内心淡淡的孤独、怅惘之情在这种咏叹的节奏中得到很好的表现。欧阳修用骈体写作的抒情小赋，保持着骈文外在形式上注重声律辞采而浏亮鲜明的特点，却又多掺杂散体句法，并注意气脉的连贯流动。如《秋声赋》：

欧阳子方夜读书，闻有声自西南来者，悚然而听之，曰：异哉！初淅沥以萧飒，忽奔腾而砰湃，如波涛夜惊，风雨骤至。其触于物也，缴缴铮铮，金铁皆鸣；又如赴敌之兵，衔枚疾走，不闻号令，但闻人马之行声。予谓童子："此何声也？汝出视之。"童子曰："星月皎洁，明河在天，四无人声，声在树间。"

对无形的秋声做了形象的描绘。他用排比对偶句法构成三次短促的节奏，写秋声有惊天动地之感，末几句的写景越发显得萧瑟平静，丝毫不为秋声所动。在两相映衬而合成的整体意境中，突出了作者内心对秋天衰飒气氛的敏感和悲哀。

欧阳修的散文虽以学习韩愈相标榜，风格却不相同，而是学韩而能自出变化。如果说韩文如长江大河，欧文则如澄塘激潮，轻波荡漾，委婉含蓄。在与古文发展过程中的怪僻、艰涩文风做斗争中，欧阳修摒弃了韩愈文章艰涩怪奇的一面，发展了其"文从字顺"的一面，建立起平易流畅、委曲婉转的文章风格。这是他对宋代散文发展的贡献。他的散文叙事简括有法，议论纡徐有致，多用语助词，不用冷僻怪异的字，大量化用骈文语句；注意语气的轻重和声调的谐和，善于利用文句的长短变化、语气的停顿转换，以加强文句间的转换，加强文句间的联系，使语句圆融轻快、文气流转条达，无滞涩窘迫之感。

北宋散文乃至整个古代散文的最高成就代表者应推苏轼。

苏轼散文的总体艺术特色如下：一是"辞达""通脱"，有圆活流转、错综变化和自然率真之美。他作文时多用空灵虚拟之笔自由尽情地挥洒,行文如行云流水,气势奔腾而壮阔雄奇;句式多变,以散行单句为主,但又融合不少骈偶、排比成分,骈散结合,错落有致。二是善于用比喻,多形象思维。在描写难以言传的状态、情绪和感受时,他常用的方法是将其具体化、形象化,有时用各种事物比喻人,有时用人比喻各种不同的事物。他不仅能用比喻生动准确地描写自然景物和各种具体事物的特征,还在议论中用比喻说明道理,议论横生而妙趣无穷。三是有诗化倾向,以情感和才气为文,富于想象,苏轼写文章善于从虚处入手,采用诗家手法翻空出奇,或化无为有,或化有为无,讲究渲染气氛和营造意境,令人体会到处处都有一种真气内充的蓬勃诗意。

苏轼早年喜论古今而不为空言,所以他早期的议论文占比重很大,包括奏议、进策、杂说而以政论、史论为突出。其政论从儒家政治理想出发,广引历史事实加以论证,继承贾谊的传统,文笔纵横恣肆,明显受《战国策》影响;史论能据常见史料作翻案文章,见解独到,不落窠臼。在论说风格上,苏文援古证今,波澜层出,或振笔直书,才思横溢。既汪洋恣肆,又深入浅出;既文采斐然,又说理透彻。故苏轼的议论文多雄辩滔滔,气势纵横,议论与文采交融,感情与理智并重,语言明快畅达,长于形象的说理,颇具文学价值。如《贾谊论》开篇提出中心论点:"非才之难,所以自用者实难。惜乎,贾生王者之佐,而不能自用其才。"本论部分以"夫君子之所取者远,则必有所待;所就者大,则必有所忍。古之贤人,皆负可致之才,而卒不能行其万一者,未必皆其时君之罪,或者其自取也"领起问题的阐述,提出"若贾生者,非汉文之不能用生,生之不能用汉文也"和"贾生志大而量小,才有余而识不足也"两个分论点,最后得出"有高世之才,必有遗俗之累。是故非聪明睿智不惑之主,则不能全其用"的结论。

记叙文最能展示苏轼随物赋形的作文本领,体现他才情横溢的奇思妙想。如《黠鼠赋》全文三段,首段写鼠之黠:"苏子夜坐,有鼠方啮。拊床而止之,既止复作。使童子烛之,有橐中空,嘐嘐聱聱,声在橐中。曰:'嘻!此鼠之见闭而不得去者也。发而视之,寂无所有,举烛而索,中有死鼠。童子惊曰:'是方啮也,而遽死耶?向为何声,岂其鬼耶?'覆而出之,堕地乃走,虽有敏者,莫措其手。"

橐中老鼠为了出去，故意发出啃咬声音，招致人打开橐口察看，童子打开橐口后它又装死，等童子将它从橐中倒到地上才飞快逃走。次段写作者对黠鼠的惊叹，"苏子叹曰：'异哉！是鼠之黠也。……吾闻有生，莫智于人，扰龙伐蛟，登龟狩麟，役万物而君之，卒见使于一鼠。堕此虫之计中，惊脱兔于处女。乌在其为智也？'"他惊叹作为万物之灵的人被老鼠役使。末段反患自己被橐中鼠欺骗的原因是缺乏主见、受外物影响，画龙点睛地写从黠鼠所见人生经验：

坐而假寐，私念其故。若有告余者曰："汝惟多学而识之，望道而未见也。不一于汝，而二于物，故一鼠之啮而为之变也。'人能碎千金之璧，不能无失声于破釜；能搏猛虎，不能无变色于蜂虿，此不一之患也。'言出于汝，而忘之耶？"余俯而笑，仰而觉。使童子执笔，记余之作。

形象与哲理水乳相融，堪称精品。

第二节　通俗文学的起因

正统文学主要指诗歌、散文和词赋，通俗文学主要指小说和戏曲。唐宋以前正统文学占主导地位，元代以后通俗文学占主流。什么叫通俗？鲁迅在谈到《京本通俗小说》时说："其取材多在近时，或采之他种说部，主在娱心，而杂以惩劝。"一般认为，通俗文学与正统文学之间的界限主要有三：其一是文体区分，正统文学的主体是散文和诗歌，通俗文学指诗文以外的文学体裁。其二是作品风格区分，正统文学指经典高雅的作品，通俗文学指俚俗、通俗的文学作品。其三是流传范围区分，正统文学主要流传于文人学士之中，通俗文学流行于社会的普通民众中。

宋元之交，正统文学开始让出文学主流地位给通俗文学，有其深刻的历史原因。

从文学发展规律上讲，一种文体兴盛时间不可能过长，占主流地位的时间也不可能过长；一个时期到底以何种文学体裁为主，要由当时社会的经济政治条件所决定。正统文学发展到唐宋两朝，诗文已经称霸文坛一千多年，且散文有八大家，诗有李杜苏黄，词有豪放婉约，都发展到了顶峰。"日中则昃，月满则缺"，其后必然走下坡路。虽然元明清三代诗文词曲并没有绝迹且仍有佳作问世,但其声势显然不如后来居上的小说戏剧。诗文在唐宋以前占统治地位由当时的经济条件所决定,大都市没有出现,市民阶层人数不够雄厚,社会对通俗文学的需求不大,而当时文化掌握在少数官吏和读书人手中,诗文的创作和欣赏都在较小范围内进行。而宋代以后,城市经济高度发展,商品经济迅速壮大,市民人口大量增加,人们迫切需要进行文化消费,社会对通俗文学的需求日益增长,在这种情况下,小说戏剧适应了社会发展的潮流,成为社会主要的文学艺术形式而广为发展就是不可避免的了。小说戏剧在元明清三代占据主流地位,也是由当时的政治状况所决定。蒙古人入主中原后,统治者大多不懂汉文,更不要说用汉语创作诗歌或欣赏汉人写的律诗绝句和词赋散文了,相比之下汉人演的戏、说的书倒容易接受得多。所以元杂剧在元代兴起也是得力于统治者的娱乐需求。

从文体之间各方面对比上看,传播方式上诗歌散文的小批量书面传播,大多情况下是个人行为,而小说(主要指话本)戏剧可以实现大众分批欣赏;欣赏口味上,诗歌散文主要是出于仕进的功利目的、靠个人意志力来学习,而小说戏剧有曲折生动的故事情节吸引人,人人乐看、人人能看;文学内容上,诗歌散文写作家个人所认识的生活,抒发作家个人的一己情感,这些生活和感情并非能引起所有人共鸣,而小说戏剧以反映各阶层普通人的社会生活和最常有的情感为主,因而比较容易引起较大范围观众听众的共鸣。以明代拟话本为例,这些小说绝大多数都是直白地描述宋元以后,特别是明代那些社会地位和社会角色各异的芸芸众生在当时社会文化环境中的种种生活场景,以及每日每时在这些场景中发生和展示的繁多生活事件、理想方式、法律关系、经济关系等。中国的文学由历来专注于传统的庙堂文化及属于士大夫阶层的山林隐逸文化,至话本和拟话本的时代而别开新面,就成为必然的了。

第三节　戏剧文学在元明清大放光芒

元杂剧、明清传奇代表了作为通俗文学的古代戏剧文学在封建社会末期的辉煌成就。

元杂剧又称北杂剧，是在诸宫调和金院本基础上发展起来的戏剧形式，由"四折一楔子"构成。折是音乐单位，一折里用同一宫调的一套曲子，四折也就是四大套曲子，可选用不同的宫调。楔子的篇幅较短，一般放第一折之前交代剧情，起"序幕"的作用，也可放在折与折之间，起过渡承接作用。在表演上由一人主唱，其他角色只用科白，这种规矩是从诸宫调转化来的。

现存元杂剧全目有 600 多种，已知元代剧作家有 240 余位。

杜仁杰的散套《般涉调·庄家不识构阑》描写了元杂剧演出的真实情况：

【耍孩儿】风调雨顺民安乐，都不似俺庄家快活。桑蚕五谷十分收，官司无甚差科。当村许下还心愿，来到城中买些纸火。正打街头过，见吊个花碌碌纸榜，不似那答儿闹穰穰人多。

【六煞】见一个人手撑着椽做的门，高声地叫"请、请"，道迟来的满了无处停坐。说道：前截儿院本《调风月》，背后幺末敷演《刘耍和》。高声叫：赶散易得，难得的妆哈。

【五煞】要了二百钱放过咱，入得门上个木坡，见层层叠叠团圆坐。抬头觑是个钟楼模样，往下觑却是人旋窝。见几个妇女向台儿上坐，又不是迎神赛社，不住的擂鼓筛锣。

【四】一个女孩儿转了几遭，不多时引出一伙，中间里一个央人货，裹着枚皂头巾顶门上插一管笔，满脸石灰更着些黑道儿抹。知他待是如何过？浑身上下，则穿领花布直裰。

【三】念了会诗共词，说了会赋与歌，无差错。唇天口地无高下，巧语花言记许多。临绝末，道了低头撮脚，爨罢将幺拨。

【二】一个妆做张太公，他改做小二哥，行、行、行，说向城中过。见个年少的妇女向帘儿下立，那老子用意铺谋待取做老婆。教小二哥相说合，但要的豆谷米麦，问甚布绢纱罗。

【一】教太公往前挪不敢往后挪，抬左脚不敢抬右脚，翻来复去由他一个。太公心下实焦躁，把一个皮棒槌则一下打做两半个。我则道脑袋天灵破，则道兴词告状，划地大笑呵呵。

【尾】则被一胞尿，爆的我没奈何。刚捱刚忍更待看些儿个，柱被这驴颓笑杀我。

由此可知，元代杂剧正式演出前有锣鼓奏乐，正式演出分前后两截，前截一个节目，后截一个节目。演员脸部要有浓墨重彩的化妆，剧情内容有一定的滑稽搞笑表演。

关汉卿是元杂剧作家中成就最高的，他的杂剧存目多达60余种，占现存元杂剧全目的十分之一。其数量之多、质量之高，在已知的240余位元代剧作家中是首屈一指的。时至今日，他的剧作留存下来的还有18种，第一类是公案戏，包括《窦娥冤》《蝴蝶梦》和《鲁斋郎》。《窦娥冤》是关汉卿公案戏的代表剧目，具有很强的反抗精神和现实意义。窦娥年纪轻轻就守了寡，尽心赡养婆婆。但在豪强横行、地痞逞凶、官吏枉法的社会里，好人是很难做的，做好女人就更难。窦娥安分守己、逆来顺受和事事为他人着想的优良品质，竟然成为她不得不含冤受屈的主观因素。当蔡婆引狼入室，无赖张驴儿父子进家，窦娥坚决拒绝欲行非礼的张驴儿。后来张驴儿失误毒死亲父，却反诬窦娥毒死公公，并以"官休"要挟窦娥屈从于他时，窦娥毅然决然与恶棍走上官衙。哪想昏官听信张驴儿一面之词，对窦娥滥施酷刑，窦娥昏死三次仍不屈服，后来听说要打婆婆才屈招。她宁愿自己蒙冤也不愿婆婆挨打受苦。第三折窦娥上刑场，她叱天骂地，蕴含着强烈的反抗精神，这是对暗无天日的社会制度的怀疑和批判。接着她对天发下三桩誓愿：一是血溅素练，二是六月飞雪，三是楚州三年不降雨雪。誓愿一一应验，这都是"官吏每无心正法，教百姓有口难言"的结果。

第二类是历史剧，包括《哭存孝》《单刀会》和《西蜀梦》等。《单刀会》是其代表作品，它的剧情很简单：鲁肃设宴约关羽过江，企图强迫他交出荆州，关羽明知其意，却不肯示弱，单刀赴会，怒斥鲁肃，智退伏兵，安然归去。剧中通过描绘关羽的英雄业绩、慷慨豪情，突出了英雄主义的主题。

同时，作品也突出地抒发了作者对历史、对人生的深沉感慨。如关羽过江时那一段脍炙人口的唱词，对于剧情并不重要，实是作者借剧中人物来抒情：

水涌山叠，年少周郎何处也？不觉的灰飞烟灭！可怜黄盖转伤嗟，破曹的樯橹一时绝，鏖兵的江水犹然热，好教我情惨切！

（唱）二十年洗不尽的英雄血！

历史的行程是惨烈的，而惨烈的历史转首成空，但即使如此，英雄也不能放弃他们的行动，以建树自己的业绩，这是令人感到亢奋的地方。所以，这一段唱词从古至今一直为人们所喜爱。

此剧构思很有特点，善于用铺垫和渲染手法塑造人物，主人公关羽到第三折才出场，第一折由东吴的亲贵乔公主唱，追述关羽的英雄业绩和豪迈气派，长其威风。第二折又由关羽的故友司马徽主唱，再一次介绍关羽的威武和英勇。经过反复的渲染、铺垫，关羽第三折才出场，明知赴宴有危险却毫不犹豫地答应，就让人一点都不奇怪了。与此相应，该剧的风格沉雄壮烈，许多唱词写得大气包举，具有雄浑苍劲的意境，如第四折关羽过江时，面对滔滔江水的两段唱词从苏轼《念奴娇·赤壁怀古》化出，充满沧桑的惨切感叹，与剧中人物的境遇和性格相契合，成为关羽心声的抒发。

作为一个向戏曲舞台提供演出剧本的"书会才人"和专业作家，关汉卿很少为文人的传统习性所囿，很少在炫耀辞采、驰骋才情上花费心血：他的剧本，无论是选材与剧情安排，还是人物形象的塑造和语言的运用，都很重视舞台演出效果，适应观众的欣赏心理，以生气勃勃的艺术活力，表现出新鲜的社会意识与人生追求。实际上，关汉卿之所以能够成为元杂剧的奠基人，写作年代早与作品数最多还在其次，充分地发挥戏剧这一新兴文艺样式的长处，才是最重要的。

从题材的选择来说，关汉卿的许多杂剧，站在普通民众的立场上，提出了社会公道和正义这一严峻问题。社会对弱者从来就是不公平的，并不是到了元代才如此。尖锐地提出这个问题，既表现了作家的良知，也是正在发展着的市民阶层通过作家所发出的呼吁。尽管社会公道和正义的实现,关汉卿常常在剧中不得不诉诸幻想,但这终究体现着改善社会秩序的愿望。更何况关汉卿也赞同并描绘了弱者通过自己的机智斗争来获得社会正义。而这一类题材通过戏剧这一种最具有煽动性的文艺形式来表现,其效果也格外强烈。在戏剧结构方面,关汉卿也善于布置情节,在激烈的矛盾冲突中营造戏剧氛围,并使舞台演出富于动作性。本来,元杂剧四折的体制比较短小,很容易写得单薄,但关汉卿常以适当的剪裁、布置,使之能容纳较丰富的内容。

如《拜月亭》一剧,以王瑞兰夫妇的离合为主线、蒋瑞莲夫妇的姻缘为副线,两条线索相互交错,共同演进;《鲁斋郎》一剧,李四和张珪的妻子先后被鲁斋郎霸占,两家人的命运彼此纠结。

王实甫也是元代的戏剧大家。他的《西厢记》是一部优美的爱情剧。如果以单部作品而论,《西厢记》是元杂剧中影响最大的。它以五本二十一折的宏大规模来敷演一对青年男女追求自由爱情婚姻的故事,不仅题材引人喜爱,而且人物刻画得丰满细致,情节表现得曲折动人,再配以与浪漫的内容相称的清丽优雅而又活泼的语言,自然有一种不同寻常的魅力。

《西厢记》从两条线索展开剧情,一条是张生、莺莺和红娘与老夫人之间的矛盾冲突;另一条是莺莺、张生、红娘之间的性格冲突。前者是戏剧冲突的主线,后者是副线,但又相互制约,构成由"惊艳""寺警""赖婚""赖简""拷艳"等重要关目组成的特有戏剧性,交错推动剧情发展。一层深一层地展示崔、张的自由恋爱与封建世家大族观念不可调和的矛盾和较量,在许多关键地方使情节和人物性格发展更为巧妙合理。如老妇人的"三赖婚事",作为悬念推动故事的发展,表现了作者高超的戏剧结构艺术和善于塑造人物的大手笔。为了能更好地展示剧情,《西厢记》还突破了元杂剧一本四折的体制,用五本二十一折的篇幅来写,像是用多本杂剧连演一个故事的连台本。而且还打破了元杂剧由一人主唱到底的通例,在第一本的第五折、第四本的第四折等处,采用了末、旦轮唱的方式。这种体制上的创新和突破,不仅能以比较完美的戏剧形式安排剧情,使戏剧冲突波浪迭起、丰富曲折,也便于更细致、更全面地刻画和塑造人物形象。

《西厢记》文辞优美，可以说是一部情采并茂的诗剧。其人物语言是充分戏剧化和个性化的，形成了抒情诗般的歌唱语言和潜台词丰富的宾白语言，具有极高的文学欣赏价值。剧中的许多唱词，表现了特定的场景中人物的真情实感，有如一首首优美的抒情诗。以经过提炼的民间口语为主，适当地融入前人的诗词佳句，从而形成既明白通畅又清丽华美的语言风格。本色而又富于文采，具有浓郁的诗意，能启发读者的想象，使之迅速进入作者创造的剧情氛围，感受到主人公悲欢离合的缠绵之情，了解人物的内心秘密，从而产生强烈共鸣。如第十本第一折：

【仙吕】【八声甘州】诞恨瘦损，早是伤神，那值残春。罗衣宽褪，能消几度黄昏？风袅篆烟不卷帘，雨打梨花深闭门；无语凭阑干，目断行云。

【混江龙】落红成阵，风飘万点正愁人，池塘梦晓，阑槛辞春；蝶粉轻沾飞絮雪，燕泥香惹落花尘；系春心情短柳丝长，隔花阴人远天涯近。香消了六朝金粉，清减了三楚精神。

（红云）姐姐情思不快，我将被儿薰得香香的，睡些儿。（旦唱）

【油葫芦】翠被生寒压绣裀，休将兰麝蒸；便将兰麝薰尽，则索自温存。昨宵个锦囊佳制明勾引，今日玉堂人物难亲近。这些时坐又不安，睡又不稳，我欲待登临又不快，闲行又闷。每日价情思睡昏昏。

【天下乐】红娘呵，我则索搭伏定鲛绡枕头儿上盹。但出闺门，影儿般不离身，（红云）不干红娘事，老夫人着我跟着姐姐来。（旦云）俺娘也好没意思！这些时直恁般堤防着人；小梅香伏侍得勤，老夫人拘束得紧，则怕俺女孩儿折了气分。

唱词是诗的语言，宾白是当时的口语——庄重与诙谐交相辉映，严谨与活泼相映成趣。

明代传奇是在宋元南戏的基础上发展形成的戏剧形式。体制宏伟，短的十几出，长的一百多出；在曲调曲牌上兼用南北二曲，并用宫调区分曲牌，还可以"借宫犯调"。明代杂剧的社会意义及艺术水准都不及元代，造成明杂剧衰落的重要原因之一，是传奇的兴盛。由于种种原因传奇在体制规模上吸收而又超越了南戏和杂剧，使得它在形式上更加活泼，规模宏大，所以文人将它作为施展才华、寄托情志的戏剧形式，民众则喜欢这种内容丰富、情节曲折、声调悦耳的艺术形式，因此它很快发展起来，成为明代戏剧的主导形式。从南戏向传奇发展过程中，逐渐形成相对独立的带有地方风格的不同声腔。其中昆山腔经魏良辅改造，受到士大夫的欢迎，促进了传奇的发展。

在明中叶出现的"三大传奇"中，《鸣凤记》是唯一写当朝时事的作品，也是古代戏曲中第一部描写现实重大斗争的时事剧，相传为王世贞所作。此剧取材明代现实生活，写嘉靖年间十位忠义之士与严嵩斗争的故事。剧本通过忠奸对立和斗争的描写，比较广泛地揭露嘉靖年间政治的黑暗，反映了当时重大的社会政治事件，剧本还突破生旦为主的程式，男女主人公杨继盛、张氏在第十五出就结束了活动。

而李开先的《宝剑记》体现了明中期传奇内容题材和声腔的新变。此剧根据《水浒传》林冲的故事改编并做了重大改动：一是剧中林冲发配以后，一再上疏参奏高俅和童贯结党营私，赋予林冲斗争以政治意义，反映明中叶奸臣当道的社会现实。二是注意渲染林冲的高级地位与士大夫色彩，以及其妻张真娘的贤惠品德，以突出"表忠良""振纲常"的主题。三是以宝剑作为贯穿全剧的核心道具，突出它在戏剧舞台上的特殊作用。《宝剑记》尽管没有跳出忠孝节义的樊笼，但却能注入现实生活的内容，抒发作者的政治感慨。作者在艺术处理上取得相当成就，像林冲的复杂心理、其妻全身拒仇的坚贞性格，以及高俅奸佞的面目等，都刻画得比较成功。

梁辰鱼的《浣纱记》原名《吴越春秋》，写历史上范蠡向勾践献计，将自己的恋人浣纱女西施献给吴王夫差，以离间吴国君臣；并辅佐勾践励精图治，终于消灭吴国，功成后他同西施一道泛舟而游五湖，隐姓埋名度过余生。此剧对吴国黑暗政治的抨击有影射明朝现实的意义，男女主人公志趣相投的描写也反映了历代文人功成身退而又有美人相伴的人生理想。艺术上，以生旦悲欢离合穿插于吴越两国兴亡变化，使爱情故事和重大历史事件自然完美地融为一体，对范蠡、西施、伍子胥的性格刻画较成功。

明传奇艺术成就最高的要数汤显祖的《牡丹亭》。《牡丹亭》写南宋江西南安府太守杜宝请腐儒陈最良教女儿杜丽娘读书，丽娘受《诗经》中情歌启发，萌动春心。在游园赏春时牵动情思，梦见少年书生柳梦梅，从此为相思所苦，伤情而死。杜宝将其葬于牡丹亭畔。三年后，柳梦梅去临安应试，经过丽娘墓，拾得丽娘自画像，终日欣赏爱慕，使丽娘幽灵出现相会，并得还魂再生，私自结合。但杜宝视女儿为妖孽，诬梦梅盗坟。后丽娘上朝申诉，柳梦梅金榜题名，皇帝做主，杜宝才认了女儿婚姻。在汤显祖生花妙笔下，传统的还魂故事有了强烈的时代气息，突出了明代后期人性解放的鲜明旗帜，反映了当时意识形态领域"情"与"理"的尖锐冲突。

杜丽娘是古代爱情文学人物画廊中难得的形象。她出身名门大家，从小受封建文化教育和严格管束，和塾师关于《关雎》诗义的争论激发她青春的觉醒，在后花园游春第一次发现自己美好青春与明媚春光的吻合，成对的莺燕挑逗起她从未有过的春情。然而她的生存环境并没有给她提供实现渴望的条件，她只能在梦中去寻找自己的理想、憧憬和追求。在梦中遇到书生柳梦梅，但醒来到处寻找梦中理想却一无所有，青春的烈火耗尽她绵薄而脆弱的心力，含恨为情而死。死后的丽娘，由于脱离了礼教管束而更大胆、更痴情。能为爱情而死，她更愿为爱情再生。"冥判"后，她不用媒妁之言，自己敲开情人的门，私自结合。作者的用意是：爱情的力量既然能使丽娘由生到死、从死到生，那么一定能够征服作为自由爱情死敌的封建礼教。

《牡丹亭》呈现出浪漫主义的绚丽色彩。首先，作品写的是"理之必无"而"情之必有"的理想世界，充满离奇跌宕的幻想色彩，如惊梦、冥判、魂游、回生等情节，都只能在幻想中才能出现，却成为表现"情之必有"这一理想境界的有效手段。其次，作者的抒情气质，也为本剧的浪漫主义增色不少。全剧具有浓郁的抒情色彩，充满诗的意境。许多曲辞将抒情、写景和人物塑造融为一体，达到传神境界。

第四节　章回小说在长期积聚中崛起

明代问世的长篇章回小说《三国演义》《西游记》和《水浒传》标志着中国古典长篇小说的成熟。章回小说由民间说话艺术"讲史"发展演变而来，大体经历了三个阶段。第一阶段是它的雏形期，其范本是唐末俗讲和宋元讲史话本。为了叙述方便，采用分卷分目形式，就是后来章回体的滥觞。第二阶段是它的初起期，其范本是创作于元末明初、刊刻于明代中叶的《三国演义》《水浒传》等，由主要供说话人作为底本而变成主要供阅读的小说。第三阶段是它的成熟期，范本是明中叶以后出现的《西游记》等，内容上与讲史已无联系，其情节更加复杂，人物和事件描写更加细腻。章回小说从内容到形式都达到水乳交融、炉火纯青的完善境界。

这些小说采用全知全能的叙述方式。它包含两个意思：一是讲说者就是故事的创作者，因而他对故事中所有人物（包括人物的心理活动）、事件进程无所不知；二是讲说者同时也是故事的表演者，因而他对叙述方式的处理无所不能，可以超越于故事所有人物之上进行讲述和评论，也可以临时充当故事中某一人物对特定情境进行观察和感知，还可以变换角色充当不同的人物进行交叉观察和感知，而后再恢复他的超越身份和地位。在体式上带有明显的说书痕迹，因为章回小说前身是说书人讲述故事，靠的是诉诸听觉，因而形成了艺术上严格的可叙述性。说书人的话本情节连贯、故事完整、意向明朗、头绪尽量避免纷繁、不使用倒叙、叙述角度基本是第三人称等，这些特点为后代小说家所继承，同时也造就了一批习惯于这种审美方式的读者和听众。章回小说在形式上采用散韵结合的方式，保留着早期讲史的痕迹。

其中散语是主体，韵文是过渡、装饰。韵文一般用在开端和结局，或每一回的开场，正文也有插入诗词的。在叙述方面，章回小说很注意说与听的关系：一是它的开头都有一个入话。二是保存有讲说痕迹，如"却说""话说"等，末尾有"且听下回分解"。三是常用卖关子、吊胃口的手法，在情节关键处戛然而止。

这些小说的人物塑造经历了由类型化人物向个性化人物的转变。《三国演义》是我国章回小说的开山鼻祖，它塑造人物达到类型化典型的高峰，创造了一系列千古不朽的典型。经过《水浒传》人物个性化的探索，到《金瓶梅》才基本上实现了由类型化向性格化的转变。

　　《三国演义》人物的类型化特征主要有以下几种：一是单一性，即重要形象都有一个主要的、突出的特征，它在形象内部诸因素中占决定性的位置，这一特征足以支撑整个形象。绝大多数人物是某一品质的典范，如曹操的奸、关羽的义等。人物的个性虽偶有闪现，但很快便被共性的强光所遮掩。这种单一的人物性格与中国戏剧中的程式化和脸谱化相似。但它具有简练、鲜明、富有形式美的特点，如曹操败走华容的三次大笑，脱险后又几次大哭，就富有戏剧性，发挥了程式化之长。二是稳定性，即人物的主要特征及其他因素基本上稳定不变，缺少纵横方面的发展变化，处于古典的静穆状态。但由于这些主要人物特征反复出现在不同的事件中，因此能避免雷同，呈现出丰富多彩的特色。三是和谐性，一方面回避现象与本质的不和谐，现象比较直接地表现本质，两者出现发生不一致，另一方面回避理智与感情的不和谐，排除不符合理性规范的感情，作品的人物性格统一，没有不调和音。

　　金圣叹曾评《水浒传》的人物塑造说："叙述一百零八人，人有其性情，人有其气质，人有其形状，人有其声口。"这是人物从类型化走向性格化的重要特征。《水浒传》的人物塑造主要特征有以下几种：一是传奇性与现实性、超人与凡人的结合。既写绿林英雄具有的传奇色彩的超人之处，又写他们性格的弱点和成长过程，使之具有凡人的品格从而避免失真。二是惊奇与逼真的结合，整个故事情节的高度夸张和具体生活细节的严格真实相融合。没有高度夸张，故事情节就会失去惊心动魄的传奇色彩；没有细节的严格真实，夸张就会让人难以置信。三是粗线条勾勒与工笔细描的结合。以讲故事的办法，以一连串惊心动魄的情节，勾勒人物性格轮廓，然后又用工笔细描的办法，描绘人物的音容笑貌，突出人物个性特征。四是稳定与变化、单一与丰富的结合。作品中人物往往在稳定中求变化，如石秀性格既有疾恶如仇、拼命反抗的一面，又有阅历丰富、机敏精细的一面。

其性格主调是勇敢拼命，又有许多其他侧面。

这些小说的结构经历了由单线串珠式结构向网状结构的发展。《水浒传》的结构主要是单线发展，每组情节既有相对的独立性，又环环相扣、互相贯连，这种结构形式可以称为珠串式线形结构，如同一串糖葫芦，有一根签子把它们串联在一起。贯穿这些"珠子"的主线，就是梁山事业由分散的个人传奇故事而逐步走向联合，再到大聚义，最后再走上招安道路的全部过程。没有这根主线，那么各个英雄传奇故事便成了一盘散沙。《西游记》也采用单线发展的线形结构形式，每个故事既有相对独立性，又被一根贯穿的线连在一起。这根线就是孙悟空这个主要人物，他的形象贯穿整部小说始终。《西游记》由"大闹天宫"和"西天取经"两大部分组成，连接这两大部分的也是孙悟空这个中心人物。当然两大部分又由一个个小故事连串而成，串起这些小故事的，还是孙悟空本人。

这些小说的成书过程经历了世代积累型向文人独创型的转变。《三国演义》《水浒传》和《西游记》都是世代积累最后由文人加工定型的作品。以《三国演义》的成书过程为例，成书因素有三个方面：一是以陈寿的《三国志》及裴松之注为代表的史传文学。二是魏晋以来民间传说及民间艺人创作的话本、戏曲等说唱文学。三是作者自己的发挥创造。罗贯中根据以上众多素材，加之以强烈的时代精神，从中提炼出小说的主旨和自己的兴亡感慨，即以"拥刘反曹"的倾向来影射元代异族统治的不正统，编成我国第一部长篇历史小说《三国志通俗演义》。这样的小说创作既体现了民间创作的生动活泼特点，又体现了专门作家创作的严谨，具体地说就是"七分实事，三分虚构"。所谓"七分实事"是指作品的主要框架、人物、事件是按照史书记载的真实情况来设计和组织安排的，从而给人一种基本真实感。"三分虚构"是指在人物和事件的细节描绘上，尽量采用民间传闻中的精彩片段，并辅之以作者的虚构想象，尽可能地增强故事和人物的艺术魅力。这便是罗贯中的虚实相生观念。他进行虚构的技法如下：一是细心穿插、巧于构思，对正史、野史的各种材料重新组织，达到点铁成金的效果。二是于史无证处采用传说，对于情节发展和人物塑造需要但正史又没有的内容，则大胆采用民间传说，以增强作品的艺术性。三是本末倒置、改变史实，即将史书中个别事件加以改动而成为新的情节因素。四是张冠李戴、移花接木，如"怒鞭督邮"本是刘备所为，但作者改到张飞头上，服务于人物性格塑造。五是妙笔生花、善于铺叙述，即将史书上过简的记述，渲染铺叙成文学佳作。

清代出现的《红楼梦》体现了中国古代长篇章回小说的最高成就。其一，它是文人创作的小说。曹雪芹的家世和他个人的经历对他写作《红楼梦》具有重要影响。首先，少年时期生活在声势显赫的贵族官僚家庭，过着豪华奢靡的生活，使他对贵族家庭的生活有着极其丰富的感性认识，并对其腐朽本质有亲身的体验。这是他创作《红楼梦》的重要生活基础。其次，家庭的败落和以后的困顿生活，使他深刻体察到世态炎凉和人情冷暖，并对社会人生的真谛有了本质认识。这是他创作《红楼梦》的思想根源。最后，他的家庭不仅是"百年望族"，而且也是"诗礼之家"，尤其是祖父曹寅工诗文词曲，是当时著名的文学家、藏书家和刻书家，并与著名文人施闰章、陈维林有交往，这种文化艺术教养是他创作《红楼梦》的文学保证。

其二，作品对以贾府为代表的封建家族悲剧的原因有充分描写。首先作者将封建官僚家族政治上的腐败作为它们必然衰败的根本原因。第四回借门子之口讲"护官符"的作用，点出贾、史、王、薛四大家族的黑暗内幕。他们上通朝廷，下结州县，"一损皆损，一荣皆荣"。薛蟠打死人命却被贾雨村不了了之；贾赦想得到石呆子的二十把扇子，贾雨村便无中生有，说石呆子"拖欠官银"，将扇子没收交给贾赦，从而预示官僚政治从腐败到衰败的必然结局。其次，作者从生活的穷奢极欲写出四大家族必然灭亡的结局。一顿螃蟹宴便是庄稼人一年的生活费，秦可卿的殡葬光是一口棺材就是一千两银子，送殡的长队"有如压地银山一般"。元妃省亲更是"琉璃世界，珠宝乾坤"，连元妃本人都感叹"太奢华过费了"。奢侈和淫乱又是连根祸水，贾府上下的淫乱已到乱伦地步。个人无节制、无止境的欲求又必然导致相互之间的你争我夺、钩心斗角。这些都揭露出贾府荣华富贵表面下所掩盖的无法治愈的痼疾。最后，作者以贾府一代不如一代的生动描写，揭示封建家族自然枯萎的悲剧命运。宁国公和荣国公在马上"得天下"，创下贾府的基业。第二代贾代化和贾代善已经是碌碌无为的平庸之徒。第三代贾敬醉心于丹汞，贾赦贪婪荒淫，贾政庸碌古板、不通庶务。第四代贾珍、贾琏、贾环，到第五代贾蓉等，更是堕落为聚赌嫖娼、淫纵放荡之徒。贾府的隆盛之业，终于毁于一旦。

其三，曹雪芹通过一系列生动鲜明的人物形象，对以仁爱为核心和以服从社会为前提的封建社会正统思想提出了大胆的质疑。我们不仅可以从贾赦、贾琏、贾珍这些丧失廉耻的贵族身上看到封建社会正统思想的失败，而且就连那些作者肯定的青年女子的不幸命运，往往也可以从道德文化的影响中找到原因。

其五，小说从思想内容到艺术形式都对古典小说进行了创新。一是提示人物的命运悲剧与解决方式。《红楼梦》对中国传统悲剧意识的最大突破，就在于它彻底抛弃了那种自欺欺人，始终幻想喜从天降的浅薄悲剧意识，将人生无所不在的悲剧现象上升到哲学高度来认识其永恒和不幸。第一回疯道人对甄士隐唱的《好了歌》可谓全书点题之笔。歌中指出人们对功名、金钱、妻妾、儿孙诸多方面的痴心与追求必将以落空而告终，是小说提示人物命运悲剧的点睛之笔。作者不仅提示了人物命运悲剧，而且还以贾宝玉出家的方式指出解决人生悲剧的方法。值得注意的是，贾宝玉的出家并不完全是个人命运的灾难，而是对包括自身在内的整个人类的悲剧充分感悟后所做的选择。二是对自然主义的写法有重大突破。

其六，《红楼梦》人物塑造达到个性与共性的高度统一。长篇章回小说人物塑造达到个性与共性高度统一，是由《红楼梦》最后完成的。书中出场人物达600多个，其中活动频繁、给人留下深刻印象的也不下数十人。从小说艺术角度看，除前面提到的贾宝玉、薛宝钗外，最为成功的人物典型就是王熙凤。作为荣国府的管家奶奶，她是《红楼梦》中与男性世界关联最多的人物。她"模样又标致，言谈又极爽利，心机又极深细，竟是个男人万不及一的"。这个玲珑洒脱、机智权变、心狠手辣的凤辣子对家族的衰败看得比谁都清楚，然而却将自己处于非常奇特的矛盾地位：一方面她竭力支撑贾府这座摇摇欲坠的腐朽大厦，另一方面却又挖空心思动摇它的基础。最终不仅加速了贾府的灭亡，也由此淹没了自己那美丽而邪恶并富有才干的生命。

第六章 文学理论对文学的巨大推动作用

第一节 诗经学对诗歌产生的影响

《诗经》问世后，孔子、孟子、毛亨、朱熹等人和其他一些诗论家都对它进行研究，提出一系列文学理论。主要有：

1. 温柔敦厚说。《礼记·经解》："温柔敦厚，诗教也。……其为人也，温柔敦厚而不愚，则深于诗者也。"这是汉儒对孔子文艺思想的一种概括。唐代孔颖达《礼记正义》对此解释说："诗依违讽谏，不指切事情，故云温柔敦厚是诗教也。"这是就诗歌讽谏的特点来说的，体现了对作者写作态度的要求。同时，《礼记正义》又说："此一经以《诗》化民，虽用敦厚，能以义节之，欲使民虽敦厚不至于愚，则是在上深达于《诗》之义理，能以《诗》教民也。"这是就诗歌的社会作用来说的，既需要运用温柔敦厚的原则，同时也必须以礼义进行规范。

2. 兴观群怨说。《论语·阳货》："子曰：小子何莫学夫诗？诗可以兴，可以观，可以群，可以怨。迩之事父，远之事君，多识于鸟兽草木之名。"所谓"兴"，即"兴于诗，立于礼"(《论语·泰伯》)的"兴""言修身当先学诗"(何晏《论语集解》引包咸注)，是讲诗歌在"修身"方面的教育作用。所谓"观"，即"观风俗之盛衰"(郑玄注)，"考见得失"(朱熹注)，是讲诗歌具有一定的认识作用。所谓"群"，即"群居相切磋"(孔安国注)的意思，是讲诗歌具有聚集士人、切磋砥砺、交流思想的作用。所谓"怨"，即"怨刺上政"(孔安国注)，是讲诗歌具有批评和怨刺统治者政治措施的作用。兴、观、群、怨是在一定历史条件下产生的、具有一定的社会内容和具体要求的概念。孔子谈论诗、文，是和当时礼教政治的道德伦理规范联系在一起的，"博学于文，约之以礼，亦可以弗畔矣夫"（《论语雍也》），这是他的基本观点。"兴于诗，立于礼"，即诗必须以礼为规范；"观风俗之盛衰"，主要是对统治者而言。《国语·周语上》记载上古时代的献诗制度说："天子听政，使公卿至于列士献诗，瞽献曲，史献书，师箴，瞍赋，矇诵，百工谏……而后王斟酌焉。是以事行而不悖。"《汉书·艺文志》也谈到上古时代的采诗制度："王者所以观风俗，知得失，自考正也。"可见其目的在于使"天子"或"王者""行事而不悖"，改善其政治统治；"群居相切磋"，所指的主要也是统治阶层内部的交流切磋；"怨刺上政"，虽是被允许的，但由于"诗教"的约束和"中和之美"的规范，这种"怨刺"又必须是"温柔敦厚""止乎礼义"的（尽管在具体实践中并非完全如此）。总而言之，提倡诗的"兴、观、群、怨"作用，是为了"迩之事父，远之事君"的政治目的。至于增长知识"多识于鸟兽草木之名"，则只是从属的意义。

3. 言志与缘情说。关于言志说，最早见于《尚书·尧典》："诗言志，歌永言，声依永，律和声。"朱自清在他的《〈诗言志辨〉序》中认为这是中国历代诗论"开山的纲领"。在先秦、两汉时期，不少著作都采用这一说法，如《左传·襄公二十七年》记载赵文子对叔向说"诗以言志"、《庄子天下》中说"诗以道志"、《荀子·儒效》中说"诗言是其志也"、《诗大序》中说"诗者，志之所之也"、《汉书·艺文志》中说"诗言志"等。可见"诗言志"是当时普遍流行的观点，不仅为儒家所接受，也为道家所接受。关于诗缘情说，一般认为大体等同于"诗言志"。《毛诗序》强调"诗者，志之所之也"的同时，又指出"在心为志，发言为诗。情动于中而形于言""情发于声，声成文谓之音"。《汉书·艺文志》则在提出"诗言志"后，接着又说"故哀乐之心感，而歌咏之声发"，都强调了"情"与"志"相通。

4. 风教说。《毛诗序》归纳《诗经·十五国风》的社会作用及其特点说："风，风也，教也；风以动之，教以化之。"这里的"风"，包含本源、体制、功用三重意义。就本源讲，它发源于古人认为音乐是模拟大自然风声的结果，引申为各地方的民谣，如《左传·襄公十八年》师旷所说的"吾骤歌北风，又歌南风"，"北风""南风"即指北方和南方的歌谣；从体制方面说，"风"即风诵吟咏，如《论衡·明雩》篇所说"风乎舞雩，风，歌也"；从其功用讲，则是"风教"。孔颖达《毛诗正义》："微动若风，言出而过改，犹风行而草偃，故曰风。"同时，"风教"又包括两方面的要求：一是指诗人创作的诗歌，在流行中对人们起到感化作用。如《毛诗序》说："是以一国之事系一人之本谓之风"、《毛诗正义》说"诗人览一国之意以为己心，故一国之事系此一人使言之也。但所言者，直是诸侯之政，行风化于一国"，即指诗人创作的诗歌应在社会生活中起到教化作用。二是指统治阶级的"上"对于"下"的教化，如《毛诗序》说"上以风化下"、《白虎通德论·三教》说"教者，效也。上为之，下效之"，即认为在"上"者应运用诗歌教化下民。

5. 美刺说。中国古代关于诗歌社会功能的一种说法。"美"即歌颂，"刺"即讽刺。前者如《毛诗序》论述《诗经》中的《颂》诗时所说"美盛德之形容，以其成功告于神明者也"；后者如《毛诗序》论述《诗经》中的《国风》时所说"下以风刺上"。先秦时期，人们已开始认识到诗歌美刺的功能。如《国语·周语上》记载召公谏厉王时所说："天子听政，使公卿至于列士献诗……而后王斟酌焉。是以事行而不悖。"献诗以供天子"斟酌"，就是由于其中包含着美刺的内容。到了汉代，以美刺论诗，成为一种普遍的风尚。清人程廷祚指出："汉儒言诗，不过美刺二端。"（《诗论十三再论刺诗》）说明汉儒评论诗歌，大都是从美刺两方面着眼的。在封建专制主义的社会历史条件下，统治者在提倡美诗的同时，认识到刺诗也是帮助他们"观风俗，知得失"的一个重要方面，因此加以倡导，并主张"言之者无罪，闻之者足以戒"，表现了一定的政治气魄。但他们从维护统治者尊严和维护封建礼治出发，又对刺诗做了种种限制，如强调"主文而谲谏""止乎礼义"等，这就使刺诗的功能并不能得到真正的发挥。《毛诗序》在谈到"美刺"时，还谈到所谓"正变"，大体以美诗为"正"，以刺诗为"变"，可见在汉儒的心目中，是把美诗作为正宗，把刺诗作为变调的。

6. 赋比兴说。中国古代对于诗歌表现方法的归纳。它是根据《诗经》的创作经验总结出来的。最早的记载见于《周礼·春官》："大师……教六诗：曰风，曰赋，曰比，曰兴，曰雅，曰颂。"后来，《毛诗序》又将"六诗"称为"六义"："故诗有六义焉：一曰风，二曰赋，三曰比，四曰兴，五曰雅，六曰颂。"唐代孔颖达《毛诗正义》对此解释说："风、雅、颂者，《诗》篇之异体；赋、比、兴者，《诗》文之异辞耳。……赋、比、兴是《诗》之所用，风、雅、颂是《诗》之成形。用彼三事，成此三事，是故同称为义。"今人普遍认为"风、雅、颂"是关于《诗经》内容的分类；"赋、比、兴"则是指它的表现方法。

以上六种由研究《诗经》而产生的文学理论，极大地影响了中国古典诗歌的发展。

一、古典诗歌的"温柔敦厚"色彩较浓，即使是讽喻诗也写得十分含蓄，发乎情、止乎礼

杜甫的诗最具温柔敦厚风格，如"三吏三别"：

客行新安道，喧呼闻点兵。借问新安吏：县小更无丁？府帖昨夜下，次选中男行。中男绝短小，何以守王城？肥男有母送，瘦男独伶俜。白水暮东流，青山犹哭声。莫自使眼枯，收汝泪纵横。眼枯即见骨，天地终无情。我军取相州，日夕望其平。岂意贼难料，归军星散营。就粮近故垒，练卒依旧京。掘壕不到水，牧马役亦轻。况乃王师顺，抚养甚分明。送行勿泣血，仆射如父兄。（《新安吏》）

一方面，诗人对抓丁中连未成年的"中男"也不放过表示愤慨，另一方面他又含着热泪安慰那些不幸的"瘦男"，不要哭，收住泪。这次官军的失败是因为贼意难料，到平叛前线并不太苦，正义在官军一方，而且主帅非常仁慈。

又如《垂老别》：

四郊未宁静，垂老不得安。子孙阵亡尽，焉用身独完？投杖出门去，同行为辛酸。幸有牙齿存，所悲骨髓乾。男儿既介胄，长楫别上官。老妻卧路啼，岁暮衣裳单。孰知是死别？且复伤其寒。此去必不归，还闻劝加餐。土门壁甚坚，杏园度亦难。势异邺城下，纵死时犹宽。人生有离合，岂择衰盛端。忆昔少壮日，迟回竟长叹。万国尽征戍，烽火被冈峦。积尸草木腥，流血川原丹。何乡为乐土，安敢尚盘桓。弃绝蓬室居，塌然摧肺肝。

此诗也写到官军的邺城之败，但诗人没有直言抨击朝廷的指挥无方、用人不

专导致邺城之败的罪责，而是用安慰应征"垂老"语气说："势异邺城下，纵死时犹宽。"这种含蓄的诗风真让今人自愧不如。

二、"美刺"说让一大批诗人直面人生，对封建社会的种种黑暗与丑恶进行了大胆揭露和无情的抨击

"惟歌生民病，愿得天子知。"唐代大诗人白居易，用新乐府诗对中唐社会的黑暗进行了无情的揭露。首先，他描述了这个时代中最尖锐的贫富不均现象和下层百姓在各种剥削勒索下艰难挣扎的悲惨状况。《重赋》中写下层民众"幼者形不蔽，老者体无温；悲喘并寒气，并入鼻中辛"，而《伤宅》所写富贵者的奢侈，恰与此形成对照："一堂费百万，郁郁起轻烟。洞房温且高，寒暑不能干。……厨有臭败肉，库有贯朽钱。"《缭绫》中也以"丝细绿多女手疼，札札千声不盈尺"写织妇的艰辛，并对照以富贵者的浪费"汗沾粉污不再着，曳土蹋泥无惜心"，给人很强的心灵震撼。在《买花》诗中，他借一个田舍翁之口发出感叹："一丛深色花，十户中人赋！"这些诗作，客观上揭露了封建社会中阶级压迫与剥削的事实。

第二节　小说理论推动了明清小说的繁荣

明清是中国古代小说的繁荣期，也是中国古代小说理论批评的成熟完成期。在长达数百年的时间里，小说理论批评的发展为整个小说的发展提供了强有力的理论支持。

一、明清小说创作可分为三个阶段

明清白话小说的创作明显地凸起三座高峰，成为三个发展阶段的分界线。这就是以《三国演义》《水浒传》《西游记》为代表的明代前中期，是古代小说从漫长的成长期进入成熟期的开始；以《红楼梦》《儒林外史》《歧路灯》为代表的清朝康、乾时期，是古代小说的完成期。文言小说，明初有《剪灯新话》等作品，

追踪唐传奇又明显地表现出话本小说的某些艺术特征，"特为时流所喜，仿效者纷起，至于禁止，其风始衰"（鲁迅《中国小说史略》）。从时间上看，与白话小说第一个阶段同步。到了明嘉靖年间，刻书业发达起来，受当时白话小说的刺激，"唐人小说乃复出，书估往往刺取《太平广记》中文，杂以他书，刻为丛集，真伪错杂，而颇盛行"。在这种情况下，许多文人又开始模仿唐人创作文言小说，"虽素与小说无缘者，亦每为异人侠客童奴以至虎豹虫蚁作传"，所以虽然热闹一时，但称得上文意俱佳的作品极少，这在时间上大致相当于白话小说的第二阶段。这一阶段虽然没有什么佳作，却是不容忽视的，因为流风所至，造成"传奇风韵，明末实弥漫天下，至易代不改也"，正是在这种"易代不改"的风气的推动下，《聊斋志异》出现了。因为蒲松龄既善于继承唐传奇的优良传统，又善于从民间传说、白话小说中吸取营养，所以《聊斋志异》足以和《红楼梦》《儒林外史》鼎足而立，成为古代文言小说光辉的终结。不过《聊斋志异》的成功并不意味着文言小说的全面复兴，因为它毕竟是一枝独秀，同时或稍后的模仿之作大都鄙陋不堪，没有什么艺术价值，到纪晓岚作《阅微草堂笔记》，因为反对蒲松龄的"才子之笔""一书而兼二体"，鄙薄艺术虚构，文言小说就彻底走到末路了。这在时间上大体相当于白话小说发展的第三阶段。由此可见，无论从白话小说着眼，还是从文言小说着眼，把明清小说发展分为三个阶段是比较恰当的。

二、明清小说理论建设大致可分为三个阶段

小说理论批评是对小说艺术实践的总结。中国古代小说理论批评又有一个显著的特点：大都以依附于具体作品的序、跋、评点形式而存在，因此小说理论批评往往与具体的小说作品结合得特别紧密。这样明清小说理论批评也大致可以分为三个发展阶段。但在具体的划分上又与小说实践的三个阶段不尽相同，这是因为从创作到理论总结需要一个沉淀过程，存在着一个从实践上升到理论的"时间差"。明清小说理论批评的第一阶段大致可定于李贽之前，这是古代小说理论批评进入成熟期的开始；第二阶段从李贽到金圣叹，这是古代小说理论批评的成熟期；第三阶段从张竹坡到脂砚斋，以纪晓岚的复古主义小说理论批评为结束，这

是古代小说理论批评的完成期。下面对这三个发展阶段做一个大概的展示。在宋元讲史基础上加工而成的《三国志通俗演义》《水浒传》在元末明初就已出现，并立刻风行于众，影响很大，引起了人们的注意。例如《三国志通俗演义》："书成，士君子好事者，争相誊录，以便观览。"（庸愚子［蒋大器］《三国志通俗演义序》）又如："崔后渠、熊南沙、唐荆川、王遵岩、陈后冈谓：《水浒传》委曲详尽，血脉贯通，《史记》而下，便是此书。且古来更无有一事而二十册者。倘以奸盗诈伪病之，不知序事之法，史学之抄者也。"（李开先《词谑》）这些见解虽然一般还把历史小说看作历史通俗读物，没有抓住小说的特点，但他们将小说与《史记》相提并论，不仅极大地提高了历来受鄙视的小说的地位，而且开以后李贽、金圣叹评论小说的先河。他们强调《水浒传》的"序事之法"，对以后金圣叹细致地分析《水浒传》的"文法"是有启迪意义的；指出《水浒传》"委曲详尽，血脉贯通"的"古来无有"的特点，更说明白话小说由口头文学转化为书面文学、由群众创作转为作家创作、以成熟的小说形态呈现于后世，在文学观念上所引起的巨大冲击。

不过总的说来，这一阶段注意白话小说者还不多，对白话小说这种新兴文学样式的思考也是比较肤浅的，研究的范围仅局限于强调白话小说的通俗、劝诫作用，力图为小说争一席地位等，在小说观念上尚无重大的突破，更没有触及小说理论批评的核心，即人物形象塑造理论。总之，整个明代前期到中期，小说理论批评是比较沉寂的，没有多少理论上的创造和建树。这里有两个原因：第一，从理论发展本身来看，它需要在前代思想资料基础之上，对实践加以反思、咀嚼、升华，这也需要必要的时间。第二，这种情况与当时具体的社会历史条件有关。中国古代封建社会作为一个超稳定系统，以周期性的动乱为其调节机制，从而得以实现其稳定性。在这种崩溃性的动乱之中，新的经济因素、新的思想萌芽与旧王朝玉石俱焚，整个封建社会结构又重新回到适应状态。这就是所谓的由天下大乱达到天下大治。因此尽管各姓王朝周期性地更改，中国古代封建社会在总体上却能够保持长期不变。每一个新王朝建立以后，首要的事情是恢复旧的经济关系，加强思想统治，所以尽管历朝开国之初一般在经济上有较大的恢复、提高，但在思想文化上却分外贫瘠，出不了什么大思想家。明初比起前代，思想统治更加严酷，这一特点就表现得特别明显。小说理论批评是需要适当的进步思想潮流为其先导的，所以这一阶段尽管小说发展成熟，但没有产生与之相适应的小说理论批评，是有深刻的社会历史原因的。

嘉靖以后进入明中后期，由于城市经济的发展，市民阶层的形成及他们对小说艺术的需要，再加上印刷出版业的发达，白话小说进入创作旺盛期。在此基础上，以当时的早期启蒙思潮为先导，小说理论批评也真正进入成熟期。思想家李贽大呼于前，冯梦龙、凌濛初等通俗文学家倡导于后，再加上以袁宏道为代表的"公安派"的推波助澜，整个文学界对包括小说在内的通俗文学所表现出来的巨大热情是前所未有的，连依附于"后七子"拟古主义文学流派的胡应麟也以极大兴趣研究小说。正是在这样的热潮中，小说观念得到重大突破，一个个小说理论问题被提出来加以研究，小说评点成为古代小说理论批评的重要形式。到明清之际，金圣叹提出以人物性格论为中心的小说理论批评，一个具有中国民族特色的古代小说理论批评体系已经基本形成。

这个阶段小说理论批评的活跃与小说创作的繁荣是分不开的。但是还需看到，一方面这是长期孕育的小说理论批评萌芽在适当的气温催化下的鲜花怒放。从春秋战国时庄子提出"饰小说以干县令"（《庄子·外物》）算起，古代小说理论批评已经经历了那样漫长的准备时期。蓄之愈久，发之必速，所以小说理论批评以迅猛的势头突然喷涌出来。另一方面，这一阶段带有早期启蒙色彩的思想解放潮流是小说理论批评成熟的直接前导。李贽提出以"童心说"为核心的美学思想，对虚伪的假道学及其文学观念和文学作品进行了猛烈的抨击。他认为天下至美之文皆出于童心："苟童心常存，则道理不行、闻见不立、无时不文、无人不文、无一样创制体格文字而非文者。诗何必古《选》，文何必先秦，降而为六朝，变而为近体，又变而为传奇，变而为院本，为杂剧，为《西厢曲》，为《水浒传》，为今举子业，大贤言圣人之道皆古今至文，不可得而时势先后论也。故吾因是而有感于童心者之自文也，更说什么六经，更说什么《语》《孟》乎？"（《李氏焚书》卷三《童心说》）李贽所说的"童心"就是真心、真情实感，是虚假道学的直接对立物。在他的"童心"的天平上，一向受到鄙视的小说、戏曲的重量远远超出了"六经、《语》《孟》"。这种充满思想解放意义的文学观在当时该有多么振聋发聩的作用啊！正是在这样进步的文学观的指导下，他在《忠义水浒传叙》中提出的"发愤著书"说，比起前代带有更强烈的社会批判色彩："今夫以小德役大德，小贤役大贤，理也。若小贤役人，而以大贤役于人，其肯甘心服役而不耻乎？是犹以小力缚人，而使大力缚于人，其肯束手就缚小不辞乎？其势必至驱天下大力大贤而尽纳之《水浒传》矣。"批判矛头直指极端不合理的社会现实。

李贽的思想无论是对小说创作，还是对小说理论批评，都产生了积极的影响。在他身后，有一大批以他的名义评点的小说戏曲出世，就很能说明他的这种强烈影响。在他的思想启发下，"公安派"主将袁宏道盛赞《水浒传》"文字益奇变"，认为相形之下"六经非至文，马迁失组练"（《听朱生说水浒传》）。著名戏曲家汤显祖大呼"稗官小说，奚害于经传子史？"（《点校虞初志序》）通俗文学家冯梦龙更认为小说可以"与康衢、击壤之歌并传不行"（《醒世恒言序》）。在李贽思想影响下发展起来的小说理论批评在当时的读者中也产生了很大影响。"里中有好读书者，缄默十年，忽一日拍案狂叫曰：异哉！卓吾老子吾师乎！客惊问其故，曰：人言《水浒传》奇，果奇。予每检《十三经》或《二十一史》，一展卷，即忽忽欲睡去，未有若《水浒传》之明白晓畅，语语家常，使我捧玩不能释手者也。若无卓老指出一段精神，则作者与读者千古俱成梦境。"（袁宏道《东西汉通俗演义序》）文学欣赏、文学批评与文学创作是一个相互影响的反馈系统，读者对文学创作、文学批评的积极反应和肯定，显然是文学发展的强大推动力量。总之，当时的启蒙思潮对小说及小说理论批评有着积极的先导作用。明末虽然远远没有达到英国18世纪那样的思想水平，但不管怎样说，这一阶段社会思想主流所带有的启蒙色彩是往代所没有的。所以，古代小说理论批评在这一阶段成熟，是有其深广的社会思想基础的。

三、明清小说理论的三大流派

明清小说流派众多，按鲁迅的划分，明代有历史、神魔、世情三大类，清代有拟古派、讽刺派、人情派、侠义派四大派别。就题材分类而言，历史小说、世情小说、神魔小说是当时主要的三大类，由于明清小说理论批评与具体的小说作品结合得特别紧密，在明清小说理论批评发展的三个阶段中，也大致形成了主要的三大流派，即历史小说理论批评、世情小说理论批评、神魔小说理论批评。

由于孔夫子"不语怪力乱神"的正统观念占统治地位，我国远古神话传说对小说创作的影响远不如古希腊神话传说对西方文学影响之深远。这是我国古代文化背景的一种特殊性，这种特殊性对古代小说理论批评也产生了影响。从明清神魔小说理论批评看，虽然唐僧取经故事在民间长期流传，到明代中期由吴承恩加工成著名的神魔小说《西游记》，但因为上述的文化背景，一般评论家评论时总是脱离小说的具体特点，企图从中找出微言大义，把它看成所谓的"证道"之书，以致很长时期内把元初道士邱处机误认作《西游记》的作者。有些评论者虽然也间或指出它的一些"奇幻"特色，有时也能看到这种"奇幻"之中的现实寓意，却没有多少人去系统地发掘其中的美学特征。正如清代乾隆年间的张书绅所指出的："此书由来已久，读者茫然不知其旨，虽有数家批评，或以为讲禅，或以为谈道，更又以为金丹采炼，多捕风捉彩，究非《西游》之正目。"（《新说〈西游记〉自序》）然而就是张书绅本人亦未能正确阐明《西游记》的"奇幻"特色。至于与《西游记》同时或前后而出的一些神魔小说，如《平妖传》之类，其艺术成就都远不如《西游记》，对它们的评论更没有产生什么值得注意的理论成果。《聊斋志异》继承志怪传奇的传统，成就很高，但这时小说理论批评已进入暗淡的完成期，也没有什么人能深刻地从理论上加以批评总结。总之，明清虽然有精彩的神魔小说，却没有与之相适应的理论批评，所以明清小说理论批评的主流是历史小说。

从时间上看，历史小说理论批评最先出现，它首先要解决的是历史小说的生存权利问题。既然正史俱在，历史小说又有什么存在的价值呢？这是当时必须回答的问题。许多评论家从历史小说具有通俗化这一特点出发肯定了它的存在价值。例如修髯子在《三国志通俗演义引》中说："客问于余曰：刘先主、曹操、孙权各据汉地为三国，史已志其颠末，传世久矣。复有所谓《三志通俗演义》者，不几近乎赘乎？余曰：否，史氏所志，事详而文古，义微而旨深，非通儒夙学，展卷间鲜不便思困睡。故好事者以俗近语，概括成编，欲天下之人，入耳而通其事，因事而悟其义，因义而兴乎感，不待研精覃思，知正统必当扶，窃位必当诛，忠孝节义必当师，奸贪谀佞必当去，是是非非，了然于心目之下，裨益风教，广且大焉，何病其赘耶。"古代小说只有发展到白话小说阶段才获得长足的进步。这种对小说通俗化的肯定虽然有其特定的封建政治目的，但通俗化的方向终究是符合小说发展规律的；对通俗化的肯定对小说发展无疑是一种推动力量。历史小说理论批评在当时首当其冲，为通俗的白话小说的合理存在而辩护，这对古代小说的发展是有积极意义的。

历史小说从"正史"而来，所以一开始非常强调忠实于历史真实，要"事纪其实"（庸愚子《二国志通俗演义序》）。这种"纪实"的主张来自史传理论，有其正确合理的一面，但忽视了小说的艺术特点。于是有人提出历史小说应该"据正史，采小说，证文辞，通好尚，非俗非虚、易观易入，非史氏苍古之文，去瞽传诙谐之气，陈叙百年，该括万事"（高儒《百川书志》）。这样既区别于正史，又区别于民间传说，强调其艺术概括性，在认识上就全面多了。又有人更进一步认识到："史事与小说有不同者""稗官野史实记正史之未备，若使的以事迹显然不泯者得录，则是书竟难以成野嗥之余意矣"。（熊大木《新刊大宋演义中兴英烈传序》）这是要求历史小说与"正史"要有所区别。正是在这样的讨论中，有人提出："凡为小说及杂剧戏文、须是虚实相半，方为游戏三昧之笔，亦要情景造极而止，不必问其有无也。"（谢肇淛《五杂俎》）这较全面地阐明了小说中真实与虚构的关系问题。无疑，历史小说理论批评提出的这些命题，对小说的生存、发展都是极为重要的，是古代小说理想论批评体系中的重要组成部分。

世情小说后起于历史小说。当时关于白话小说的存在价值、小说的虚实关系等问题，都已为历史小说理论批评所解决。当时的问题主要是如何进一步拓展小说的题材范围，使其更广泛地反映现实生活。于是世情小说理论批评提出了"寄意于时俗"的理论主张（欣欣子《金瓶梅词话序》），要求小说反映现实世俗生活。有人指出："今之人但知耳目之外，牛鬼蛇神之为奇，而不知耳目之内，日用起居，为奇瑞幻怪，非可以常理测者固多也。"（空观主人《拍案惊奇序》）"今之小说之行世者，无虑百种，然而失真之病起于好奇，知奇之为奇、而不知无奇之所以为奇，舍目前可纪之事，而驰骛于不论不议之乡。"（睡乡居士《二刻拍案惊奇序》）这是对当时某些历史小说、神魔小说一味追求"奇幻"的一种反拨。神魔小说表现的是幻想中的世界，历史小说表现的是历史上的重大事件、英雄人物，这种题材上的限制使其对平常的世俗生活关注不够，对生活中大量存在的普通人物关注不够。而小说的真正生命力正植根于现世的世俗生活中，所以世情小说理论批评的这种主张，并非排斥"奇幻"，而是要求在现实的世俗生活中发现不平常之处，这无疑是对现实生活一种更深入的把握。

与世情小说理论批评这种主张相联系，它更突出的贡献是在人物形象塑造理论的发展上。世情小说理论批评特别注意人物形象的复杂性，摒弃了历史小说、神魔小说那种好就好到底、坏就坏到底的类型化人物创造方式，要求"极摹人情世态之歧，备写悲欢离合之致"（笑花主人《今古奇观序》）。正是对这种"人情世态之歧"的体味，使世情小说家们看到的人物形象应该是多面的、复杂的，而不该是单一的、定型的。《红楼梦》第十三回写到尤氏将周姨娘、赵姨娘二人为凤姐生日凑的贺银还给她们，脂观斋批道："尤氏亦可谓有才矣。论有德比阿凤高十倍，惜乎不能谏夫治家，所谓人各有当也。此方是至理至情。最恨近之野史中，恶则无往不恶，美则无一不美，何不近情理之如是耶？"历史小说理论批评虽然也强调人物的复杂性，但因为历史小说中的人物多是定型的，英雄就是英雄，奸佞就是奸佞，所以这种复杂性仅指一个人具有的各种并不相互矛盾的性格特点。例如，像李逵那样集英勇与鲁莽于一身，只增其可爱而无损其形象的光辉，就是这种复杂性的表现。而世情小说理论批评则要求写出人物身上互相矛盾的性格特点，如尤氏的"有才""有德"，却"不能谏夫治家"。这种真正植根于复杂生活的人物，其性格的复杂性，显然有着更深刻的审美意义。

以上只是列举了历史小说理论批评与世情小说理论批评主要的不同侧面，并非它们的全部差别，但这已可见它们确实是各有侧重点的。不过这并非说它们是截然对立的，它们往往是互相联系、互相渗透，以至融合在一起的。只是为了理清明清小说理论批评的脉络，才做出这样大概的划分而已。

四、明清小说的繁荣

（一）长篇章回小说的成就

《三国演义》创造了一大批栩栩如生的人物形象，特别是一些主要人物，无不个性突出、形象鲜明、有血有肉。曹操、关羽、诸葛亮之所以被称为"三绝"，从艺术上来说，也主要是因为他们的个性特征是非常突出的。通过才智相当的人物之间的较量来表现人物的个性，是《三国演义》重要的艺术手法。例如在赤壁之战中，诸葛亮的对手，既有老谋深算的曹操，又有才华横溢的周瑜，而诸葛亮的智慧、才干，恰恰是在战胜这样的强大对手的过程中得到了充分的表现。在空城计的情节中，诸葛亮的对手司马懿也是个才智高超的强者，诸葛亮的智慧又一次在与强者的较量中得到展示。这正是毛宗冈在《读三国志法》中所说"观才与不才敌，不奇；观才与才敌，则奇"的道理。《三国演义》以大量的篇幅描写了无数的大大小小的战争，成为写古代战例的典范作品。特别精彩的是对战前准备的描写：敌对双方如何确定战略战术，如何调兵遣将，如何刺探虚实，如何利用对方的弱点，都写得十分生动逼真。作品所追求的艺术效果，已远远不是描写战场的"热闹文字"，而是表现战争中将帅的智慧和思想。因此，《三国演义》也往往被视为一部优秀的古代军事文学作品。作品中所描写的赤壁之战等著名战例，不仅成为后世很多戏曲的题材，而且也是研究中国古代军事思想的重要参考材料。《三国演义》的语言、文风也很有特点。庸愚子《序》文中说："文不甚深，言不甚俗，事记其实，亦庶几乎史。盖欲读诵者人人得而知之，若《诗》所谓里巷歌谣之义也。"高儒《百川书志》说："非俗非虚，易观易入，非史氏苍古之文，去瞽传诙谐之气……"这正是《三国演义》相当突出的语言特点。

《水浒传》有很高的艺术成就。首先，结构首尾完整，总体与局部有机结合。全书以起义的全过程构成总体，使读者清晰地看到梁山泊的来龙去脉；同时又把108位好汉各自走上梁山当作独立局部，使每个人的局部反抗成为总体的一部分。这样，读者就从官逼民反、百川归海的革命史诗中得到快慰，也从招安失败的英雄悲剧中产生哀怨，从而接受了全书主题。其次，塑造出众多的、个性鲜明的典型人物。全书有姓名的人物 800 多个，包括全社会的各种人。作者不仅写出他们阶级、阶层的特点，而且能同中见异地写出个性，表现出塑造典型的艺术能力。像鲁智深、林冲、杨志都是有武艺的军官，依附官府，也都凭自己的本事谋职，不与贪官污吏同流，但在逼上梁山中，作者写出他们的个性差异。鲁智深正义感强、林冲忍无可忍、杨志功名绝望，显示出三人性格的同中之异。其他如李逵、鲁智深两人，同是粗中有细，但一个细得天真烂漫，有如赤子；一个细得豪中见智，老练成熟，各成典型。最后，人物语言切合其身份、地位和性格特点。如在江州酒楼上，戴宗初见宋江口称"仁兄"，李逵称"黑宋江"，宋江则对戴宗称"院长"，对李逵称"大哥"，都从人物说话上看到人物的性格特点。

在中国文学史上，《西游记》无疑是一部艺术成就最高的神魔小说。丰富的想象、大胆的夸张，使作品充满了浓郁的浪漫色彩。孙悟空的七十二变、一个筋斗十万八千里、火眼金睛、可变化的金箍棒、可扇灭火焰山大火的芭蕉扇等，都表现出了作者惊人的想象力，在艺术方面最值得称道的是悟空、八戒等几个艺术形象的塑造。他们既有动物的自然属性，又有人类的思维感情，两者达到了完美的统一。猴子是比较灵敏的动物，孙悟空的外貌和动作，完全是个猴子，但他又是一个聪明绝顶的"人"。因此，人与猴双重属性，在悟空的身上，恰好达到了和谐的统一。同样，八戒的外形与动作都是猪，他所具有的人的思维与情感，又是比较笨拙、迟钝的。因此，人与猪的双重属性，也在八戒身上十分协调。一个是猴一样精灵的"人"，另一个是猪一样笨拙的"人"，都达到了很高的艺术水平。鲁迅说《西游记》"每杂解颐之言"，近世也有学者十分强调其"游戏笔墨""诙谐性"，这是十分突出的。作品中的主要角色如悟空、八戒，无论是精明还是笨拙，都具有滑稽可笑的特点。作品的语言，无论是"人物"语言还是叙述性语言，也都十分幽默。《西游记》的"讽刺揶揄"的效果，正是通过这种滑稽、幽默的艺术手法来实现的。

（二）白话小说的繁荣

明代后期，话本由过去供艺人讲述的底本变为社会上普通读者的案头读物，出现了大批以阅读为编写和出版目的的短篇小说。早期话本原为供说话人表演时做情节提示使用，所以不但简单，而且主要以手抄本形式流传。明代后期，随着社会上长篇小说的迅速繁荣，人们对小说的阅读兴趣也不断增强，尤其是小说社会地位的提高和印刷术的进步，使话本小说的性质发生重要变化。这就是后来人们通常所说的"拟话本"或"拟宋市人小说"。

拟话本小说体制包括题目、篇首、入话、头回、正话、篇尾。虽然还保留着说话人讲述故事的痕迹，但它是向社会普通读者提供的供阅读用的书面文学。一方面，拟话本主要从历史旧籍中挖掘材料加以改制，因而市民气息淡化，文人典雅情调开始注入其中，说教的成分开始增加，情节上也趋于复杂。另一方面，拟话本去除了早期话本的一些低级庸俗的成分，使之能起到"喻世""警世""醒世"的作用，使之具有雅俗共赏的性质。《三言》是冯梦龙编辑的三部拟话本小说集的总称，包括《喻世明言》(原称《古今小说》)、《警世通言》和《醒世明言》。每部各40篇，共120篇。其中冯梦龙搜集整理的宋元话本25篇，其余为明代作品，包括冯梦龙本人的创作。《二拍》是凌濛初的白话小说集，或取材前代笔记杂记，或讲述明代新闻奇事，较《三言》更具有时代气息和作家特色。其思想成就主要有以下几点：一是经商题材的时代特色，较深入地反映经商题材的许多内在规律和动向。二是爱情题材的新突破，表现出较为进步的妇女观和婚姻观，突出女性在择偶过程中的主动性和独立性，强调婚姻问题上的男女平等思想，突破传统的贞节观念。三是超前的社会批判精神，对封建社会末期暴露出的弊端的批判达到清初进步思想家的高度。

（三）文言短篇小说的繁荣

《聊斋志异》是蒲松龄的文言短篇小说集。"三会本"《聊斋志异》共12卷，491篇。小说主要描写鬼狐怪异故事，却可以折射出当时社会的各种弊端、世俗风情及人们的精神理想。

《聊斋志异》在运用以往的志怪题材反映现实生活方面，无论在内容的深度还是广度上，都超越了以往的志怪、传奇，达到新的高度。

《聊斋志异》一书大多以志怪反映现实，且使用传奇手法，所以兼具志怪、传奇二体特点，并成为成熟的短篇小说杰作。如《连城》内容上突破了"一见钟情""郎才女貌"的框框，提出互为"知己"的观点，其恋爱观体现了明代浪漫思潮。在小说里表现为连城不顾父母之命，不嫌乔生贫穷。出色地运用传奇手法，具体描写了二人爱情的曲折发展过程，其中包括乔生为连城割胸肉和药，连城路遇乔生为之一笑，以及连城病死、乔生殉情、双双入冥、又双双还魂终成婚姻的故事，歌颂一对为情而生、为情而死的青年男女，嘲笑了贪财好利之徒，抨击了封建婚姻制度。

《聊斋志异》对志怪传统的超越表现在以下方面：一是由故事体小说向人物体小说的飞跃。唐传奇多为故事体小说，通过虚构手法完成故事，增加现实题材，强调时间和故事而限制了人物的塑造。《聊斋志异》不仅人物形象鲜明生动，而且刻画出人物的复杂个性。它已从叙述故事为主，发展到以刻画人物为主，以离魂题材为例，情节大于描写。而《聊斋志异·阿宝》则以刻画人物为主，具体地描写孙子楚对阿宝的一往情深。他本来老实得见了女人就"遥望而走"，然而见了阿宝却向她求婚，并不惜断指，魂化鹦鹉，终于得成婚姻。二是环境描写，唐传奇中环境描写比较少，《聊斋志异》则加强、发展环境描写，并使之与刻画人物为互表里。如《田七郎》家中简陋的木屋竟无立足之地，但满屋所悬虎狼之皮又足见他勇猛异常。三是心理描写。《聊斋志异》中成功的心理描写比比皆是，如《青凤》中写青凤追求爱情而又羞涩胆怯的心理、《辛十四娘》写女主人公初见冯生时的羞涩不安、《王桂庵》中写王桂庵挑逗芸娘时芸娘的端庄、《聂小倩》写宁采臣与聂小倩几次相遇产生的不同想法与心理变化，很有艺术功力。

第七章 隋唐时期的文学发展研究

隋唐是我国封建社会的繁荣时期，隋唐文学自然也是我国文学史中的辉煌时期，而唐代诗歌更是中国古代诗歌中的巅峰。韩愈领导的古文运动、唐代传奇小说的出现对后世的文学影响甚巨。

第一节 隋唐时期文学的发展

一、唐代诗歌的繁荣

唐代是中国古代诗歌史上最繁荣最辉煌的时期。据《全唐诗》及其有关补遗所载，现存诗有52000余首，作家2300多人。数量之多、作者之众、内容之广、风格流派之繁、体裁样式之全，均堪称空前。

从题材内容看，唐诗几乎深入到唐人生活的每个领域，大至国家兴衰、政治得失、社会动乱、战争胜负、民生疾苦，诸如盛唐时的对外用兵、盛唐至中唐转折时的安史之乱，以及人民在其间受到的征戍与诛求之苦，中晚唐的三大痼疾——宦官专权、藩镇割据、党争倾轧，无不写入诗中，号称"史诗"的作品，不计其数；小至琴技棋艺、书理画趣、虫鱼鸟兽，亦莫不入诗。至于那些描写自然田园、歌咏日常生活、抒发离情别绪、赞美建功立业、向往渔樵山林等传统题材，更多如雨后春笋，而且形式各异，有纪游体、寓言体、赋体、传记体、传奇体等。特别值得注意的是唐诗在反映现实的广阔性和深刻性方面大大超过了前代。他们从许多方面接触到社会的重大问题，如对统治者的穷奢极欲、横征暴敛、穷兵黩武、腐败无能、拒谏饰非、斥贤用奸，都进行了大胆的揭露和谴责，有的甚至把矛头指向封建社会最高统治者。同时他们对农夫织妇所受到的种种压迫与剥削充满了深切的同情，描写下层人民的生活已成为诗歌创作的一大内容。他们还提出了妇女问题、商人问题及其他社会问题。凡此种种都是前代诗人没有或很少写到的。

从风格流派看，更是百花齐放。仅就盛唐而言，"李翰林之飘逸，杜工部之沉郁，孟襄阳之清雅，王右丞之精致，储光羲之真率，王昌龄之声俊，高适、岑参之悲壮，李颀、常建之超凡，此盛唐之盛也"（高棅《唐诗品汇总序》）。其中，孟襄阳（浩然）、王右丞（维）、高适、岑参等人还被后人奉为田园诗派和边塞诗派的代表作家。在盛唐之后，还出现过以清丽精雅著称的十才子体、以平易通俗著称的元白诗派（亦称长庆体）、以奇警峭劲著称的韩孟诗派、以精深婉丽著称的温李诗派等。

具体而论，唐诗派别虽多，但总体而论，唐诗却有一个共同的特点，即能把充实的内容与饱满的感情、高度的写作技巧与纯熟的表现方式完美地结合起来。而这几个因素本是诗歌的基本因素，唐诗不但能兼而有之，且能将其炉火纯青地融为一体，故而能登上诗歌的顶峰。唐之前的诗并非没有充实的内容和饱满的感情，但苦于表现方法、艺术技巧尚不能像唐人那样随心所欲，作起诗来难免有些板滞拙涩，缺乏活泼流动的韵味与风情；唐之后的诗并非没有高度的写作技巧与纯熟的表现方式，但很多内容和感情早已被唐人表现得淋漓尽致，很难再有创新，故而作起诗来难免多从形式及人工安排上用力，或摆脱不掉因袭的成分，使诗歌在某种程度上丧失了应有的情韵。但唐诗则不同，历史的机遇使它处于一种最佳的处境。它一方面能保有充实内容和饱满感情，另一方面又能在写作技巧上充分发挥自己的聪明才智，因而唐人几乎开口便能写出好诗，如"少小离家老大回，乡音无改鬓毛衰。儿童相见不相识，笑问客从何处来？"（贺知章《回乡偶书》），"葡萄美酒夜光杯，欲饮琵琶马上催。醉卧沙场君莫笑，古来征战几人回？"（王翰《凉州词》），"松下问童子，言师采药去。只在此山中，云深不知处"（贾岛《寻隐者不遇》），感情真切，情趣盎然，仿佛一切皆从胸中流出，并非在有意为诗，但写出来的却是一派有如天籁的真情神韵，这正是它前无古人、后无来者的不可及处。

盛唐是唐诗的繁荣昌盛期。经过近百年的探索和准备，盛唐诗坛出现了百花齐放、美不胜收的繁盛局面。从内容上讲，此时的诗歌已得到了最充分的解放，唐诗所表现的种种内容，都在此时得到最集中的反映。从体裁上讲，这时的律诗已走向成熟，蔚为大观，七言歌行和绝句得到了最充分的发展，达到了诗歌史上的最高水平。从风格上讲，现实主义和浪漫主义两大流派在此时都得到了最充分的发展，而其代表人物杜甫、李白可谓登上了中国古典诗歌的两座高峰。其他如壮浪奔放的边塞诗派、优美清新的田园诗派亦达到了极高的水平。

中唐是唐诗的繁衍期。此时的风格流派比盛唐更多：刘长卿、韦应物的山水诗，李益、卢纶的边塞诗，都在一定程度上继承了盛唐诗风；韩愈、孟郊有意发展杜诗雄奇的一面，形成了以横放杰出、排弄瘦硬为特点的韩孟诗派；李贺更融合楚辞、乐府和李白的浪漫色彩，独树诡丽瑰奇之一帜；刘禹锡、柳宗元或发思古之幽情，或借山水以抒幽愤，亦有独到的浑成清峻的特色。值得注意的是他们之中有些人在语言上刻意推敲，如韩愈、孟郊；有些人在意境上着意刻画，如李贺、柳宗元；有些人尤喜以议论或散文入诗，如韩愈，不但进一步丰富了"唐音"，而且也在一定程度上开启了"宋调"。

中唐诗歌影响最大的流派，要推以白居易为首的，李绅、元稹、张籍、王建等人广泛参与的新乐府运动。

晚唐是唐诗逐渐衰落期。最初尚有李商隐、杜牧两位著名诗人，时称"小李杜"。他们的长篇五古《行次西郊作一百韵》《感怀诗》，题材重大，颇能继承老杜的同类作品。李商隐的七律和杜牧的七绝成就更高。李商隐在七律已被前人多方开掘、几乎难以为继的情况下，异军突起，独树一帜。他对语言、对仗、声律和典故，无不精心地锤炼安排，形成了一种富艳精工和深于情韵的风格，成为唐诗灿烂的晚霞。尤其是几首表现爱情的《无题诗》，如"春蚕到死丝方尽，蜡炬成灰泪始干""身无彩凤双飞翼，心有灵犀一点通"，感情极为缠绵，意象极为朦胧，给人一种别开生面的美感。杜牧的七绝以清新俊逸，流走明快，语浅意深见长，在王昌龄、李白等绝句大师之后犹能自成一家。

李商隐、杜牧之后，不曾再出现有重大影响的诗人。这时作家虽多，但多是中唐以来各大家的学步者，如方干、李频之于贾岛、姚合，吴融、韩偓之于李商隐、温庭筠，只有皮日休、聂夷中、陆龟蒙、罗隐、杜荀鹤诸人稍有特色。他们的某些作品能继承新乐府运动"惟歌生民病"的现实主义传统和平易流畅的风格，如杜荀鹤的《再经胡城县》曰"去年曾经此县城，县民无口不冤声。今来县宰加朱绂，便是生灵血染成"，但气魄才力以至影响都远不及前人了。

二、文学革新：古文运动

所谓古文，就是与当时流行的骈文相对称的散文。就形式来说，它是一种奇句散行、文句长短不限的文体。因为这种文体的倡导者主张恢复先秦、两汉时代的散文传统，故称为古文。中唐时期，以韩愈、柳宗元为首的一批作家掀起了一场反对骈文、提倡古文的文学革新运动，为散文的发展开辟了新的天地。

唐代古文运动可以分为四个时期：

第一时期（618—741），这是古文运动的发轫期。武德、贞观年间，骈文一统天下，高祖、太宗出于施政的需要，提倡公文疏奏，实录切用。在一些史书和魏徵、傅奕、马周等人的奏疏谏议中，已出现以散间骈的征兆。

高宗武后之世，四杰的骈文指责朝政，褒贬时事，抒发志向和牢骚，内容充实，气势宏大，有汉赋余响；词藻华丽，仍六朝积习。适应武周改制称帝的需要，一些阿世取容的御用文人（如李峤、宋之问等）所作的文章，从内容到形式，近于南朝文学侍从之词，而陈子昂的直言极谏，则显得不合时宜。他为人任侠使气，又精习纵横，所作论议疏奏，陈王霸之术，揭时政之弊，谠言直论，凌厉风发，行文也多用散体，因此，尽管他的"道"与后世古文家所倡言者内涵不同，文风也有别，而且他的表序颂祭，仍有俳偶陈习，但后世还是尊之为古文运动的先导者。

第二时期（742—805），这是古文运动高潮的酝酿期，涌现了一批散文改革的倡导者。前有李华、萧颖士、元结，后有独孤及、梁肃和柳冕。他们在理论上主张明道宗经，强调文章救世劝俗的社会作用，不满于骈文的浮靡华艳，推崇陈子昂的斫雕返朴。他们的主张是安史之乱以后欲以儒道重振王纲朝政的社会思想在文学上的反映。但他们的儒道不纯：元结不师孔氏，李华、梁肃兼信儒佛；理论片面：忽视文章的美感和辞章文采对表达内容的功用；又成就有限：未脱骈俪旧习，少有传世名作。其中成就最高者当首推元结。他的散文忧时愤世，风格危苦激切，在山水游记、寓言杂文上有所创新。有"上接陈拾遗，下开韩退之"（全祖望《元次山阳华三体石铭跋》）的重要过渡作用，但也有艰涩古奥、文采韵味不足的缺点。

第三时期（805—859），这是古文运动盛极而衰的时期。其中永贞至长庆（805—824）年间是古文运动的极盛时期。一批文人抱着行道济世、重振唐运的志向，积极参与永贞改革、元和中兴。古文运动高潮的形成，正适应了当时的政治需要。一时人才辈出，既有韩、柳作领袖，又有李翱、李观、李汉、皇甫湜、刘禹锡、吕温、白居易等人为羽翼，他们互相切磋推挹，造成声势。对古文运动的指导思想、创作宗旨，韩、柳都有较明确、系统的论述，提出"文以明道"的主张，阐发了文道相辅而行的关系，克服了前辈重道轻文的偏颇。韩愈的"不平则鸣"说和柳宗元的"辅时及物"说，提倡创作面向人生，干预现实，抒情言志，不仅"明道"而已，而且大大丰富了古文的创作内容。他们对古文的艺术形式也做了具体论述，力主"陈言务去""气盛言宜""文从字顺""意尽便止"，还对作家的道德、文艺素养和创作态度有所要求，这对规范古文创作、提高艺术水平起了重要作用，他们的古文创作成就斐然，在散文的各种体裁如序、铭、记、说、寓言等，几乎都有突破和创新，并形成各自鲜明的风格。韩文雄深奇崛，柳文精深峻洁，被奉为后世散文的楷模。李翱、皇甫湜分别发展了韩愈"文从字顺"和"怪异奇崛"的特点。

宝历至大中年间（825—859）古文运动渐趋衰落，作者人数和成就均不如前。代表人物孙樵、刘蜕，生活经历既不如韩柳那样丰富，才力心志更相去甚远，只能在怪奇峭僻上着力。虽也有些刺世疾邪的佳作，但与皇甫湜相比，已是等而下之了。倒是著名诗人杜牧的散文，论列大事，指陈利病，剀切排奡，成就突出。

第四时期（860—907），这一时期进入了唐朝季世，古文运动衰微，小品文却异军突起，出现了皮日休、陆龟蒙、罗隐等一批穷愁之士。他们的小品文远绍元结，近承韩、柳。杂文寓言，短篇零章，愤世嫉俗，幽默讽刺，深切犀利，被誉为"一塌糊涂的泥塘里的光彩和锋芒"（鲁迅《小品文的危机》）。

三、小说的成熟期——唐传奇

所谓"传奇"，即传述奇人奇事。唐代传奇，就是唐人用文言写作的短篇小说。因其有曲折奇特的情节，与一般散文不同，故名。晚唐裴铏以"传奇"题名自己的小说集，宋代以后就以"传奇"作为这类小说体裁的统称。

唐代传奇在六朝志怪小说的基础之上产生，并深受六朝志人小说、唐以前史传散文、诗歌艺术、古文笔法，以及当时流行的变文、话本等通俗文学的影响。它的兴起和日趋成熟，是唐代社会生产力发展、商业经济发达、市民阶层兴起、社会较为开放、知识分子思想活跃的产物。

唐代传奇的发展，大致可分为三个时期：

初盛唐时期。这是唐传奇初步发展的时期，作品少，内容与六朝志怪小说相似，艺术上也不够成熟，但在人物形象的塑造、环境气氛的渲染，以及细节描写等方面，都比六朝小说有不同程度的进展。代表作品有王度的《古镜记》、无名氏的《补江总白猿传》、张鷟的《游仙窟》。

中唐时期。这是唐传奇的繁荣兴盛期，作家云集，佳作迭出。其题材虽多是才子佳人、英雄侠士，但现实性大大增强并且触及社会的某些本质方面。某些篇章虽涉神仙道化、狐妖鬼怪，但也并非专为志怪，而是借以反映现实。这些作品，生活气息浓厚，结构精巧，情节曲折，人物形象鲜明，文笔优美生动，具有较高的艺术性。著名作品有沈既济的《枕中记》、李公佐的《南柯太守传》、李朝威的《柳毅传》、许尧佐的《柳氏传》、蒋防的《霍小玉传》、白行简的《李娃传》、元稹的《莺莺传》、陈玄祐的《离魂记》、陈鸿的《长恨歌传》等。

晚唐时期。这是唐传奇数量骤增、专集涌现的时期。主要作品有牛僧孺的《玄怪录》、李复言的《续玄怪录》、牛肃的《纪闻》、薛用弱的《集异记》、袁郊的《甘泽谣》、裴铏的《传奇》、皇甫枚的《三水小牍》等，其内容题材倾向于搜奇猎异、言神志怪，无甚可取。但也有一些描写侠义之士抑强扶弱、申冤除害的篇章，反映了当时动荡的社会现实和人民的愿望，如杜光庭的《虬髯客传》、袁郊的《红线传》、裴铏的《聂隐娘传》等。总之，晚唐传奇在思想和艺术上都不及中唐时期，显示出逐渐衰落的趋势。

从思想内容上看，唐代传奇题材广泛，从不同侧面揭示了复杂的社会矛盾，具有积极的现实意义。

首先，以婚姻和爱情为主题的作品比较突出，如蒋防的《霍小玉传》、白行简的《李娃传》、元稹的《莺莺传》、李朝威的《柳毅传》等，这类作品的女主人公，虽然出身不一、表现各异，但都有着对婚姻自主、爱情自由的渴求。她们以自己纯真的爱情、热烈的追求、大胆的反抗及往往是悲剧性的结局，对封建婚姻制度进行了血泪的控诉。

其次，运用现实题材、历史题材和志怪题材，直接或间接地反映当时政治状况，也占了相当比重。代表作品有李公佐的《南柯太守传》、沈既济的《枕中记》、陈鸿的《长恨歌传》等。例如《南柯太守传》中的槐安、檀罗国，正是中唐社会的现实缩影。小说中所描写的官场险恶、庸人当道、任人唯亲、相互倾轧等，具体反映了中唐豪贵专权、党争迭起的黑暗政局；所谓的"南柯一梦"，也正是当时封建士大夫知识分子思想的曲折反映。《长恨歌传》写唐玄宗和杨贵妃的故事，"惩尤物，窒乱阶"，批判的矛头直指封建统治阶级。

从艺术上看，唐传奇在人物描写、情节安排和语言运用等方面都取得了巨大成就，标志着中国古代小说艺术的渐趋成熟。

在人物描写方面，唐传奇善于通过对话和行动的具体描绘来表现人物的性格特征；善于通过对比、烘托，使人物形象更加丰满；善于运用细节描写、肖像描写和心理刻画，更细致深入地展示人物性格的复杂性等。因此，唐传奇塑造了众多的、栩栩如生的人物形象，如纯真痴情的少女霍小玉、浪荡无耻的公子李益，口齿伶俐的媒婆鲍十一娘（《霍小玉传》），不甘凌辱、自结良缘的龙女，正直善良、勇敢侠义的柳毅，疾恶如仇、刚烈如火的钱塘龙君（《柳毅传》）等，便是其中的典型。

唐代传奇的产生，标志着中国小说的发展已渐趋成熟。从此，小说正式形成了自己的规模和特点，成为一种独立的文学式样，而且出现了一些专门从事传奇创作的作家，促进了小说在艺术上的丰富与提高。

唐代传奇多侧面反映城市社会生活的繁荣复杂，把反对封建门阀制度和礼教压迫当作基本主题，从而揭开了中国现实主义小说的序幕。同时，一些优秀作品还兼有积极浪漫主义的精神。这就直接影响到后世的小说、戏曲的创作，如宋元话本：蒲松龄的《聊斋志异》、王实甫的《西厢记》、郑光祖的《倩女离魂》、汤显祖的《邯郸记》、洪升的《长生殿》等，都可以明显地看到唐传奇的影子。

唐代传奇高度的艺术成就，如完整的情节结构，细腻的肖像、服饰、生活细节、心理的刻画，人物形象系列的生动塑造，以及简洁、准确、丰富、优美的语言，都给后世文学创作以积极影响。许多传奇人物和故事，亦成为后世诗文中常用的典故。

唐代传奇对世界文学尤其是日本文学，也有一定的影响。

四、敦煌变文

敦煌变文，是指在敦煌发现的唐代讲唱文学，即当时寺院僧徒和民间艺人用来讲说故事的底本。

变文的内容，可分为宗教"俗讲"的讲经文与讲唱佛经故事的变文，民间讲唱故事的话本、唱词和变文等。这些内容，性质不一、体式不同，但都统称为"变文"。思想意义，则以民间讲唱故事者为优。

变文形式上的主要特点是诗文相间、说唱结合。散文部分是口述，多为浅近的文言与四六骈语，也有使用白话的；韵文部分是吟唱，以七言为主，间杂三、五、六言。韵散结合的方式一般有两种：一是以散文讲述故事，以韵文重复吟唱讲述内容；二种是以散文作引文，再用韵文来敷衍铺陈。

变文的发现，填补了文学史的空缺。它是后世各种说唱文学的先驱，并且对后世小说、戏曲有深远的影响。

第二节　隋唐时期的文学人物

一、诗佛——王维

唐代宗喜好文学。有一次，他对宰相王缙说："卿之伯氏，天宝中诗冠代，朕尝于诸王座闻其乐章。今有多少文集，卿可进来。"王缙回答说："臣兄开元中诗百千余篇，天宝事后，十不存一……"第二天，王缙就将原来收集起来的400余篇诗献给了代宗。为此事，代宗还专门"优诏褒赏"。那个被唐代宗称为"天宝中诗冠代"、死后还受"优诏褒赏"的人是谁呢？这个人就是王缙的长兄、和孟浩然齐名的山水诗人王维。当然，代宗未必评得准、褒得对，但王维确实是盛唐时期一位有名的诗人、画家、音乐家。

王维（701—761），字摩诘，太原祁（今山西祁县）人，出身仕宦之家，"父处廉，终汾州司马，徙家蒲，遂为河东（今山西永济县）人"（《旧唐书·王维传》）。王维21岁时中进士，任大乐丞，因伶人舞黄狮子事触犯皇权而受连累，被贬为济州司库参军。开元二十二年（734），政治上较有远见的张九龄为相，王维积极拥护，并上书请求引荐，遂被提升为右拾遗。不料三年后，历史上有名的口蜜腹剑的李林甫为相，张九龄被贬，王维也被排出朝廷，以监察御史的身份出使边塞的凉州。直到开元二十七年才应召回长安，此后一直在京供职。历任左补阙、库部郎中、给事中、太子中允、中书舍人、尚书右丞等职。因为职务关系，他曾到过四川和湖北。著作有《王右丞集》。

王维"有俊才""博学多艺"（《旧唐书·王维传》）。王维的确是一位有才气的人物。他在青年时期已经显露出惊人的才华。他17岁时作的《九月九日忆山东兄弟》、18岁时写的《洛阳女儿行》，不但在当时文坛上获得了很高的声誉，直到今天也还为人们所赞赏，其中"每逢佳节倍思亲"等，已成为人们普遍传诵的名句。

天宝十五年（756），安史叛军攻陷两都（长安、洛阳），唐玄宗奔蜀。"维扈从不及，为贼所得"。安禄山素慕王维之名，派人把他架持到洛阳，关押在菩提寺里，强迫他接受"给事中"的伪职。开始，王维"服药取痢，伪称喑病"，但后来还是接受了安禄山授给的职务。这是王维政治上的一个污点。后来官军收复两都，唐肃宗回到长安，凡做过伪官的按三等定罪。王维一方面有《凝碧诗》在，同时他弟弟王缙因平叛有功，官职已显，"请削己刑部侍郎以赎兄罪"。因此，肃宗"特宥之，责受太子中允"。之后，王维的官职又逐步升迁。

王维先后在终南山和蓝田辋川别墅，过着半官半隐的"弹琴赋诗，傲啸终日"的悠闲生活，写下了许多山水田园诗，其中不少是脍炙人口的佳篇。苏轼评论王维的诗说："味摩诘之诗，诗中有画；观摩诘之画，画中有诗。"(《东坡志林》)这个评论是十分精当的，准确地揭示了王维诗歌的特点。

据《唐诗纪事》卷16记载，安史之乱时，大音乐家李龟年南奔，曾在湘中采访使的筵席上唱过王维的《相思》："红豆生南国，春来发几枝。劝君多采撷，此物最相思。"这说明王维诗作的又一个特点，即既明白如话，又情意深长，音节响亮，宜于入乐。其他如"渭城朝雨浥轻尘，客舍青青柳色新。劝君更尽一杯酒，西出阳关无故人"，以及《鹿柴》《白石滩》《辛夷坞》等诗，语言也非常凝练，意境都十分优美，王维的山水田园诗，数量多，诗意浓，形成了他独特的艺术风格，对后世颇有影响。但也要看到，王维笔下的田园生活，与当时农村的真实生活相去甚远。它无非表现了诗人自己安适自得的情趣而已。

王维又是一个有名的画家。《新唐书·王维传》说他"画思入神，至山水平远，云势石色，绘工以天机所到，学者不及也"。他善于从客观世界里选择出最具有特征和最富于表现力的事物，描绘出十分和谐的图画。他擅画山水，写山水人物，在深浅浓淡中，显现出大自然的神韵。在前人的基础上，他总结出了"丈山、尺树、寸马、豆人"的理论，改变了过去"人大于山"的表现方法。他的画法，对后来水墨山水画的影响很大。现存传世的作品有《雪溪图》《伏生授经图》(又称《写济南伏生像》)等。

王维在青年时代就喜好音乐。《唐诗纪事》说他"年未冠……妙能琵琶"。他在进士及第后的第一个官职，就是"大乐丞"。据说，有一次，有人得到一幅画得很复杂的"奏乐图",大家都争相围着去看,但是没有一个人看出画的内容和叫出画的名字。王维看了之后说:"这就是'霓裳羽衣曲'第三叠第一拍嘛。"大家都将信将疑。有个好事的人,专门去找了乐队来奏《霓裳羽衣曲》,当乐工奏到第三叠第一拍时,和画面上完全一致。于是大家都佩服王维见多识广,有学问。

二、诗仙——李白

李白号青莲居士,公元701年出生于中亚的碎叶城。他的祖籍是陇西成纪(今甘肃秦安附近),他的祖先是在隋朝末年流寓到碎叶的。他5岁的时候跟随父亲李客全家迁居到绵州的昌隆县青莲乡(今四川江油县境内)。他的青少年时期是在西蜀度过的,因此他一直把蜀中认作自己的故乡。

李白出生在一个富裕而又具有一定文化修养的家庭。他在父亲的督教下,5岁就开始诵六甲(计算年月日的六十甲子),10岁开始阅读诸子百家的著作。年幼时背诵司马相如的《子虚赋》曾引起过他的欣慕和向往。到15岁左右,他除了搜寻各种罕见的书籍阅读之外,已经开始从事写作活动,他自己认为这时所作的赋已能与司马相如相媲美了。除了读书写作以外,他还努力学习剑术。由于他从小怀有济世治国、建功立业的远大志向,所以他既学文、又习武,学习是非常刻苦的。

当时有一位官阶很高的文学家苏颋到益州(今成都)来做长史,李白在半路上拦住他请求相见。他看了李白的诗文以后,大为赞赏,曾说:"这个青年天才英丽,写文章下笔就不必停歇。虽然他自己的风格还未成熟,但他的风骨已经形成了。如果再坚持学习,完全可以赶上司马相如。"李白获得这样的评价,绝非偶然。

在从20岁到25岁这几年里,李白漫游了几乎所有的蜀中有名的山水和名胜。蜀中雄峻的山川景色,与他豪纵的性格是合拍的。他这段游历,一方面是为尽兴地欣赏大好的自然风光,另一方面也是为未来建立功业做必要的准备:广交友,结名流,陶冶自己阔大豪壮的胸怀。"锦城散花楼上远眺,峨眉山幽深景色里听琴。"司马相如的琴台、扬雄的故宅,无不在他的诗作中留下动人的形迹。

李白28岁那年到了湖北的安陆。在这里，他和曾经做过宰相的许圉师的孙女结了婚。于是他就在安陆安了家，居住了10年左右。

在这期间，他结识了已经退隐的诗人孟浩然。两人意气相投，一见倾心。他们在襄阳邂逅，虽然孟浩然比李白大12岁，但他们的情谊是深厚的。从李白著名的《黄鹤楼送孟浩然之广陵》一诗中，我们可以领略到他们之间的感情是多么的深挚：友人的船影渐去渐远，已经消失在水天相接的碧空之中了，自己还伫立在黄鹤楼的栏杆旁，望着流向天边的长江水，久久不肯离去。

李白企求从政的活动虽然到处碰壁，但10多年的游历使他的足迹几乎遍布全国，他优美的诗文在各地不胫而走，被人们交口传诵；他的品格风范、才情器度，为极多的人所钦佩赞叹，唐玄宗也必有所闻。于是在李白42岁那一年（天宝元年，公元742）玄宗接连三次下诏书召他入京。李白当然极为欣喜，认为这样一来，自己的理想、抱负就一定能实现了。但是唐玄宗只给他一个翰林供奉的虚衔，没有给他实授任何官职。每日只是陪侍宴饮游猎，奉命写些玩乐的词赋。加上权佞小人的忌妒诬谗，使李白郁郁不得志，一切美好的理想、愿望都成了泡影。所以他在长安总共只待了一年多的时间，就向玄宗提出了还山的要求。玄宗也就趁势把他"赐金放还"了。

李白初到长安时，有一位名气很大、年事很高的大臣叫贺知章，在紫极宫第一次见到李白，就惊叹说："你真是谪仙人啊！"立即解下身上佩戴的金龟，与李白一起换酒喝，所以后来人们常称李白为"谪仙"。

李白虽然在起初难免应命写了一些应景的诗词，但他对自己所充当的这个角色越来越不满意。他又亲睹了上层统治者荒淫无耻、卑鄙阴毒的种种恶劣行径，他极端蔑视这些人物。尽管这些人身居高位，手握大权，而李白只是一个连官职都没有的"布衣"，但李白在精神上比他们高百倍，对他们不但没有丝毫的奴颜婢膝，而且完全不把他们放在眼里，正如李白自己说的："安能摧眉折腰事权贵，使我不得开心颜。"当时唐玄宗最宠信的宦官高力士，是多么威赫显贵的人物，他权倾海内，连宰相的任命他都起决定性作用，太子称他为"二兄"，诸王、公主叫他"阿翁"，他的财产之富，不是王侯所能比拟的。对于这样一个人物，李白可以在皇帝的酒宴上伸出脚去令他脱靴。对于皇帝最宠爱的杨贵妃，李白写诗时可以令她捧砚。

天宝三载（744）春天，李白离开了长安，毅然丢弃繁华舒适的生活，重新踏上了漫游的途程。

李白离开长安刚到洛阳，就认识了唐代的另一位大诗人杜甫，两人结下了深厚的友谊。由于他们都具有高超的诗歌艺术修养和精深的思想、才华，所以一见面就互相被对方的风采所吸引，极为投机。他们在一起饮酒游历，赋诗抒怀，倾心畅谈，越发互相敬佩和爱慕。他们两人又曾在开封与另一位名诗人高适一起度过了一段舒畅愉快的日子。这三个意气相投的挚友，结伴在这座著名古城里寻访古迹、论诗怀古、饮酒打猎、畅抒心怀。以后他们常常怀念这段畅游的日子，杜甫还写了不少的诗来追忆这一段生活。李杜又曾一起游东鲁，访齐州（济南）。他们最后分别是在天宝四载（745）的秋天，在兖州（曲阜）的石门山。分别时李白向杜甫赠诗一首，流露了依依惜别的深情："飞蓬各自远，目尽手中杯！"并表达了重新相会的殷切期望："何时石门路，重有金樽开？"但现实并不尽如人意，他们从此被命运分开，各自漂泊，再也没能见面。

安史之乱发生后，李白在宣城、溧阳、剡中等地辗转漂泊以后，暂时到庐山隐居。

公元755年，永王李璘率师东巡经过浔阳时，派人带着书信和礼品三次上庐山聘请李白去做他的幕僚。李白也以为这是报效国家民族的一个机会，就怀着高昂的激情参加了李璘的军队。但是很快永王的军队就被他哥哥李亨派兵围歼了。这本是最高统治阶层为争夺帝位而产生的内讧，而李白等一心报国的人却成了牺牲品。李白莫名其妙地被加上了叛逆的罪名，在江西彭泽被捕，关进浔阳监狱，准备处死。幸亏率兵收复长安的中兴名将郭子仪在肃宗面前尽力为李白剖白，情愿拿自己的官爵来换取李白的生命。这样李白才幸免于死，降等定罪，流放夜郎（今贵州桐梓一带）。

758年，58岁的李白满怀辛酸悲苦，离别了妻子，走上了流放夜郎的长途。从浔阳出发，经江夏溯江而上，直到三峡。一路上写了不少抒发悲愤的诗，也受到人们友好的接待。第二年春天，李白刚到巫山的时候，朝廷因册立太子和天旱而发布的在全国实行大赦的命令传到了。这时他的高兴是无法形容的，立刻回程东下。著名的七绝《早发白帝城》就是描绘当时的心情的。

遇赦后，李白又重新游历江夏、岳阳、洞庭湖，然后到豫章（南昌）。这时他的心情开朗愉快，又恢复了诗酒豪纵的兴致。但兴奋和愉快很快就过去了，李白不得不面对战祸频仍、社会动荡、人民受难、自己生活凄凉的冷酷现实。他为国家民族的危难怀着深深的忧虑。他多么希望能平息战乱，使国家重新走上繁荣的道路啊！所以到了晚年，虽然靠别人周济为生，辗转于金陵、宣城等地，但他豪壮的胸怀仍然未减当年。上元二年（761），当他听说朝廷委太尉李光弼为帅，率大兵抗御叛军时，他以61岁的高龄，以长年坎坷漂泊残留下来的老弱身躯，竟然要赶往临淮（安徽泗县）踊跃投戎，"请缨杀敌"。结果中途病倒，只好返回金陵。

宝应元年（762）十一月，李白去世。李白临终前曾把诗文稿全部交给李阳冰，李阳冰后来把它们编为《草堂集》10卷，可惜也未能流传下来。刚即位的代宗曾下诏封他一个左拾遗的官职，但他未来得及接受这项任命就去世了。关于李白的逝世，民间有一种传说，说他月夜游采石江，身穿宫锦袍，傲然自得，旁若无人。酒醉后因见水中明月倒影可爱，就入水捉月而淹死。

这位中国文学史上继屈原之后最伟大的浪漫主义诗人，一生怀着大鹏的志向，但生活道路坎坷难言，在政治上始终未能展翅凌云。也许正因为这样，他才在诗歌艺术上达到了非凡的成就。他存留下来的上千首诗歌，成了中国和世界文化史上的瑰宝。

三、诗圣——杜甫

唐玄宗先天元年（712），杜甫降生在河南巩县瑶弯一个封建贵族家庭里。祖籍襄阳，远祖杜预是晋代名将，曾祖杜依艺因做巩县县令迁居河南巩县。祖父杜审言曾任膳部员外郎，是唐初有名的诗人。杜甫的父亲杜闲任奉天县县令。

杜甫之所以名"甫"，是因为父亲希冀他成为男子之美，因此，还赐给他一个象征贤善德行的字"子美"。生母死后,父亲将年幼的杜甫暂时寄养在洛阳姑母家里,姑母是一个善良的妇女。有一次,杜甫和表兄弟同时染上了瘟疫,她总是优先照顾侄儿,使杜甫转危为安,不久便恢复了健康。

杜甫虽然"少小多病",貌也不出众,但与同龄儿童比却聪颖过人。他的记忆力和摹仿力随着年龄的增长日渐突出,因而常常受到父亲和邻居的夸奖。6岁那年,他有幸在郾城街上看到当时著名的舞蹈家公孙大娘的剑舞,第一次呼吸到民间艺术的淳朴气息。他起初不解:为什么平平常常一个女子和身躯,能够创造出这样神奇感人的境界?后来,当他听到公孙大娘一些刻苦练功的故事后,便从中发现一个道理:一个人要有志向,有所作为,而这些只要发奋努力学习,就可以实现。从那以后,他开始攻书,仅用了几年时间,即"读书破万卷",把祖父的传世著作,先圣六艺经文,鲍照、庾信等作家的诗集,凡家中藏书,很快就读完了,并且还四处寻找借读当世作家的作品。7岁时,他就能"缀诗笔""咏凤凰";9岁临摹虞世南的书法,书得一手好字,14岁时,他已经能与年纪远远超过自己的文人吟诗作赋,"出游翰墨场"。

杜甫的童年多半是在洛阳度过的。在那里,他得到了老一辈作家的推崇。洛阳名士崔尚、魏启心见了他的诗,都为之惊叹,赞赏他是当世的班固、扬雄。不过,作为诗坛的新秀,杜甫在洛阳还未能引起人们的更大关注。

杜甫在20—29岁的几年中,有过两次长期漫游,先后到过吴、越、齐、赵的大部分地区,每到一处,便去凭吊古迹,观览胜景,谒拜名人和结识新友。

公元741年,杜甫从山东回到洛阳,在洛阳与偃师之间偏北的首阳山下开辟了几间窑洞,作为寓所。他的祖父杜审言和远祖杜预就埋在这里,这是在杜氏先辈中杜甫最推崇的两个人,因而他常常抽时间去扫墓、悼念。这时,已满30岁的杜甫,与司农少卿杨怡的女儿结了婚,过着恩爱和谐的生活。第二年,洛阳姑母逝世,杜甫悲恸欲绝,他将幼年时在姑母家生病的事写进了墓志,使所有看了的人都无不为之含泪欲啼。

杜甫在漫游中结识了不少朋友,但大都属于游猎歌唱的权宜之交。到744年夏,才在洛阳遇到一个能援引他进行一番事业的人物,这就是比他长11岁的唐代伟大的浪漫主义诗人李白。两位风华正茂、文思不凡的伟人一旦相遇，便惺惺相惜，肝胆相照。白天，他们携手览景赋诗；晚上，他们举杯畅叙，有时通宵达旦，醉了便共被酣寐。遗憾的是，他俩一生只有短短的两次接触，却也使他们建立了永不衰竭的深情厚谊。最后一次离别时，李白赠给杜甫一首诗做纪念，诗中充满了惜别之情和希望再见的心愿，然而，后来他们一直没能再相会。杜甫非常佩服李白飘逸豪放的诗才，后来在诗中对李白做了高度的评价。此间，杜甫还结识了著名诗人高适及书法、散文家李邕，他们之间也建立了真挚的友谊。

在封建社会，一个有抱负的仕宦子弟，总希望取得一定的政治地位来施展抱负。公元746年，35岁的杜甫来到长安，就是怀着"致君尧舜上，再使风俗淳"的愿望。这时励精图治已渐成为装饰门庭的空谈，玄宗李隆基被过去的成绩冲昏了头脑，成天生活在歌功颂德的迷雾里，大盛唐朝已显露出日趋腐化的征兆。奸臣当道就是这种腐化的表现之一。公元747年，玄宗下令征召有一技之长的文士，杜甫对此寄予了很大希望。但主持者却是宰相李林甫，他口蜜腹剑，忌恨贤能，故意称颂朝廷圣明，已将天下贤才全部任用，并且各得其所，现在已经"野无遗贤"，再不需要拓才选贤了，将玄宗蒙在鼓里。这使杜甫大失所望，政治上遭受到一次沉重打击。不久，杜甫的父亲死在奉天令任上，他家境更穷了，只好又去过游牧式的生活。

公元751年正月，杜甫趁玄宗外出祭祀之机，将预先写成的三篇《大礼赋》进献给他。没想到玄宗看了十分高兴，特让他待制集贤院，命李林甫监考文章，杜甫的名声这才风靡长安。然而，考试后却一直没有下落，使杜甫火热的心再次冷却。由于事业心的驱使，继而又进了两篇赋，但仍无结果。

"安史之乱"发生后，杜甫夹在难民中逃出长安。后来，他在前往灵武投靠肃宗的途中，不幸被乱军所捕，又押往长安。在沦陷的京城，杜甫想到山河破碎的惨状，痛心已极，感慨万端。

四月，杜甫逃到肃宗南迁的凤翔。他鞋破臂赤，衣不蔽体，一路艰辛。肃宗被他的报国热情所感动，任命他为左拾遗，留在身边推举贤良，进谏忠言。但不久，肃宗就觉得他并不是一个可心的人。八月，才做三个多月左拾遗的杜甫就被免职了。

十月，肃宗还京，杜甫也携带家眷回到长安，又做了大半年拾遗，闲暇之时便与一些诗歌爱好者作些唱和诗。但这里毕竟是个狭窄污秽的地方，正在杜甫惆怅不安之际，金紫光绿大夫房琯遭贬，杜甫受到株连，被贬往华州做司功参军，管理地方的文教祭祀。此行是他对长安的永别，也是他走向人民、成为"诗圣"的重要一步。

人民的诗人，只有当他来到人民的行列之中，笔底才能涌出为民请命、揭露封建统治阶级罪恶的波澜。公元759年春天，唐军再遭惨败。杜甫从洛阳回华州，傍晚行至石壕村，目击了一伙差吏强征一位白发老妪的悲剧。次日清晨，又看见一个刚完婚的新夫被绑走，年轻的妻子伫立在土阜上，望着远去的郎君心如刀绞、泪似泉涌……到华州后，杜甫将途中的所见所闻写进"三吏""三别"六首诗里。这些诗是当时客观现实的反映，是对封建社会罪恶的控诉。从这些诗的字里行间，我们看到了诗人和人民一起跳动的脉搏。

同年秋天，杜甫放弃了华州司功参军职位，以表示对当时政治的失望。

公元770年，在年底一风雪漫天的傍晚，59岁的杜甫悄悄地离开了人世。

杜甫死后，宗武无能为力，只得将他的灵柩暂时厝在岳州。43年后，杜甫的孙子嗣业才将他的灵柩迁回偃师首阳山安葬。路经荆州时，请诗人元稹写了墓志。元稹对杜甫做了充分的肯定。

韩愈也在《调张籍》一诗中将杜甫与李白并称"李杜"，给了杜甫高度的评价。

后人誉杜甫为"诗圣"，称他的诗为"诗史"，这是十分公正的。杜甫用他全部生命所酿造的精神果实，滋补了世世代代的作家和人民，他的光焰已经穿透一千多年的历史，并将永远留驻人间。

四、诗豪——刘禹锡

唐代诗人以诗之特点得名者有"诗佛"王维、"诗仙"李白、"诗圣"杜甫、"诗鬼"李贺，但一般人都不太知道刘禹锡的"诗豪"之称。"诗豪"之名，恰恰是刘禹锡诗友白居易对他的评价。白居易在《刘白唱和集解》中说："彭城刘梦得，诗豪者也，其锋森然，少敢当者。"《新唐书》本传也说："素善诗，晚节犹精，与白居易酬复颇多，居易以诗自名者，尝推为'诗豪'。"

刘禹锡之所以得名诗豪，应当从两方面考虑，如果单从白居易的评价来体会，是说他的诗来得快，有锋芒，很少有人可以抵挡。因为两人经常唱和，故白居易才有此评价。但后人对"诗豪"的理解，也有内容方面的因素，即其性情豪爽旷达，敢于直言而不向邪恶势力妥协。柳宗元和他的遭遇几乎相同，也同样不妥协，但柳宗元性格内向，没有刘禹锡豪放旷达，故柳宗元不到50岁就去世了，而刘禹锡在"二十三年弃置身"后却高歌着"前度刘郎今又来"回到朝廷。活过了古稀之年。其豪迈的性格真的令人肃然起敬。

刘禹锡（772—842），洛阳人。贞元九年（793）进士及第。贞元末与柳宗元同时参加"永贞革新"，失败后遭到严厉打击，被贬为朗州（今湖南常德）司马。10年后，被招回京师准备大用。刘禹锡创作一首《元和十年自朗州至京，戏赠看花诸君子》道："紫陌红尘拂面来，无人不道看花回。玄都观里桃千树，尽是刘郎去后栽。"诗中用玄都观里栽种桃花的道士比喻执政者，桃花比喻新提拔起来的新贵，而看花的众人便是趋炎附势的势利之徒，讽刺的意味太明显，口吻太辛辣，得罪了执政者，便将他们几人再度贬出京师，成为远方刺史。官虽然升了，但工作环境没有根本改善。而柳宗元没能够熬到回来便死在柳州。

14年后，刘禹锡再度回到长安，他依旧不服气，又写了一首《再游玄都观》的七绝道："百亩庭中半是苔，桃花净尽菜花开。种桃道士知何处，前度刘郎今又来。"

讽刺意味更加辛辣犀利。诗前小序道：

余贞元二十一年为屯田员外郎，此观未有花。是岁出牧连州，寻贬朗州司马。居十年，召至京师。人人皆言有道士手植仙桃满观，如红霞，遂有前篇，以志一时之事。旋又出牧。今十有四年，复为主客郎中，重游玄都观，荡然无复一树，唯兔葵、燕麦动摇于春风耳。因再题二十八字，以俟后游。时大和二年三月。

这段小序对理解两诗至关重要，也可看出刘禹锡豪迈乐观旷达的性格。而在被贬23年返归途中,在扬州遇到老朋友白居易,两人在酒桌上当即唱和一首七律,也能表现刘禹锡的豪爽旷达。白居易诗曰:"为我引杯添酒饮,与君把箸击盘歌。诗称国手徒为尔,命压人头不奈何。举眼风光长寂寞,满朝官职独蹉跎。亦知合被才名折,二十三年折太多。"对刘禹锡被贬谪23年表示同情和愤慨。刘禹锡当即和诗道:

巴山楚水凄凉地,二十三年弃置身。怀旧空吟闻笛赋,到乡翻似烂柯人。沉舟侧畔千帆过,病树前头万木春。今日听君歌一曲,暂凭杯酒长精神。

这就是著名的《酬乐天扬州初逢席上见赠》,其中颈联"沉舟侧畔千帆过,病树前头万木春"表现出一种历史永远前进,并不因为某个人的不幸遭遇而停止的观点。他把自己比喻为"沉舟""病树",但沉舟的旁边是千帆竞过,"病树"的前面是万木逢春,一片生机盎然。

在长期的谪居生涯中,刘禹锡向民间诗歌学习,从其中吸收丰富的营养,深受民间俚歌俗调的浸染,创作出许多具有民歌特点的优秀诗章。如竹枝词二首(其一):"杨柳青青江水平,闻郎江上踏歌声。东边日出西边雨,道是无晴却有晴。"谐音双关手法的运用,深得南朝民歌的神韵。

刘禹锡思想比较深刻,因此他的诗中往往体现出哲人的睿智与诗人的激情结合。竹枝词九首(其七)道:"瞿塘嘈嘈十二滩,人言道路古来难。长恨人心不如水,等闲平地起波澜。"用瞿塘峡水流湍急危险来反衬人心的险恶。但他的诗格调不悲观,往往有振奋人心催人向上的鼓舞力量。《浪淘沙词九首》(其八)道:"莫道谗言如浪深,莫言迁客似沙沉。千淘万漉虽辛苦,吹尽狂沙始到金。"表现出藐视困难,苏世独立横而不流的伟岸精神。而其秋词二首(其一)道:"自古逢秋悲寂寥,我言秋日胜春朝。晴空一鹤排云上,便引诗情到碧霄。"一反传统的悲秋情调,而对秋天大唱赞歌,赋予秋空一种高远明净的意境,给人以追求高远自由境界的遐想,胸怀高远,骨力劲健,豪迈旷达。

刘禹锡的咏史怀古诗也很有成就,最著名的便是《西塞山怀古》,是对藩镇割据者的警告和对中央集权王朝的向往。

刘禹锡的诗歌从内容和形式两方面都表现出豪迈的特点,《唐音癸签》评价道:"禹锡有诗豪之目。其诗气贯古今,词总华实,运用似无过人,却都惬人意,语语可歌,其才情之最豪者。"他的这种风格对后世影响很大,南北宋各有一位大诗人直接受到他的影响:"昔人论刘梦得为诗豪,其体为东坡七律所自出,固不得而轻议之也。"(《桐城吴先生评点唐诗鼓吹》)"陆放翁七律全学刘宾客,细味乃得之。"(《初白庵诗评》)苏东坡和陆游的七律都是从刘禹锡那里学来的,可见其影响之大。

五、大历十才子

大历是唐代宗李豫的年号。这个时候的诗坛,王维、岑参、李白、杜甫等一批盛唐时期的大诗人相继离世,而韩愈、柳宗元、白居易等人年龄尚幼。活跃在诗坛的有韦应物、刘长卿、李益和"大历十才子"等。据《新唐书·卢纶传》,他们是卢纶、吉中孚、韩翃、钱起、司空曙、苗发、崔峒、耿湋、夏侯审、李端。此外,郎士元、李益、李嘉佑等也是同时的诗人,也有人说他们也在"十才子"之列。他们的诗歌风格和创作倾向十分相近,但诗歌创作成就高低不一,各自所擅长的题材领域也大不相同,他们的作品流传下来的极少。

十才子中公认成就最高的是钱起,他与刘长卿并称"钱刘"。钱起善于写景、摹物,诗风与王维相似,但尚有差距——这样说吧,同样的意境,王维不加斧凿可信手拈来,钱起则要用十分之力费心雕琢。钱起最有名的是他的试帖诗《省试湘灵鼓瑟》,其中的"曲终人不见,江上数峰青"两句,堪称绝妙。此外,十才子中比较特别的是卢纶,他的诗有英武之气,《塞下曲》一首:"月黑雁飞高,单于夜遁逃。欲将轻骑逐,大雪满弓刀。"颇具盛唐人的豪情壮志。

大历诗坛也不都是冷寂颓唐的调子,李益就以其边塞诗的创作独树一帜,他有多年军旅生活的体验,他的作品在盛唐边塞诗特有的昂扬奋发、一往无前的气质之外,多了些感伤与悲凉的调子。《夜上受降城闻笛》:"回乐峰前沙似雪,受降城下月如霜。不知何处吹芦管,一夜征人尽望乡。"关于这一点,我们仍可以从整个大历时期的时代风貌中寻找答案。

第三节 隋唐时期的文学作品

一、流传千古的《长恨歌》

白居易死后，唐宣宗李忱写诗《吊白居易》道："缀玉联珠六十年，谁教冥路作诗仙。浮云不系名居易，造化无为字乐天。童子解吟长恨曲，胡儿能唱琵琶篇。文章已满行人耳，一度思卿一怆然。"可见《长恨歌》在当时已经传遍海内外，白居易的大名也广为人知。确实，给白居易带来最高诗名的并不是那些讽喻诗，而是两篇感伤诗，即《长恨歌》和《琵琶行》。然而，《长恨歌》的创作动机和主题一直有不同看法，见仁见智，是允许的。而且，文学作品历来有"形象大于思想"之说，即作品所提供的艺术形象往往可以暗示或者说读者可以体会出很多种思想意蕴。何况《长恨歌》这样的长篇巨制呢？

元和元年（806），白居易任盩厔（今陕西周至）县尉，与好朋友陈鸿、王质夫同游仙游寺，三人谈起唐明皇和杨贵妃的爱情故事，于是决定白居易写诗、陈鸿写传奇，这便是创作缘起。对于创作主题，白居易曾明确说是"惩尤物，窒乱阶"，即用诗歌形式批判惩戒女娲，从而为统治者提供借鉴，避免荒淫骄奢造成社会混乱。因此，如果体会白居易自己的说法，讽喻的因素肯定是很大的。而诗歌的前半部分确实表现出很深刻的批判精神。

从开头到"尽日君王看不足"是第一层，批判的力度很强。首句"汉皇重色思倾国"成为全诗的提起和总纲，是悲剧的起始。而"回眸一笑百媚生，六宫粉黛无颜色"两句则是讽刺杨玉环主动向玄宗献媚，在寿王李瑁失宠后另攀高枝，也不是个安守本分的女人。一个求美，一个献媚，两个人的沉溺爱情才造成政治的腐败而导致战乱的发生。批判意义是非常明显的。

后面虽然还可以分层次，但总的便是悲剧发生的过程及凄凉的结局。中间描写马嵬坡兵变："宛转蛾眉马前死。君王掩面救不得，回看血泪相和流。"再写玄宗入蜀相思，回到京师更加相思，昼夜相思，才引出"临邛道士鸿都客"为其寻觅杨玉环魂魄的举动。而这一细节是大有深意的，老道经过一番上天入地的搜索，才从海上的仙山中找到了杨玉环。杨玉环热情接待了这位来自大唐的方士，并说她也很想念唐明皇，但无法回到尘世。诗的后半部分已经由批判转向同情，是对李杨爱情悲剧结局的深深同情和悲悯。

这样，我们便可以大致概括出《长恨歌》的主题是：杨玉环的献媚邀宠，唐玄宗对杨贵妃的迷恋溺爱，导致对朝政的怠惰荒疏；对朝政的怠惰荒疏，导致朝廷政治的昏庸窳败；长期的昏庸窳败，导致安史之乱的爆发；安史之乱的爆发，导致马嵬坡爱情悲剧的发生。他们是悲剧的制造者，同时也是悲剧的受罚者，自己吞食自己酝酿的苦酒，这便是长恨的真正含义。

有人认为，白居易此诗中的大部分情节是模仿《欢喜国王缘》变文写成的；也有人认为，白居易创作此诗有借前人故事之酒浇自己心中块垒的动机，即白居易早年与少女湘灵热恋，但最终被迫分手，故借李杨爱情故事之悲剧抒发自己不能与湘灵结合之长恨。这两种说法对于我们理解《长恨歌》的艺术创作是有启发和帮助的，但与创作动机和主题思想没有直接关系，是两方面的问题。应当说，白居易与湘灵爱情的悲剧对他创作此诗在心理感受上的帮助是巨大的，甚至可以说是决定性的。笔者认为，在白居易刻画唐明皇思念杨贵妃最精彩的段落里，即从"蜀江水碧蜀山青，圣主朝朝暮暮情"到"悠悠生死别经年，魂魄不曾来入梦"这段文字中，融进了他本人对湘灵的刻骨相思，是以自己思念湘灵的感受来揣测模拟唐明皇思念杨贵妃的，而《欢喜国王缘》变文只是为其提供了一些借鉴而已。

二、哀怨凄艳——李商隐的诗歌

李商隐是晚唐学习杜甫诗才力最大、成就最高的诗人。他的诗歌具有"铱丽之中，时带沉郁"的特点，特别是抒写爱情、意绪的无题诗，历来为人们所称道，其中一些优美精练的句子还被编入乐曲，广为传唱。如脍炙人口的"春蚕到死丝方尽，蜡炬成灰泪始干""身无彩凤双飞翼，心有灵犀一点通"，常常被用作热恋中的青年男女互通心意的表白之词。"心有灵犀"更是成为表明彼此心意相通的俗语。

李商隐自称与李唐皇室同宗，但他的家族这一支早已没落，祖上几代只做过县令一类的小官。他10岁丧父，跟母亲一起过着清贫的生活。李商隐自幼聪颖，"五岁诵经书，七岁弄笔砚"，16岁时因擅长作古文而声名初振。他几次参加科举考试都没有成功，后来虽得中进士，却始终没有得到重用。李商隐关心现实政治，有匡国用世之心，作过100多首政治诗，对历史和现实的许多社会问题进行了深刻的揭露和批评。他年轻时得到古文大家令狐楚的赏识，但进入仕途不久就卷入了唐代著名的"牛李党争"，受到权臣的排挤，一生不得志，仕途坎坷，沉沦下僚，长期过着辗转漂泊的幕僚生活，甚至有"十年京师寒且饿"的凄凉经历，不足50岁便郁郁而终。

李商隐诗集中的大部分篇章都侧重于吟咏怀抱、感慨身世，有着"玉盘进泪伤心数，锦瑟惊弦破梦频"的凄艳之美。与盛唐诗人的外放气质不同，李商隐注重向自我内心世界的探寻。他善于把哀婉的意绪融入朦胧瑰丽的诗境，敏感细腻的气质和落寞不振的身世遭遇在他的诗歌中交融成一种低回感伤的意绪，营造出一种纤细幽约、绮密瑰妍的美感。例如人们所熟悉的《登乐游原》："向晚意不适，驱车登古原。夕阳无限好，只是近黄昏。""意不适"的哀怨从起笔便笼罩在心头，乘车登上古原去欣赏落日，却因"近黄昏"触发了茫茫不尽的感伤。最后两句后来成为人们慨叹时间流逝、美好事物已经接近尾声时常用的词句。

他所写的无题诗，是继盛唐诗歌高峰后的一个卓越创造，其中抒写爱情的篇章，更是哀感凄艳、惊绝千古。例如：

无题·相见时难别亦难

相见时难别亦难，东风无力百花残。

春蚕到死丝方尽，蜡炬成灰泪始干。

晓镜但愁云鬓改，夜吟应觉月光寒。

蓬山此去无多路，青鸟殷勤为探看。

无题·昨夜星辰昨夜风

昨夜星辰昨夜风，画楼西畔桂堂东。

身无彩凤双飞翼,心有灵犀一点通。

隔座送钩春酒暖,分曹射覆蜡灯红。

嗟余听鼓应官去,走马兰台类转蓬。

无题·飒飒东风细雨来

飒飒东风细雨来,芙蓉塘外有轻雷。

金蟾啮锁烧香入,玉虎牵丝汲井回。

贾氏窥帘韩掾少,宓妃留枕魏王才。

春心莫共花争发,一寸相思一寸灰。

这三首诗是他无题爱情诗中最具代表性的作品。他运用比兴象征的手法,大量使用典故和迷幻幽约的意象,使诗境朦胧虚化。"相见时难别亦难"一句领题,写尽春尽花落、情人远离的凄艳。"春蚕到死丝方尽,蜡炬成灰泪始干"是千古传唱的名句,春蚕吐丝直到死亡、蜡烛燃烧殆尽才不再有烛泪,用此比拟相思的痛苦,同时"丝"字与"思"谐音,语意双关,真有"一寸相思一寸灰"的凄楚。李商隐用温婉的诗笔将青年男女的恋情表现得既美好又辛酸,而通篇含蓄蕴藉,意境幽约凄美,思维跳跃性很大,读者往往不知其所指,正合命为"无题"。

此类也有以诗的句首词语作为题目的,如《锦瑟》一诗,比上面几首更显辞意缥缈、朦胧难懂,却具有强烈的艺术感染力:

锦瑟无端五十弦,一弦一柱思华年。

庄生晓梦迷蝴蝶,望帝春心托杜鹃。

沧海月明珠有泪,蓝田日暖玉生烟。

此情可待成追忆,只是当时已惘然。

锦瑟是有二十五弦的乐器,但现在都断掉了,成为五十根弦,怎么能像诗人说的那样是"无端"的呢?此中的缘由是我们猜不透、说不清的。下面毫无逻辑关系地罗列了四种景象:庄子在梦中变成蝴蝶,醒来忽觉不复人物之别;望帝冤魂化成杜鹃鸟,日夜哀鸣;明月映照沧海中的蚌珠,似有泪涌;日光照耀蓝田美玉,好像升起烟雾。每一句都绮妍瑰丽,但我们只是被这种凄艳浑融的意境吸引,并不能确切地知道诗人要表达些什么。"此情可待成追忆,只是当时已惘然",恐怕只有他自己知道追忆的是什么情感，我们只能从诗中体味到一种惘然哀怨，感动于这种异样的沉博凄艳之美。

三、杜牧的咏史诗

杜牧的诗歌风华流美而又情致高远、神韵疏朗，具有俊爽峭健的特征。其中最广为人知的作品是《清明》："清明时节雨纷纷，路上行人欲断魂。借问酒家何处有，牧童遥指杏花村。"描绘出一幅烟雨之中的行路图，生动而朦胧。清明是中国农历二十四节气之一，是春天时祭奠先人的特殊日子，这天所特有的阴沉低落情绪在杜牧的这首诗中得到了含蓄而准确的表达，至今读来仍能引起人们的强烈共鸣。

杜牧自少致力于经世致用之学，有出将入相的政治抱负，但是晚唐衰靡的社会现实已经不能为这种抱负提供机会。杜牧26岁参加科举考中进士，却同李商隐一样长期沉沦下僚，"十年为幕府吏"，中年以后虽然官位高升，却也未能有什么实际的作为。他郁郁不得志的苦闷和对社会时局的忧患都在诗歌中得到体现。

杜牧的祖父是中唐有名的宰相和历史学家杜佑，他所著的《通典》是中国第一部记述典章制度的通史。杜牧自少耳濡目染，也对历史、政治有颇为深广的认识。他的诗歌中最出色的是咏史、议论时政的作品，或者借题发挥表现自己的政治感慨与识见，或者讽刺现实社会问题，这些作品大都笼罩着一种面临末世的忧患与哀伤。如《泊秦淮》：

烟笼寒水月笼沙，夜泊秦淮近酒家。

商女不知亡国恨，隔江犹唱《后庭花》。

这首诗起笔用"烟笼寒水月笼沙"营造了一种凄冷迷茫的氛围，夜晚诗人将坐船停泊在岸边，听见酒家的歌女在唱着《后庭花》之类的曲子。《玉树后庭花》是唐五代时期陈后主制作的乐曲，陈后主耽于享乐、荒淫误国，在朝廷灭亡前夕还在与嫔妃饮宴作乐，是中国历史上有名的亡国之君，《玉树后庭花》也就被后世称为"亡国之音"。"商女不知亡国恨，隔江犹唱《后庭花》"，并不是批评卖唱的歌女不懂国家危亡，而是隐斥朝廷上下面对颓败的政治局面不思进取、寻欢一时，用历史教训讽刺时政、犀利沉痛。后世中国人每当国家衰落、风雨飘摇之际，常以这句诗作为警示之辞。清代文人沈德潜更把此诗推为绝唱（《说诗晬语》），认为是唐人绝句的"压卷之作"。

《过华清宫》（其一）则没有借助历史，直接批评当朝的腐败：

长安回望绣成堆，山顶千门次第开。

一骑红尘妃子笑，无人知是荔枝来。

这是杜牧经过骊山华清宫时有感而发之作，说的是唐玄宗与宠妃杨玉环的故事。唐玄宗统治后期沉溺声色，挥霍无度，他在骊山修建华清宫，用来与杨玉环寻欢作乐，因为杨玉环喜欢吃岭南的荔枝，就命人千里快递，甚至累死人马。唐代有许多诗文作品赞美他们的爱情，杜牧却直笔指斥本朝皇帝的荒淫无道，痛惜百姓的艰苦。

杜牧还有一些反映社会现实尤为深刻的作品，如《早雁》：

金河秋半虏弦开，云外惊飞四散哀。仙掌月明孤影过，长门灯暗数声来。

须知胡骑纷纷在，岂逐春风一一回。莫厌潇湘少人处，水多菰米岸莓苔。

这首诗用早雁比喻流离失所的难民，他们遭受外族侵扰困苦不堪，朝廷却无法平定动乱，不能保护自己的子民。百姓被迫像受惊的哀鸿，妻离子散，四处奔逃。诗人深切谴责了朝廷的无能，对难民的不幸遭遇寄予深切的同情。

杜牧也有许多以爱情为题材的诗歌。他个性风流，不拘小节，纵情声色，在繁华的扬州做官时更是喜欢饮宴，还有一些事迹流传民间。他写作过一些送给相好歌妓的爱情诗，如《赠别》（其一）："多情却是总无情，唯觉樽前笑不成。蜡烛有心还惜别，替人垂泪到天明。"拟人化地将蜡烛写成替人流泪，写出与情人告别时依依不舍、彻夜不眠的心酸，与李商隐的爱情诗有着相似的情韵。不过这种眷恋思念的诗句也总是与杜牧自己的身世感怀相联系的，他自称"落魄江湖载酒行"，表明放荡不羁的行为是出于政治失意的苦闷，痛苦于多年辗转的幕僚生活，才干不得施展，年少时的理想一无所成，只剩下"十年一觉扬州梦，赢得青楼薄幸名"（《遣怀》）。

刘熙载在《艺概》中把杜牧和李商隐的诗风加以比较说:"杜樊川诗雄姿英发,李樊南诗深情绵邈。"而作为晚唐诗人的共同之处是,他们处身于衰落动乱的时代,作品多悲伤而少雄壮,浸染着凄凉的秋意,这也正是没落王朝的昏暗投影。诗歌到了这时,也难以在意境上再有大的开拓了。

四、《花间集》

晚唐落日前的余晖依然很美丽,诗坛上出现小李杜的诗歌。和李商隐同时的另一位文人温庭筠在作诗的同时也大量创作当时风行的曲子词。在诗歌方面他和李商隐齐名,时称"温李",他俩和当时另一位文人段成式齐名,因三人行第均是"十六",故又称为"三十六体",在当时很响亮。但平心而论,诗歌以李商隐成就最高,曲子词则温庭筠独占鳌头,段成式的笔记《酉阳杂俎》影响颇大,是我们了解中晚唐文人生活情景最主要的文献资料之一。

温庭筠(812—866),太原祁(今山西祁县)人,本名岐,字飞卿。少负才华,才思敏捷,在考场中押官韵时也不起草,一叉手则成一韵,八叉手则成八韵,因此得号"温八叉"。他形象不美,面相很威猛,因此又被称为"温钟馗"。他不肯摧眉折腰于权贵人生际遇和生活方式对他文学创作产生了很深的影响。他的曲子词多写女性的感情生活,细腻婉约,多用比兴手法。温庭筠早期词可以看出其对词的推动,他的《新添声杨柳枝》道:"井底点灯深烛伊,共郎长行莫围棋。玲珑骰子安红豆,刻骨相思知不知。"本词可以看出浓厚的民歌特点,运用谐音双关的手法表现女子对爱情的执着。从"新添声"三字可以体会出是对原有的《杨柳枝》词的增添,明确了曲子词的特点。《梦江南》也很有名:"梳洗罢,独倚望江楼。过尽千帆皆不是,斜晖脉脉水悠悠,肠断白苹洲。"但最能代表他词作风格的是十六首《菩萨蛮》,其一曰:

小山重叠金明灭,鬓云欲度香腮雪。懒起画蛾眉,弄妆梳洗迟。照花前后镜,花面交相映。新帖绣罗襦,双双金鹧鸪。

词中描绘一位美人早晨醒来时的慵懒情态,微微皱眉,发式散乱,妆饰已残,于是懒懒起来,懒洋洋化妆。化妆最后一道程序是在鬓角上插花,"照花前后镜,花面交相映"的画面有潜台词,是这位美人在顾影自怜,是美人迟暮的微微感叹。最后的"双双金鹧鸪"用鸟的成双成对反衬人的形单影只。虽然没有明说美人的相思之情,但通过对外在形貌和动作的描画,通过感官刺激表现出人物内在情怀的空虚孤独。作者用直接作用于感观的密集而艳丽的辞藻,通过描写女性生活的环境和形象,如同精工刻画的仕女图,具有工艺妆饰的效果。

温庭筠当时一次便创作20首,但流传下来的只是保存在《花间集》第一卷里的14首,另外6首失传。

温庭筠死后不到半个世纪,唐朝灭亡,中国历史进入五代时期。在西蜀和南唐形成两个词的中心。五代词的发展主要在这两个地方性国家。

西蜀建国早,与中原其他各国相比,政权相对稳定,又有从中原入蜀的著名词人韦庄等人的示范,西蜀词比南唐词的发展就早了很多。后蜀赵崇祚在广政三年(940)编辑成《花间集》,这是中国词史上流传下来的第一本文人词总集。《花间集》十卷,选录18位词人的500首词。作者中温庭筠、皇甫松属于晚唐而未入五代者,孙光宪同和凝属于五代时人,但不在西蜀,其余都是蜀人。因为南唐二主李璟、李煜及冯延巳等词人此时还没有成就,故没有被收录其中。

《花间集》是最早的文人词总集,实际等于向曲子词创作者提供一个范本,集中代表词在格律方面的规范化,标志着在辞藻、意境、风格方面的进一步确立,奠定了曲子词在其后一个世纪左右的发展方向。一直到南唐李煜出现,花间词风才受到强烈的冲击。

五、放荡不羁的诗人品性

唐代那些出身于庶族地主阶层的文人,思想上狂傲豁达,不拘儒学正宗,行为上纵情酒色,放浪不羁,被世族讥笑为"落魄无行"(《旧唐书·骆宾王传》)。他们这种放浪不羁的品行,在不同时期有不同的表现。

初唐、盛唐时期,大批庶族出身的文人们,带着冲破传统的反叛精神和开拓者的铮铮铁骨,进入了上层社会,已经表现出狂傲豁达、放浪不羁的思想和生活作风,只是被他们那种"济苍生""安社稷"的政治理想和对边塞军功的热情向往所掩盖。中唐时期,"进士自此尤盛,旷古无俦。仆马豪华,宴游崇侈"(《北里志》)。时代精神已不在大漠风尘,而在花前月下;已不在马上拼杀,而在闺房画眉;已不在世间进取,而在心境解脱;已不是对人世的征服,而是从人世的逃遁,人数日多的文人学士带着他们所擅长的华美词章和聪敏应对,在繁华的都市中纵情酒色、舞文弄墨。

晚唐文人在政治理想破灭后,出入于酒肆歌楼,在醇酒中寻找精神的寄托。

第八章 宋元时期的文学发展研究

宋元时期的文学呈现一个新的特征：诗歌的衰落、词与戏曲的兴盛。这一巨大的转折与宋元的政治经济有很大关系。

第一节 宋元时期文学的发展

一、词的盛行

词产生于唐，而大盛于宋，作品如云，名家辈出，派别繁昌，风格各异，被后人尊奉为能和"楚之骚、汉之赋、六朝之骈语、唐之诗、元之曲"并驾的"一代之文学"。

宋代社会秩序的安定和大都市的繁荣都为宋初士大夫供给了享乐生活的条件，而词正是适宜于描述这种生活的歌唱文体，是五代以来一向用来摹写风流绮艳的情事的。李煜亡国后所写的作品"眼界始大，感慨遂深"（王国维《人间词语》）。由于宋初士大夫的生活与南朝不同，词风酝酿着新变化，宋仁宗时，词的创作步入盛期，市井间竞逐新声，词的发展经历了又一次重要的乐曲变动。短调小令逐渐有了定型；长调慢曲占有主要地位；令、引、近、慢，兼有众体，词调大备。柳永采用教坊新腔和都邑新声，"变旧声作新声"，创作大量慢词，是词的发展。晏殊、欧阳修，主要承南唐余绪，多作小令，然而也表露出某些新变化，写恋情，写欢宴游乐，也写得情思婉转、风格清丽。苏轼扩大了词的题材，开拓了词境界，而且把变革与刷新词调，也作为转变词风的一个重要方面，成为豪放词派的代表。周邦彦精通音律，创制慢曲，去俗多雅而又音节谐美，是格律派的代表。李清照主张词要铺叙、典重、故实，则"别是一家"。她的词当行本色，工于写情,被称为婉约派之宗。辛弃疾把苏轼开拓的词的境界再扩大,以文为词。苏辛词派的确立,进一步奠定了宋词在文学史上的地位。姜夔又用江西诗派瘦硬峭拔的风格写词,并打开"自度曲"的新路,又把慢词表现技法推进一步。唐五代词,在艺术上已很成熟,宋词不仅在内容方面有所开拓,艺术上也有发展,使词的创作达到最高峰。

宋词发达的原因是多方面的。从历史上讲,唐五代文坛以诗歌最为发达,而词远逊于诗,这就给宋人留下了很大的余地。而且词改进了诗的句式过于严格以至死板、节奏过于整齐以至单调的不足,用各种长短句来表达深长、细腻、丰富的情感,因而"要眇宜修,能言诗之所不能言"。从题材上讲,词在初起时多被当作言情的诗体加以应用,这逐渐成为一种传统。另外,城市经济的发展也促进了词的繁荣。

宋词的繁荣和成就有多方面的表现。其一是在全社会的普及,上至皇帝填词谱曲,下到"凡有井水处,即能歌柳词"。其二是新创词调大量出现,多达千余种,且形式非常多,令、慢、近、犯、歌头、摊破、增减、偷声,无不齐备。而随着长调慢曲的增加与普及,词的表现容量亦随之加大,为词体的解放与革新打下了必要的基础。其三是较之唐五代,词的思想内容也有了根本性突破,填写技巧也有了很大提高。特别是像苏轼、辛弃疾这样的大作家更是"无意不可入、无事不可言",彻底突破了狭义的言情范围。为了与长调相适应,宋词还特别讲究技巧方法,把诗、文、论、赋中的种种手法都移植到词中,以致出现了以诗为词、以论为词等现象。其四是流派的众多。以作者创作而论有"柳永体""东坡体""易安体""稼轩体""白石体"等;以总体风格而论有婉约、豪放、旷达、骚雅等。

宋词成就虽大,但较诗内容又差一些。宋诗受了道学的影响,"言理而不言情",结果使抒发爱情和描写色情变成了词的专业。一方面,这是继承了唐、五代词言情的传统。另一方面,古人不但把文学分别体裁,而且把文体分别等级,词是"诗余",是"小道",比诗和散文来得"体卑"。

苏轼以后,宋词在内容上逐渐丰富,反映了许多唐、五代词所没有写过的东西,很多事物变成诗和词的公共题材,但是言情——不论是写实的还是寓意的——依然让词来专利。在形式上，词受了苏、黄以来诗歌的熏染，也讲究格律，修饰字句，运用古典成语，从周邦彦的雅炼发达至吴文英的艰深。不过，宋词和民间文学始终没有完全脱气，典雅雕琢的风尚并未完全代替运用通俗口语的倾向。例如欧阳修的词是浅易的，但是他也写了比他的一般词更通俗、更接近口语的东西；黄庭坚的词跟他的诗一样，都是"尚故实"的，但是他也用俗语、俚语写了些风格相反的词。这两种词风在许多宋人的作品里同时而又不同程度地存在。

由于宋代封建文化的高涨，女性知书能文的渐多，词的传统风格又有利于抒发"闺情"，因此宋代还出现了一些女词人。生在南渡前后的李清照，既在词里描写她深闺孤独无依的生活，同时还抒发她南渡以后国破家亡的痛苦心情，在两宋词家中取得了杰出的成就。

二、宋代话本的进一步发展

宋代"说话"不仅职业化，而且发展到了专门化，分为了小说、讲史、讲经、合生四家。四家之中最主要和最受欢迎的是小说和讲史，《武林旧事》中说小说者有52人，说史者23人，说经者17人，合生者仅1人。足见小说影响最大，观众最多。《都城纪胜》里说讲史者"最畏小说人，盖小说者能以一朝一代故事顷刻间提破"，反映了它因短小灵活、便于取材现实生活而取得了竞争优势。

"说话"多用诗词韵文开头结尾，起安定听众、加深印象的作用。小说一家在正文故事之前一般还有简短的"入话"，其内容与正文故事相似或相反，用以引出正文，目的可能是等候听众和集中听众的注意力。由于"入话"内容相对无关紧要，故又叫"笑要头回"或"得胜头回"。

话本中小说话本是最活泼、最有生气的一类。它在宋元时期是极繁荣的。但因后世文人的歧视，散失相当严重。现存小说话本约40篇，包括《京本通俗小说》《清平山堂话本》之大部分和《喻世明言》《警世通言》《醒世恒言》之小部分。

现存"小说"话本描写较多的是爱情问题。这类作品中，市民已成为主要人物。小说表现了他们对封建势力的反抗，尤其突出了妇女们的坚决勇敢。如《碾玉观音》中咸安郡王府的"养娘"璩秀秀爱上碾玉匠崔宁，并与崔双双逃至潭州安家立业。后因告密，秀秀被抓回处死，但她的鬼魂也要和崔宁在一起。小说中的璩秀秀不只是要求爱情自由，而且要争取人身自由，这就带上了市民阶级的色彩。小说将一对下层社会青年男女的爱情婚姻悲剧跟统治阶级的享乐生活联系起来，具有很强的控诉力量。又如《闹樊楼多情周胜仙》中的周胜仙在金明池遇上范二郎，借和卖水人吵架主动向范二郎介绍自己的身世，表示对他的爱慕。她爱情的热烈大胆同样带有市民的色彩。此外如《快嘴李翠莲记》中的李翠莲，也是一个泼辣勇敢，敢于向既定统治秩序挑战、敢于蔑视封建礼教、争取独立人格的女性形象。

公案类作品是小说话本较常见的又一题材。《错斩崔宁》是这类作品中的优秀之作。崔宁和陈二姐被卷入因十五贯钱而引起的凶杀案中，结果崔宁在昏官的严刑拷打之下，招供诬服，被判死刑。作品揭露了官府的草菅人命，反映了市井民众要求公平明允的愿望。又如《简贴和尚》通过一个还俗和尚写假信骗取皇甫殿直妻子的故事，批判了官吏昏聩残酷、动辄严刑逼供、置人死活于不顾的黑暗现实。

个别小说话本还反映了民族矛盾，表达了反对民族压迫的情感，《杨思温燕山逢故人》便是这样的一部作品。

由于市民阶级自身思想复杂性和封建统治思想的影响，不少小说话本也包含着封建性的糟粕，如宣扬封建伦常、因果报应、神怪迷信等。

从艺术成就看，也是小说话本成就最高。总体上看，其创作方法是现实主义的，有的作品还体现了现实主义和浪漫主义相结合的因素，前所述《碾玉观音》《闹樊楼多情周胜仙》等作品都有此特点。这些作品都能从现实中汲取题材，有浓烈的生活气息，它们的故事性都很强，情节曲折动人，并且开始运用具有典型意义的细节来刻画人物性格，还出现了人物内心活动的描写。

小说话本是一种俗文学，由于听"说话"的人是文化素养不高的市民群众，所以话本的语言都通俗、生动、朴实、活泼。从话本起，市井白话才第一次进入小说领域。小说中人物的对话都富于生活气息，富于个性，如《闹樊楼多情周胜仙》中周、范二人的对话便是极好的例子。话本小说还大量运用市井俗语、流行语，如说金钱万能是"火到猪头烂，钱到公事办"、说求人的难处是"将身投虎易，开口告人难"等。

此外与"俗"相应，小说话本还体现出市民的审美趣味。例如它重视情节的曲折离奇甚至"巧"，《错斩崔宁》便是由一连串很巧的事件构成情节的。

讲史话本虽也一定程度上反映了民众的爱憎感情，但受正史的影响更大，从现存讲史话本看，它们在艺术上都还很粗糙，如结构散乱、人物性格模糊、语言文白夹杂等，所以，其地位是不及"小说"的。

现存宋元讲史话本主要有《新编五代史平话》《大宋宣和遗事》《全相平话五种》，其中《大宋宣和遗事》对《水浒传》的成书、《全相平话五种》中《三国志平话》对《三国演义》的成书、《武王伐纣平话》对《封神榜》的成书有较重要影响，其地位是不应低估的。

此外，说经话本《大唐三藏取经诗话》为《西游记》的创作提供了最早的依据，其文献史料价值也是很高的。

三、中国古代文学的转折——辽金元的文学

辽国初建时，崇尚武勇，轻视文学。建都燕京后，受汉民族文化的影响，写诗作文的风气渐浓，君臣多能作诗，如辽兴宗有《日射三十六熊赋》，道宗皇后萧观音有"威风万里压南邦"的七绝诗，但成就并不显著。相对而言，萧观音后来抒写宫中生活苦闷的10首《回心院词》，较为流传。

金建国之初，统治尚不稳定，文学的作者主要是辽宋旧臣。他们在诗歌中流露故国之思和仕金后内心的矛盾苦痛，吴激的词《人月圆》"南朝千古伤心事"是这类作品中很有代表性者。到金世宗、章宗之世，金与南宋议和，局势相对稳定，北方各民族逐步融合，统治者也日益接受汉民族文化，金国于是也出现了不少文学侍从之臣，如蔡硅、党怀英、赵秉文、王庭筠等。不过他们偏于模拟，成就并不很高。但金代中期却出现了一位很有见地的文学批评家，他便是《滹南诗话》的作者王若虚。王若虚反对当时"雕琢太甚，经营过深"的文风，主张"文

章自得""浑然天成";他还反对江西诗派,推崇苏轼,这反映了金代一般诗人的观点。

金代后期面临蒙古旗的威胁和南侵,民族矛盾日益突出,忧时伤乱逐渐成为诗歌的主调。如赵元《修城去》写百姓被皮鞭驱赶去修城的苦楚、《邻妇哭》写蒙军侵扰带来的灾难、宋九嘉《途中出事》描绘兵荒马乱中流民的悲惨生活,都是很有现实性的动人之作。而此时出现的元好问,更是一位文学史上杰出的现实主义大文学家。

金国的俗文学有很高成就。在北宋杂剧基础上发展起来的院本,已是比较成熟的戏剧形式,它虽然已失传,但对元杂剧却有直接的影响。金代的说唱文学也极为重要,董解元的《西厢记诸宫调》不仅本身成就高,对后来的戏剧文学也有很大影响。

中国古代文学发展到元,出现了一个巨大的转折:诗词散文等封建社会正统的文学样式衰落了,而杂剧与散曲这样的俗文学却兴盛起来,占据了文坛的主流。

元代诗文作家固然很多,不少作品孤立地看也写得很美或很深刻,但作为一代文学样式,它们却是不景气的。一是因为诗文经过唐人的大开拓和宋人的再开拓后,要做守成之主已经不易,要想超越就更困难;二是这个时代有才气、有生活感受的第一流作家被压在社会下层,他们的趣味精力都转向了俗文学。而诗文作者相对说来还保持着传统文人的气质和审美趣味,带有较浓的闲适气、隐逸气,境界比较窄,艺术上亦缺乏个性。所以元代诗文纵不能和唐宋媲美,横不足与元曲抗衡。

元曲兴盛的标志,是出现了一大批作家作品,其中很多是优秀作家作品。根据《录鬼簿》《录鬼簿续编》《太和正音谱》等文献统计,元杂剧作家有姓名可考的达两百多人。今人揖《录鬼簿》等各文献考证统计,元杂剧有目可考的达600多本。由于元曲是俗文学,后世封建文人多不屑于整理保存,所以资料散失极为严重,以剧本为例,今天所能读到的只有明臧懋循《元曲选》中的100种和今人隋树森所辑《元曲选外编》中的62种了。

元杂剧的发展,可分为前后两期——前期从金末到元大德年间(1300年左右），后期从大德年间至元末。前期是元杂剧的鼎盛期，此时的杂剧以大都为中心，优秀作家关汉卿、白朴、马致远、王实甫、杨显之、高文秀、康进之、纪君祥、石君宝等都是前期人。无论从题材的开拓、内容的深广还是艺术性的高下来看，这一时期都是杂剧的顶峰期。后期杂剧中心南移到杭州，剧作家有名可考者仅20余人，有作品传世者不过10余人，而且除郑光祖外，其余诸人的成就均不如前期作家。

散曲是金元时期产生的一种新诗体，它在元时也很兴盛。据隋树森《全元散曲》可知，元散曲家有名可考者212人，今存的作品包括小令3853，套数457，另有残曲若干。考虑到散失严重这个因素，其数量也是很大的。散曲发展大体与杂剧同步，也分为前后两期，同样是前期成就高于后期。不过，后期散曲并未呈现衰态之态，就数量讲，还超过前期，并且还有张可久、乔吉这样的优秀散曲家。

除元曲外，宋南渡以后在温州杂剧基础上发展起来的南戏，经过一度衰微，到元末也兴盛起来，产生了《琵琶记》等影响深远的作品。

八大散文作家的合称，即唐代的韩愈、柳宗元（苏轼、苏洵、苏辙父子三人称为三苏）、欧阳修、王安石、曾巩（曾经拜过欧阳修为师）。（分为唐二家，宋六家）

明初朱右最初将韩愈、柳宗元、苏轼、苏洵、苏辙、欧阳修、王安石、曾巩8个作家的散文作品编选在一起刊行的《八先生文集》，后唐顺之在《文编》一书中也选录了这8个唐宋作家的作品。明朝中叶古文家茅坤在前人基础上加以整理和编选，取名《八大家文钞》，共160卷。"唐宋八大家"从此得名。

第二节 宋元时期的文学人物

一、一代文豪——苏轼

苏轼，字子瞻，别号东坡居士。他是宋代文坛上极负盛名的一个全能作家，特别是对我国词的发展有着特殊的贡献。

宋仁宗景祐三年（1037）十二月十九日，苏轼出生在四川省眉山县一个极富文化教养的知识分子家庭。在这个家庭中，不仅他的父亲苏洵、弟弟苏辙都是当时有名的文人，就是母亲和妹妹，也是有较高文化水平的女性。苏轼从幼年时代起，就在这样的环境中接受了丰富的文化知识和文学修养，为他以后的创作打下了良好的基础。

苏轼21岁举进士，22岁参加礼部考试，他的论文《刑赏忠厚之至论》使主考官欧阳修大为惊异，认为这是一个很不平凡的人，想取他为第一名，但又怀疑论文不是苏轼所作，而是门下文人曾巩代写的，就只取为第二名。随后苏轼又在春秋对义中获得第一，殿试中乙科。于是得到欧阳修、韩琦、富弼等大臣的召见。过后，欧阳修对人说："有了苏轼这个人，我便应当回避了。"人们听到这种说法，开始都很惊异，不以为然；后来，大家都信服了。

苏轼虽然博学多才，但并未得到重用，反而一生坎坷，几遭贬谪，受尽颠沛流离之苦。

苏轼自中进士后，做过主簿、签判一类地方官。1069年，他服父丧期满后还朝，正值王安石实行变法，推行新政。他出于比较保守的政治立场加以反对，于是受到新党的排挤。

从1071年开始，苏轼便离开当时的京城汴京（现河南开封），过着长期的宦游生活。在这期间，他做过杭州、密州、徐州、湖州等地的地方官。在地方官任上，苏轼能够根据社会的情况和需要，认真地为人民做些有益的事情。

在徐州时，一次涨大水，河水淹至城门下，眼看城门将被冲毁。在这紧急的时刻，城内的有钱人争相出城避难，苏轼面对这种情况，果断地说："有钱人一走，致使民心动摇，我们还怎么守城呢？只要有我在，水决不能冲毁城门。"把那些出城的人又赶了回来。然后，他来到武卫营，动员禁军尽力抢救，并亲自率领他们，在城东南筑一长堤，指挥官吏分段把守。这样，尽管连日大雨，全城最终平安无事。事后，他又请求朝廷调来伏卒增筑故城，修堤岸，避免再发生水患。

在杭州时，苏轼领导人民疏浚河漕，修复六井，淘浚西湖，并在湖中修筑一道长堤，以利通行；堤上种植芙蓉、杨柳，美化环境。杭州人民为了纪念他，将此堤命名为"苏公堤"。直到如今，"苏堤春晓"仍为西湖美景之一。

在湖州任上，苏轼万万没有想到祸从天降。那是宋神宗元丰二年（1079），谏官李定等人摘出苏轼平时所写的诗句加以弹劾，定以讽刺新法的罪名，制造了有名的"乌台诗案"。此后，苏轼被投入御史台监狱，日夜受审。他平时所写诗词都被一一加以追查审问，其中的只言片语更被摘出，指控为"讥讽朝廷""讥讽执政大臣""讥讽新法"等，企图以此定他重罪。这种情景正如同狱苏子容丞相诗中所写："遥怜北户吴兴守（吴兴守即苏轼，被捕前知湖州，即无兴），垢辱通宵不忍闻。"由此可见苏轼在狱中是很吃了点苦头的。尽管受尽各种折磨和辱骂，苏轼始终从容辩对，使审讯他的狱吏也无可奈何。

苏轼在狱中时，他的长子苏迈给他送食物，并在外打听消息。他们相约一般情况只送菜和肉，如有凶信，则改为送鱼，并守在狱外等候消息。不久，苏迈有事去陈留，委托一个亲戚代送食物，但忘了告诉他这个暗号。一天，亲戚就只送了鱼，没送其他食物。苏轼一看大惊，以为自己将不免一死，乃作诗二首给其弟苏辙，并请狱吏代转。后来，神宗皇帝知道了这件事情，因爱其才，将其释放出狱。

苏轼出狱后，被贬为黄州团练副使，名义上还是做官，实则一言一行都受到严密的监视。

这段时间，苏轼不仅在政治上受到严密监视，生活上也极端困窘。在黄州时，他的薪俸少得可怜。为了节省开支，他规定每日用钱不得超过百五十文，每月取四千五百文钱，分为三十块挂于屋梁，每天用叉竿挑下一块，放在竹筒内取用。有积余时，即用来招待客人。同时，他又亲率家人在东坡开田种稻，还自养了一只耕牛。一次，这只牛生病几乎死掉，王夫人说：这只牛是发豆斑，当用青蒿煮稀饭喂它。结果这头牛真的被治好了。以后，朋友们相见，苏轼谈起这事，有人还开玩笑地称他为"牛医儿"。

面对这样的坏境，苏轼仍然非常豁达坦荡，对生活充满了热情。就在开田种稻的第二年冬天，苏轼又亲率家人在东坡盖了一所房子，取名"雪堂"，迁居其中，自号"东坡居士"。遇有亲朋好友来访，大家一起游览胜景、饮酒赋诗，倒也自得其乐。

苏轼还是宋代著名的书画家。在书法方面，他善于吸取各家所长，并加以大胆地发展创新,形成了自己的独特风格,成为宋代四大书法家苏(轼)、黄(庭坚)、米(芾)、蔡(襄)的首领。对于这点,他曾谦慰地说:"吾书法虽不甚佳,然自出新意,不践古人,是一快矣。"苏轼在书法上的成就是他长期勤学苦练的结果。从很小的时候起,苏轼就坚持每天练字,从不间断。据说他有一方非常珍爱的砚台,每天写字后,都要拿到书房旁边的一个小水函里去洗,这样天长日久,这个水函里的水就浓如墨汁,后人便把这个水函叫作"东坡洗砚池"。与书法紧密相连的绘画,苏轼也下过相当的功夫。他最喜欢绿竹,"宁可食无肉,不可居无竹",所以又最喜欢画竹。他在谈到自己学画竹的体会时说过,他为了把握竹的特征,早与竹交游,晚与竹为友,休息在竹林间,吃饭在竹荫处,这样,他就"了然于心""存竹于胸中",然后才"了然于口与手",画出千姿百态的秀竹。这个故事后来就成为一个精辟的成语"胸有成竹",被广泛运用。

宋徽宗靖国元年(1100),苏轼以66岁的高龄在遥远偏僻的儋州遇赦北归,不料第二年就死于常州。

苏轼一生为我们留下了丰富的文学艺术遗产,他的诗、词、散文及书画,都是我们民族的宝贵财富。

二、一生忧国的诗人——陆游

在中国文学史上,爱国主义是重要内容之一,历朝历代都有重要的诗人和诗篇。但在所有爱国主义诗人中,感情之专一、感情之炽烈、感情之持久者恐怕非陆放翁莫属。他以85岁的高龄,在临终前所想的依然还是"王师北定中原日,家祭勿忘告乃翁"。想到此情此景,就令人肃然起敬。

陆游(1125—1210),字务观,自号放翁,山阴(今浙江绍兴)人。陆游的祖父陆佃是王安石的学生,品德高尚,在北宋后期激烈的党争中始终坚持正义、坚持真理,刚正不阿,是一代名流。父亲陆宰在金兵第一次逼近京师的时候,担任京西转运副使。金兵撤退后,陆宰被弹劾落职,携带家属回绍兴原籍。就在回家途中,陆游出生。

陆游出生就逢战乱,童年和少年一直处在宋金两国的交战状态中,因此洗雪国耻、收复中原、统一天下便成为他的志向和抱负。"早岁那知世事艰，中原北望气如山。"(《书愤》)可以想见诗人年轻时意气昂扬、踌躇满志的精神状态。

抱着这样的理想，陆游在绍兴二十三年（1153）到京师临安参加科举考试，省试第一名。次年参加礼部试前，秦桧借故取消其资格，主要罪名是"喜论恢复"。更深层的原因是陆游名列第一，第二是秦桧孙子秦埙，秦桧要为孙子中状元扫清道路，于是黜退陆游。陆游怀着愤怒忧伤的情怀回到山阴。

陆游一生最振奋的时期，是乾道八年（1172）春天到秋天，他出任四川宣抚使司干办公事兼检法官期间。这一时期，朝廷暗中积极准备收复中原。四川宣抚使王炎是位精明干练的大臣，颇有政治经验和军事才能，他将自己的幕府设置在南郑，是抗金最前线。陆游在春天三月二十七日到达南郑，他第一次得到可以实现自己理想的机会，于是，积极投身到收复中原的伟大事业当中。以南郑为中心，除东面外，其他三个方向300里内的地方他几乎都去过。他曾经带着卫兵骑马掠过敌人的前沿阵地，也曾经在大散关参加过一定规模的战斗，他在为解放中原拼命地准备着、工作着。这一年，陆游48岁，正是人生精力最旺盛，也最成熟的时期，他已在长安找好内应，准备宋军一到，里应外合，首先夺回长安，那是关中心脏，是汉唐故都。正当陆游精神抖擞、非常振奋的时候，突然传来消息，王炎被调回朝廷，王炎幕府解散，陆游回成都听从新的任命。

这仿佛是泼来的一瓢凉水，陆游心灰意冷。当时他是在嘉川铺听到的消息，在他返回南郑途中所作的《归次汉中境上》最后两句道："良时恐作他年恨，大散关头又一秋。"而当他离开南郑回归成都途中，在经过剑门的时候，作《剑门道中遇微雨》诗道："衣上征尘杂酒痕，远游无处不消魂。此身合是诗人未，细雨骑驴入剑门。"诗人内心的痛苦完全可以理解。从此，陆游再也没有直接接触军事生活的机会，在地方任上也是屡遭罢黜。60多岁曾经在山阴隐居20多年，很多年以行医为职业。将近80岁的时候再度被起用，到京师出任中大夫，直华文阁，兼实录院同修撰、兼同修国史。如此高龄还被起用，作为起用他的人来说，是借助他的名望；作为陆游来说，是因为抗金之战。此时，宰相韩侂胄独掌大权，积极谋划抗金之战。正是这一点，使两人合作。陆游进京工作一年左右时间，因年事太高，不能做实际工作，请求退休，得到批准。回到山阴第二年，朝廷召辛弃疾进京，陆游作诗《送辛幼安殿撰造朝》诗道："古来立事戒轻发，往往徯夫出乘鳣。深仇积愤在逆胡，不用追思灞亭夜。"提醒辛弃疾以抗金大局为重，不要计较以前的政敌。

嘉定二年的腊月，85岁的老诗人陆游怀着不能亲眼看见国家统一的遗憾离开了多灾多难的尘世，临死的时候，留下《示儿》一诗："死去元知万事空，但悲不见九州同。王师北定中原日，家祭无忘告乃翁。"老诗人临终前唯一想到的依然是国家没有统一，可见其爱国志向的坚定和始终如一。这种坚定执着的爱国主义永远都是我们的宝贵财富。南宋灭亡后，林景熙《题陆放翁诗卷后》诗道："青山一发愁蒙蒙，干戈已满天南东。来孙却见九州同，家祭如何告乃翁。"语更沉痛。

三、巾帼不让须眉——李清照

在中国文学史上，有一位杰出的女词人，她就是李清照。

李清照，号易安居士，生于北宋神宗元丰七年（1084），大约卒于南宋高宗绍兴二十一年（1151），一生经历了北宋末叶南宋之初两个时期。她是山东济南人，出生在一个上层士大夫家庭。父亲李格非，既是学者，又是作家，母亲也能诗善文。在这样的家庭环境的熏陶之下，李清照从小就爱好文学，尤其以诗词见长。

李清照18岁的时候，嫁与太学生赵明诚。赵明诚是吏部侍郎赵挺之之子。当时赵挺之依附权奸蔡京，李清照对他深为不满，所以在献给公公的诗中有"炙手可热心可寒"之句。可是，李清照与赵明诚感情却很好。当时，政治局势虽已危机四伏，但社会是安定的。他们夫妇经常在一起唱和诗词，搜集、鉴赏金石字画，校勘古书。两人志趣相投，生活洋溢着浓厚的学术文艺气息。

有一次，有人持五代南唐画家徐熙的《牡丹图》出售，要价20万。李清照看了，爱不释手，连忙将此人安顿在家中过宿，自己四处去筹钱。但价格实在太高了，他们想尽办法也无力购买，最后只好又将《牡丹图》退还。为此，李清照夫妇惋惜、慨叹了好几日。

后来，李清照随赵明诚自汴京回到故乡诸城，一住10年。在10年乡居生活中,"仰取俯拾,衣食有余",生活仍旧是安定的。他们和往常一样,仍然搜集金石刻辞、古物和字画。得到一本书,就"摩玩舒卷,指摘疵病",每夜都要到一支蜡烛燃尽为止。他们将搜集来的书画等物收藏在归来堂。归来堂里,一排排书橱上,书籍陈列得整洁有序,几案上书画也"罗列枕籍"。吃罢晚饭,他们坐在归来堂里烹茶的时候,常常指点着堆积的古书,说某事在某书某卷第几页第几行,"以中否决胜负",谁得胜谁先饮茶。李清照资质聪慧,博闻强记,往往言中。但一说中了,就不免举杯大笑,以至于弄得"茶倾复怀中",反而喝不成。他们俩觉得这种生活别有一番乐趣。

当时,李清照的词脍炙一时。清代李调元《雨村词话》中就说:"易安在宋诸媛中,自卓然一家。"又说:"不徒俯视巾帼,直欲压倒须眉。"靖康二年(1127),金人南侵,陷汴京,掳徽宗、钦宗北去。高宗在建康(南京)建起了南宋小朝廷,而把淮河以北的国土拱手出卖给金。李清照夫妇也逃往江南,他们留在故宅珍贵的金石书画大部分毁于战火。战争直接影响了李清照的生活,也激发了她的爱国意识。这时,赵明诚曾起复为建康知府。在建康时期,每值大雪,李清照就"顶笠披蓑,循城远览以寻诗",来抒写自己的忧愤,并且每得诗句就邀赵明诚一起唱和。

南渡之后,李清照曾作诗说:

生当作人杰,死亦为鬼雄;

至今思项羽,不肯过江东。

李清照通过对不肯忍辱偷生的项羽的赞美,讽刺了南宋统治者可耻的逃跑主义行径。她又作诗说:"南来尚怯吴江冷,北狩应悲易水寒。"讽刺宋高宗一味妥协,忘记了被掳北去的宋徽宗、宋钦宗,忘掉了国家残破的耻辱。她还作诗说:"南渡衣冠少王导,北来消息欠刘琨。"借晋朝历史,说明当时南渡大臣中缺少王导那样的能够稳定江南、建立政权的人物;北方又缺少刘琨那样的在中原坚持抗战的人物。这两句诗讽刺了满朝大臣。李清照这些诗作,有力地鞭挞了贪生怕死的南宋统治者,所以清人俞正燮赞誉说:"忠愤激发,意悲语明,所非刺者众。"可惜这类作品流传下来的不多。

在兵荒马乱的生活中，更大的不幸降临到李清照的头上。1129年，赵明诚在移知湖州的途中，感受大暑，一病不起。李清照怀着深深的悲痛埋葬了丈夫，自己也得了一场大病。当时形势危急，她只好先去洪州投靠赵明诚的妹婿。不久，洪州失陷，她又南逃，投靠弟弟李迒。此后，她辗转避乱于台州、越州（今绍兴）、杭州、金华等地。李清照就这样在颠沛流离、孤苦无依中度过了她的晚年。

尽管李清照作品的内容还有所局限，但在女性身心被禁锢的封建时代，她能勇敢地发挥自己卓越的才华，大胆地抒发自己的内心感受，并能在一定程度上触及国家民族的现实，这些都是十分难能可贵的。

四、关汉卿

关汉卿，号已斋叟，大都（今北京市）人。大约生于金末（约1230），卒于元成宗大德年间（1307年左右）。他出身士族家庭，曾做过太医院尹。关汉卿从小志向不凡，常刻苦攻读，博览群书，擅长诗、文、词、曲、剧的写作，又会"围棋""激趵""打围""双陆"等娱乐技艺活动，还对戏曲有关的吹弹歌舞、插科打诨等也特别擅长。元末熊自得所编的《析津志》里说他"生而倜傥，博学能文，滑稽多智，蕴藉风流，为一时之冠"。尽管他多才多艺，但他一生却总是郁郁不得志。这是历史的悲剧。

关汉卿所处的时代，正是元蒙贵族暴力统治的黑暗时代。在这个是非贤愚颠倒、民族矛盾和阶级矛盾空前尖锐激烈的富于悲剧性的历史时代里，广大人民群众政治上深受压迫，生活上穷困不堪。但富有傲骨气节的关汉卿，既不愿卖身投靠，向元代统治者摇尾乞怜而侧居庙堂，又不愿遁迹山林，去做当时的"酒中仙""尘外客"，而是面对严酷的现实，"不屑仕进"，走上了与"勾栏"（戏剧演出场所）、"瓦舍"（娱乐场所集中的地方）的倡优艺人为伍的道路。当时，年轻刚直的关汉卿，不顾世俗的嘲笑，以与寄生于社会最下层的倡优艺人同伍为荣，为他们编写杂剧剧本，并不惜粉墨登场，参加演出，成了一个伟大的职业剧作家、导演和演员。臧晋叔在《元曲选序》中说他："躬践排场，面傅粉墨，以为我家生活，偶倡优而不辞。"这就是他当时在勾栏、行院戏剧生涯的真实写照。

元世祖至元十四年冬，关汉卿则走出大都，南游杭州、苏州和扬州。当时这些城市也和大都一样，聚集着许多著名的杂剧作家和演员。关汉卿的这次南游三州，大大地鼓舞和推动了南国杂剧事业的蓬勃发展。

关汉卿以一生的心血，辛勤地培植与浇灌了元杂剧这朵清新的奇葩。"八倡、九儒、十丐"的卑微地位，使他更加了解和同情那些最下层人民的悲惨境遇。当时的大都，是元代政治、经济、文化的中心，也是杂剧创作与演出的重要据点。他成天生活在"书会才人"之中，是当时京都最大的杂剧创作团体"玉京书会"的领袖人物。他和当时与他处于同样厄运中的剧作家们交谊甚深。杨显之不仅是他相互评改作品、商酌文辞的亲密朋辈，而且还是他的"莫逆之交"。散曲家王和卿也是他最亲密的书舍挚友，他常因斟酌作品而与王和卿"抬杠"争执，并常相互善意地讥虐、玩笑，从未伤过朋友的和气。特别是当时著名的杂剧女演员朱帘秀，更和他有着亲密无间的友谊关系，他们不仅有共同的理想和爱憎，而且常在一起研讨剧本，甚至一起排练与同台演出。"玉京书会""玉仙楼"便是他们经常出入的活动场所。据传，他们为演出新编剧本《窦娥冤》，还被当时的烂官佞臣阿合马以"恶言犯上"的罪名捕入狱中，遭受了严刑拷打，不是书会的朋友搭救，险些丢了性命。

据钟嗣成的《录鬼簿》说，关汉卿一生以自己的愤激与血泪，共写了63个杂剧和不少散曲。今存小令50余首、套曲10余套，但可惜流传至今的杂剧却只有十几个了。尽管如此，关汉卿仍不失为元代作家中产量最多、质量最高、影响最大的优秀剧作家。可是在我国的封建"正史"中，根本没有戏曲家的一席地位，关汉卿的生平事迹也多湮没在历史风雨的长河中了。但权衡一个作家的"全人"与贡献，最可靠的还是他以全部心血凝铸出来的作品。

关汉卿从纷繁复杂与波澜壮阔的现实生活中，获得了取之不尽、用之不竭的创作源泉。他的剧作，不仅题材广阔多样、主题深刻鲜明，而且很能切中时弊。不管他是写贪官污吏、权豪势要，还是写英雄豪杰与才子佳人，都始终贯穿着这样的精神，就是以极大的义愤反抗元王朝的血腥统治，赞扬受迫害的广大人民英勇顽强的斗争精神。

他的《鲁斋郎》《望江亭》《蝴蝶梦》等优秀剧作，深刻地揭露了豪权显贵的残暴凶狠与贪婪腐朽，对弱小人民寄予了深切的同情。

此外，关汉卿还把他那犀利的笔锋投向了封建王朝吃人的社会制度的各个方面，广泛地触及了社会的本质。《拜月亭》通过王瑞兰与蒋世隆在战乱中的邂逅相逢及曲折复杂的爱情描写，猛烈地抨击了封建礼教与不义的战争。《金线池》与《救风尘》既反映了妇女失身的不幸与痛苦，对黑暗的制度进行了血泪的控诉，又激励了他们的反抗斗争。《单刀会》通过写关羽只身过江赴宴，以英雄的胆识与气魄战胜阴谋诡计，最后安然而返的动人故事，迂回曲折地鞭笞了邪恶，伸张了正义。

这些名垂千古的优秀剧作，充分地表现了关汉卿杰出的创作才能与独具一格的艺术特色。他的作品，情节真实生动，很富于戏剧性；人物形象鲜明，结构安排富有匠心。因而具有经久不衰的艺术生命力。

元成宗大德初年（1307年左右），关汉卿在写完了小令《大德歌》10首以后，便离开了人世。

历来的反动统治者及其御用文人们，总是力图贬低关汉卿及其作品的崇高地位和深刻影响。但关汉卿的光辉作品，却深为人民所喜爱。远在100多年前，他的优秀剧作《窦娥冤》就已译成法文，流行欧洲，影响国外了。他不愧是中国文学史上伟大的剧作家，也不愧是千古不朽的世界文化名人。

五、苏门四学士

苏门四学士是北宋文学家黄庭坚、秦观、晁补之和张耒的并称。苏轼是继欧阳修之后主持北宋文坛的领袖人物，在当时的作家中享有巨大的声誉，一时与和他交游或接受他指导的人很多，黄、秦、晁、张四人都曾得到他的培养、奖掖和荐拔。

在苏轼的众多门生和崇拜者中，他最欣赏和重视这四个人。最先将他们的名字并提和加以宣传的，就是苏轼本人。他说："如黄庭坚鲁直、晁补之无咎、秦观太虚、张耒文潜之流，皆世未之知，而轼独先知之。"由于苏轼的推誉，四人很快名满天下。

第三节　宋元时期的文学作品

一、陆游的爱国华章

陆游生在北宋将亡之前，死在南宋唯一一次大规模抗金之战失败之后，他终生都以收复中原为己任，他最大的愿望是"上马击狂胡，下马草军书"，文武兼备，为国家贡献自己的全部。

陆游爱国诗篇的创作，是从他在南郑那段经历以后开始大量出现的。在由主战到主和，从前线回到后方的第二年，陆游写作《金错刀行》一诗：

黄金错刀白玉装，夜穿窗扉出光芒。丈夫五十功未立，提刀独立顾八荒。京华结交尽奇士，意气相期共生死。千年史册耻无名，一片丹心报天子。尔来从军天汉滨，南山晓雪玉嶙峋。呜呼！楚虽三户能亡秦，岂有堂堂中国空无人。

此诗表达了坚决抗敌收复中原的强烈愿望及壮志难酬的愤懑之情。那把锋利无比而不得一试锋芒的金错刀便是作者主体精神的化身。"楚虽三户能亡秦，岂有堂堂中国空无人。"多么坚定的信念和果敢的精神！

由于壮志难酬，陆游心情不好，而且官场黑暗，难以实现抱负，诗人便经常借酒浇愁，结果遭到政敌弹劾，罪名是"燕饮颓放"，将即将任命的嘉州知州的职务也撤销了，安排个什么也不能做的闲职，于是诗人自号"放翁"。

到淳熙四年（1177），陆游离开前线已经5年，文恬武嬉，一派歌舞升平的景象，陆游十分悲愤，写下最感人的《关山月》：

和戎诏下十五年，将军不战空临边。朱门沉沉按歌舞，厩马肥死弓断弦。戍楼刁斗催落月，三十从军今白发。笛里谁知壮士心，沙头空照征人骨。中原干戈古亦闻，岂有逆胡传子孙。遗民忍死望恢复，几处今宵垂泪痕。

此诗是陆游在成都时所作。诗采用乐府旧题，抒发现实感慨。全诗揭露投降政策造成的腐朽局面、戍卒报国无门的幽怨及中原恢复无望的伤痛。淡淡的月光不但使三个各自独立的场景统一起来，而且也增加了诗的哀婉情调。

即使在故乡隐居，依旧时常抒发抗战不能的悲愤，淳熙十三年（1186）春陆游隐居故乡时所作的《书愤》道："早岁那知世事艰，中原北望气如山。楼船夜雪瓜洲渡，铁马秋风大散关。塞上长城空自许，镜中衰鬓已先斑。出师一表真名世，千载谁堪伯仲间。"记载了陆游凄美爱情的沈园《钗头凤》述早年壮志，慨叹小人误国，抒发报国无门的惆怅。

宋光宗绍熙三年（1192），68岁高龄的陆游在即将拂晓时出门，感觉一年时光又要过去，痛感韶光易逝而恢复无期，作诗道："三万里河东入海，五千仞岳上摩天。遗民泪尽胡尘里，南望王师又一年"（《秋夜将晓出篱门迎凉有感二首》）同年冬天深夜，风雨声使老诗人梦到了当年金戈铁马的战争生活："僵卧荒村不自哀，尚思为国戍轮台。夜阑卧听风吹雨，铁马冰河入梦来。"（《十一月四日风雨大作二首》其二）晚年闲居的老诗人尚如此关注国家大事，足以表现其忧国忧民的伟大情怀。

陆游的爱国词最有代表性的当推《诉衷情》："当年万里觅封侯，匹马戍梁州。关河梦断何处，尘暗旧貂裘。胡未灭，鬓先秋，泪空流。此身谁料，心在天山，身老沧洲。"此处的梁州便指南郑，依然是回忆当年在前线那段生活。陆游的爱国诗篇不只是这些，我们只是选择其中的代表来领略一下这位伟大爱国诗人的精神世界而已。

陆游的爱国精神给后世提供了无穷的精神力量。近代大学者梁启超先生十分钦佩陆游，在《题陆放翁集后》道："诗界千年靡靡风，兵魂销尽国魂空。集中十九从军乐，亘古男儿一放翁。"这是最确切的评价，也是最崇高的颂扬。

二、关汉卿的杂剧

郑振铎先生曾说，关汉卿是"和人民最亲近的艺术家"。评价很高，关汉卿当之无愧。他创作的杂剧中最精华的部分是对下层百姓的同情和关心，揭示人民蒙受苦难的原因，并充满激情地歌颂人民的抗争，通过悲剧人物形象的塑造，呼喊出时代的最强音。

根据不同版本的《录鬼簿》和《太和正音谱》及有关杂剧集的记载，关汉卿一生写了60多种杂剧，保留下来的就有18种，我们姑列其名，略去出处：《诈妮子调风月》《包待制三勘蝴蝶梦》《包待制智斩鲁斋郎》《杜蕊娘智赏金线池》《状元堂陈母教子》《山神庙裴度还带》《望江亭中秋切鲙旦》《温太真玉镜台》《赵盼儿风月救风尘》《闺怨佳人拜月亭》《感天动地窦娥冤》《邓夫人苦痛哭存孝》《刘夫人庆赏五侯宴》《钱大尹智勘绯衣梦》《钱大尹智宠谢天香》《关大王单刀会》《关张双赴西蜀梦》《尉迟恭单鞭夺槊》。其中虽然有五种著作权遭到过怀疑，但只有《刘夫人庆赏五侯宴》和《山神庙裴度还带》两种另当别论外，《状元堂陈母教子》《包待制智斩鲁斋郎》《尉迟恭单鞭夺槊》三种在没有充分的值得信任的证据下，还应当归属关汉卿名下。这是我们讨论关汉卿杂剧内容的前提。

元代的政治非常黑暗，普通百姓的命运完全掌握在少数权贵手中，我们在关汉卿的许多杂剧中都可以看到这种主题。《蝴蝶梦》和《鲁斋郎》中我们已经看到当时社会的缩影。《蝴蝶梦》中，平民百姓王老汉在街边休息，却无端被人打死。凶手是出身权势之家的葛彪，公开扬言打死王老汉就"只当房檐上揭片瓦相似"，根本不受法律的约束，可谓无法无天。《望江亭》中的杨衙内、《鲁斋郎》中的鲁斋郎都是这样视杀人如儿戏的恶霸。

《窦娥冤》是关汉卿晚年的作品，主题更加深刻，对人民苦难原因的多方面揭示，塑造出窦娥这个悲剧典型。窦娥是个清白、善良、无辜的女子，3岁丧母，父亲窦天章是名儒生，因要进京赶考没有盘缠，又还不起欠债，不得已才把亲生女儿典卖给蔡婆婆当童养媳。这是悲剧的根源，儒生养不起家口，高利贷重利盘剥，但这也不是最深层次的原因，司法腐败黑暗才是最大的祸害。邪恶势力、地痞流氓猖獗的前提就是有保护伞，而保护伞就是官府。窦娥不肯向一步步威胁自己的恶棍张驴儿妥协，坚决斗争到底的精神支柱是她相信官府会明断是非，但最后官府却把她屈打成招，她反抗的性格更加鲜明激烈，将斗争的矛头直接指向黑暗的官府。在赴法场的路上，她唱道：

【滚绣球】有日月朝暮悬，有鬼神掌着生死权。天地也，只合把清浊分辨，可怎生糊突了盗跖颜渊：为善的受贫穷更命短，造恶的享福贵又寿延。天地也，做得个怕硬欺软，却原来也这般顺水推船。地也，你不分好歹何为地！天也，你错勘贤愚枉做天！哎，只落得两泪涟涟。

历经磨难的窦娥对天地日月鬼神都提出质疑，谴责他们颠倒是非，混淆黑白，再也不能担当起正义的责任。实际是对于朝廷和官府的血泪控诉。在临刑前，窦娥发下三桩誓愿，以强大的意志逼迫大自然违反常规：血不下落而飞溅白练，大伏天降三尺大雪，楚州大旱三年，以此来证明自己的冤屈之深之大。这种浪漫主义的处理手法极大地增强了批判谴责的力度，增加了悲剧的感染力，使窦娥之冤成为以后人们习用的口语，足见其深入人心的程度。最后一折，鬼神诉冤，窦天章为之平反昭雪，但窦娥却没有活过来，而是用消失的方式离开了。这更增加了悲剧的艺术效果，是善良、正义、美丽的毁灭。因此，《窦娥冤》受到王国维的高度赞美，说将其"列之世界大悲剧中，亦无愧色"。

关汉卿的杂剧除揭露社会黑暗和同情百姓困苦的主题外，还有赞美英雄的主题，如《单刀会》《西蜀梦》《哭存孝》《单鞭夺槊》等，其中充满英雄之气和阳刚之美；同情风尘女子的命运，歌颂她们的反抗，如《救风尘》《谢天香》《金线池》等，其中最精彩的是《救风尘》，从中可以看到作者对于妓女命运和地位的深切同情和理解，体现出了人道主义精神；为追求婚姻自由的男女们大唱赞歌，《望江亭》《调风月》《拜月亭》三个杂剧属于这一主题，描写良家女子为实现婚姻自由而进行的斗争，在矛盾冲突中抨击礼教的罪恶。关汉卿的杂剧视野开阔，主题丰富复杂，并塑造了众多个性鲜明的人物形象。许多人物形象至今还出现在舞台上，活在读者的心目中，仅此一点，关汉卿就足以堪称第一流的文学家。

元末明初的贾仲明在《录鬼簿》关汉卿传略后面补写了一首小令，高度肯定了关汉卿在杂剧界的崇高地位，我们录下作为本节的结尾：

【凌波曲】珠玑语唾自然流，金玉词源即便有，玲珑肺腑天生就。风月情，忒惯熟。姓名香，四大神物。驱梨园领袖，总编修师首，捻杂剧班头。

三、《西厢记》

崔莺莺、张生的故事自《莺莺传》后，在文人及民间各种艺术形式中广泛流传，其中董解元的《西厢记诸宫调》成就最高。王实甫在"董西厢"的基础上，进一步再创造，将其改为了代言体的戏剧。不仅如此，他还删除了"董西厢"中一些冗长与不合理的情节（如孙飞虎战白马将军一段），改写了曲文，使故事更为完整，并完善了人物形象；更重要的是，他进一步增强了崔张故事的反封建倾向。

王实甫《西厢记》在"董西厢"反封建主题的基础上，通过一系列再创造，更为深刻地揭露了封建礼教对青年自由幸福的摧残，并通过他们的美满结合，歌颂了青年男女对爱情的正当要求以及他们的斗争和胜利。正因如此，《西厢记》杂剧成了数百年来封建礼教束缚下青年男女追求爱情幸福的赞歌。

剧本以女主人公崔莺莺、男主人公张生、婢女红娘为一方，老夫人为另一方，并通过双方的斗争揭示了它的主题思想。

崔莺莺是相国之女，名门闺秀，但又是个封建礼教的叛逆者。她的终身早已由父母安排妥定，但她却渴求真正的爱情。因此在偶遇书生张珙时，能不顾父丧，给张生"秋波一转"，大胆地表达了自己的爱意。她不满老夫人的拘束，更不满老夫人在孙飞虎围普救寺时许婚而又在事后背约，"听琴"一折，她甚至骂"口不应心的狠毒娘"。她重情而轻视功名，认为"但得一个并头莲，强似状元及第"（第四本第三折）。

但是她又带着贵族女子的软弱和矛盾。她的斗争不仅是对母亲所代表的礼教的斗争，也是对自己的斗争。她回张生的信却是约张生幽会的信，但张生应约而来，她又训斥张生；在张生病重后，她又派红娘去送药方，并约定了一次真正的幽会，而且大胆地与张生私下结合。这是一个性格多重、活生生的形象，从这一形象中反映出青年男女外在与内在双重精神枷锁的沉重性，争取自由幸福的艰巨性。

张生是一个"志诚种"，对爱情执着专一。他为了莺莺抛弃了功名，废寝忘食，甚至深染沉疴。他有痴的一面，酸的一面，迂的一面，软弱的一面，但他是深于情、忠于情，富有叛逆性的。

红娘是另一主角，一个地位低下的婢女，但她聪明、机智、勇敢、富有正义感和同情心。她不仅是崔、张的帮助者、出谋划策人，也是他们精神上的鼓动者。一方面，她用爽利的嘴"骂"掉了崔、张所背负的精神包袱；崔、张的结合正是由她牵引的，这使他们在由爱情到婚姻的路途上迈出了无可反顾的决定性一步。另一方面，她当面驳斥老夫人的反悔行径，并陈述利害，使之不得不同意这门亲事。正因如此，红娘的名字至今还是家喻户晓的成人之好者的代称。王实甫在全剧 21 套唱腔中为红娘安排了 8 套，这反映了红娘地位的重要性，也反映了王实甫的进步思想倾向。

老夫人是冲突另一方的代表。正是她体现了封建礼教对青年的束缚，也体现了礼教的虚伪。但她又是一个有血有肉的艺术形象。丈夫的去世，使她成了唯一的家长，她的一言一行都在于对"相府门第"的维护。因此，她十分看重与郑尚书家的婚约。她的背约不仅仅是忘恩负义，而是由她所代表的封建门第观念决定的，具有必然性的。她也真心地爱女儿，但她的爱完全是从礼教角度出发的。

《西厢记》为崔、张安排了胜利的结局，对此不应视为虚幻庸俗的大团圆（虽也有庸俗的一面），它的实质在于：一定要让合理的变成现实的，一定要在舞台上实现作者与千千万万青年男女心中的爱情之梦。剧本在结尾部分提出了"愿天下有情的都成了眷属"这样一个富于感召力的口号，这口号具有极大的广泛性，因为它囊括"天下"，全盘包容；它又具有极大的深刻性，因为它以"情"为皈依，使婚姻具有了真正的道德内涵。所以这口号同全剧一样，具有与封建礼教挑战的意义。

《西厢记》是我国古典戏剧的现实主义杰作。它在艺术上最突出的成就是根据人物的性格特征，展开错综复杂的戏剧冲突，完成了莺莺、张生、红娘等艺术形象的塑造。剧中的人物虽不多，但揭示比较深刻。不仅莺莺、张生、红娘与老夫人之间存在着根本矛盾，而且由于经历、地位、环境的不同，莺莺、张生、红娘之间也不时引起误会性的冲突。正是在这一系列的冲突中，人物各自的性格特征得到了充分而鲜明的显现。《西厢记》这种人物塑造的方法，表明作者对现实主义创作方法的把握已经相当深刻而成熟了，虽然这种把握是不自觉的。

与之相应，《西厢记》成功地表现了事件曲折复杂的过程。在情节上，一波未平，一波又起，普救寺被围，老夫人赖婚，莺莺的送简与赖简，崔张私下结合，拷红，长亭送别，郑恒的作梗，剧本始终扣人心弦，显示了作者在戏剧场面安排上的非凡功力。

此外，《西厢记》在主唱角色的分配和结相的扩大上，对杂剧体制也有所革新和创造。为了完整而曲折地再现崔、张故事，作者打破了元杂剧一本四折的通例，采用了联本的方式，共用了五本二十一折，同时还部分地打破了一本由一人主唱的限制。

历来《西厢记》都是元杂剧中最受人喜爱的一部作品。从明代开始便出现了《西厢记》风靡的情况，明代《西厢记》的刊本便有六十几种，到今天已不下百数十种。为适应当时兴起的南方声腔，明人还改创了两部《南西厢》，甚至当时有人以"春秋"呼《西厢》，称之为"崔氏春秋"（见《词谱》）。金圣叹将其称为"第六才子书"，曹雪芹在《红楼梦》中还安排宝玉和黛玉这对叛逆者偷读《西厢记》。到今天，《西厢记》仍是戏剧等各种艺术形式演出不衰的作品。

第九章　明清时期的文学发展研究

明清时期是文学艺术史上又一个繁荣时期。明代学术研究趋于低落，小说创作却开辟了文学史的新阶段。明初创作的《三国演义》《水浒传》等名作，产生了重大的影响，至清代孕育出《红楼梦》这样的文学巨著。在元代戏曲繁荣的基础上，明清的传奇普及于南北各地，剧本创作不断出现传世的名篇，地方声腔各有特色，形成众多的剧种，百花竞艳，并且日益成为居民文化生活中不可缺少的艺术享受。

第一节　明清时期文学的发展

一、明代文学的发展

我们大致地把从明初到成化末年（1368—1487）的100多年界定为明代文学的前期。可以看到，这是文学史上一段相当漫长的衰微冷落时期。元代末年所形成的自由活跃的文学风气，在明初以残酷的政治手段所保障的严厉的思想统治下戛然而止。洪武七年被腰斩的高启，唱出了由元入明的文人们内心中的无穷悲凉。而同样是由元入明的宋濂，则因积极参与新潮文化规制的设计而成为"开国文臣之首"（《明史》本传）。他一方面对杨维桢保留着若干好评，似对元末的文学不无留恋，但更主要的是继承程朱理学的"文道合一"说，重新建立了由明王朝的政治权力所支持的、代表官方态度的道统文学观。当时诗歌方面最有影响的是以杨士奇、杨荣、杨溥为代表的粉饰现实、歌功颂德的台阁体和以李东阳为代表的自称宗法杜甫而追求声调格律的茶陵诗派。戏剧方面，是以朱权、朱有燉为代表的皇家戏曲创作；此外，还有以邱浚、邵灿为代表的伦理剧创作。无论是诗文还是戏曲，都致力于歌舞升平，宣扬封建伦理道德，缺乏真情实感和创造性。这时期较有特色的是文言小说创作，以瞿佑的《剪灯新话》与李昌祺的《剪灯余话》为代表，他们不论是写艳情还是述鬼怪，大都叙述委婉生动，但因内容不合乎封建礼教而遭到明初统治者的贬斥甚至是禁止。南戏逐渐形成"以时文为南曲"的逆流。在小说创作领域几乎是一片空白。

明中叶开始，文学创作开始发生变化，特别是嘉靖、万历以后，随着政治、经济和哲学思潮的发展和变化，文学创作出现了一个崭新的局面。这是明代文学从前期的衰落状态中恢复生机、逐渐走向高潮的时期。这种转变，一方面与文网的逐渐松弛有关（永乐朝被杀的方孝孺的遗著，在此期间刊行；在这以前，收藏方孝孺文集就要被处死），而更重要的是前面所说的社会经济形态的变化以及与之相应的思想意识形态的变化所致。但这一时期传统势力仍然是很强大的存在，因而文学的进展显得相当艰难。

中期文学的复苏，首先表现于两个文学集团："吴中四才子"和"前七子"。由祝允明、唐寅为首的吴中四才子，其成员政治地位都不高，影响范围较小，是一个地域性的文学集团。他们的诗文创作无论是思想内容还是艺术特色都能冲破传统的束缚，形成自己的特色，他们的创作成为晚明文学解放的先驱是很值得重视的。以李梦阳、何景明为首的前七子，大多科第得志，政治地位较高，活动的中心又是在京师，因而其影响遍布于全国。尤其是李梦阳，他在明代文学中的扭转风气之功，为后来的文人所一致称赏。

明代中期文学的另一个重要特征，是俗文学的兴盛和雅、俗传统的混融。

这一时期，顺应着市民阶层文艺需求的增长，出版印刷业出现空前的繁荣。《水浒传》和《三国演义》等小说在嘉靖时期开始广泛地刊刻流传，戏曲作家也陆续增多。就主要从事诗文的作家而言，也普遍重视通俗文学，并从中得到启发。李梦阳倡论"真诗在民间"，已表达了对文人文学传统的失望和另寻出路的意向；唐寅在科举失败以后的诗歌创作，在很大程度上摆脱了典雅规范而力求"俗趣"。在陈继儒的《藏说小萃序》中，可以看到吴中文士文徵明、沈周、都穆、祝允明等人喜爱收藏、传写"稗官小说"的生动记载。徐渭的晚年，更是把主要精力转移到戏曲的创作、评析、传授上来。

以袁宏道、袁宗道、袁中道为首的公安派提倡"独抒性灵，不拘格套"，反对文学的复古，主张创新，并以他们的创作实绩扫清了复古派在文坛上的影响，成为晚明诗文革新运动中的一支劲旅。其后的竟陵派在学习公安派的同时，试图以出深来补救公安派的肤浅之弊。到了明末，以陈子龙、夏完淳为代表的一批爱国作家虽然也倡导复古，但他们忧患时事，并亲身参加到抗清斗争中，他们的诗文创作具有强烈的现实意义与慷慨雄健的风格，自有其独特的成就。值得一提的是晚明的小品文创作，这种小品文实际上是一种短小精悍、形式自由活泼的散文，或写山水，或为序跋，或抒一己的情感，等等，不拘一格，抒发性灵，取得了令人瞩目的成就，出现了像袁宏道、汤显祖、王思任、陈继儒、张岱、刘侗等一批小品文名家。

明代后期短篇小说创作的兴盛主要体现于拟话本的繁荣，这类小说主要模拟宋话本的形式进行创作，既有对宋元话本的改编，也有新的创作，代表作品有冯梦龙的《喻世明言》《警世通言》《醒世恒言》，合称"三言"；凌濛初的《初刻拍案惊奇》和《二刻拍案惊奇》，合称"二拍"。这类拟话本小说具有鲜明的时代特征，所反映的内容主要是市民阶层的生活。其他的拟话本小说还有《西湖二集》《清夜钟》《石点头》等。

这一时期人们对于文学的基本观念、基本主张，是贯通于"雅"文学和"俗"文学两方面的。这里李贽同样起了极重要的作用。他在鄙薄六经、《论语》《孟子》等儒家经典的同时，却大力推崇《西厢记》《水浒传》等通俗文学，认为是一种"至文"，而且以极大热情评点《水浒传》等作品，借以宣扬自己的文学思想和人生观念。这给当代文人以很大的影响。后来冯梦龙整理小说和流行歌谣，也具有相同的意识。

二、清代戏曲——小说的繁盛

戏曲和小说在晚明曾极为繁盛，这种势头延续到清前期。生活于明末清初的金圣叹在这方面虽没有创作的成就，但他对戏曲小说的推广有很大影响。他所定的所谓"六才子书",把《西厢记》《水浒传》与《庄子》《离骚》《史记》及杜诗相提并论,引申了李梦阳、李贽等人的文学观。他的评点议论,如强调描写人物性格的重要、重视故事结构等,常有精彩之见,在文学批评史上也有一定的地位。

清初的戏曲小说,在明代的基础上继续得以发展,艺术精神有所变化,并取得相当的成绩。戏剧方面,明末清初的作家中,李渔的剧作同其小说一样是偏重娱乐性的,在重视戏剧结构和舞台演出效果方面,他继承和发展了吴炳戏剧的特点;他在《闲情偶寄》中所提出的戏剧理论,也比前人更为清楚和系统地总结了戏剧艺术的特点和要求。但他的作品很少反映深刻的社会矛盾与热烈的人生追求。明末清初,苏州地区一批戏剧作家形成地域性流派,他们有组织地进行带有集体创作性质的剧作活动。他们的剧作,紧密联系社会实际,紧密联系舞台实际,颇受欢迎。其代表作家是李玉,他的《一捧雪》歌颂忠仆,表彰奴隶道德;他与其他人合作的《清忠谱》,歌颂忠臣,思想陈腐,是反映明末市民同宦官斗争的历史剧。反映市民的政治斗争,这是过去戏曲史上从未有过的。康熙时期,洪升的《长生殿》、孔尚任的《桃花扇》,继承了明末传奇的优秀传统,通过写历史故事,抒发了国家兴亡之感,曲折地反映了当时人民的民族情感。这两位作者也都因其创作触犯封建统治者忌讳受到贬谪。《长生殿》《桃花扇》不仅是这一时期最杰出的剧作,也是清朝最杰出的戏剧作品。《桃花扇》作为一部通过儿女之情反映朝代兴亡的历史剧,其杰出之处在于表现了剧烈的历史变化给人们带来的失落感与悲凉情绪,但作者对晚明历史的解释,其实还是正统的和官方化的。总之,清前期的两大名剧与清中期的两部杰出的长篇小说,不属于同等水平。而整个清代戏剧就剧本创作即文学方面而言,到清中期已严重衰退,这和小说的情况不同。

小说方面,蒲松龄的文言小说集《聊斋志异》,以谈狐说鬼的方式,揭露了封建吏治和科举制度的不公正,表达了人民对美好爱情和生活的追求。这是文言小说在继宋、元、明三代沉寂之后,出现的最杰出的作品。在白话小说方面,小说的理论获得空前丰收。金圣叹对《水浒传》、毛宗岗对《三国演义》、张竹坡对《金瓶梅》的评点,使我国的小说美学开始形成自己的体系。长篇章回小说此时虽然没有出现杰出之作,但英雄传奇小说涌现出《水浒后传》《说岳全传》这样的好作品。人情小说出现了《醒世姻缘传》以及一大批才子佳人小说，它们共同为清中叶《红楼梦》《儒林外史》的出现蕴积了基础。

短篇小说方面，从晚明到清前期有一些明显的变化，晚明异常活跃的白话短篇小说到清初就开始衰退，同时文言短篇小说更受一般文人的重视。白话与文言短篇小说之间不只是语体上的差异，白话小说那种鲜活的气氛与文言小说的雅致笔调，在对读者情感的作用上是有区别的，后者较为"隔"，也较为平静。但文言小说对前一时期的白话小说不是没有继承关系，从最著名的《聊斋志异》来看，作者所描绘的许多主动追求爱情幸福的女性形象，同"三言""二拍"中的女性有很多相似之处，但由于作者赋予她们以狐仙花精之类非人世的身份，这些形象因而与尖锐的现实矛盾构成一定距离，成为诗意的、幻想性的存在。而《聊斋志异》中凡是具有现实社会身份的女性，大抵贤惠温良而合于传统道德。以上两种特点，正是晚明文学精神在退化中又曲折地得到延续的表现。到了清中期，以纪昀的《阅微草堂笔记》为代表，反对《聊斋志异》中的虚构情节与细致的描绘，而以平实的笔记体为中国小说的正宗，这又更向古雅的传统靠近了一步。

清代中叶是清朝的鼎盛时期。这个时期社会经济由恢复进入繁荣和发展。经过康熙、雍正两朝的休养生息，清朝人口大大增加了，耕地面积不断扩大，农业产品日益丰富。明末以来出现的资本主义生产方式的萌芽，这时突破清初的限制和打击工商业的政策而急剧发展起来。这一时期，在文化上也是有清以来的鼎盛时期。从官方来说，乾隆三十八年开设了"四库全书馆"，征求天下遗书，编辑四库全书。四库全书的编辑，尽管从统治者的愿望来说是借此消灭反清文献，转移人们现实斗争的视线；但客观上，这种图书整理工作对于中国古代文献的整理和保存，对于文化的发展也有一定贡献。从民间来说，这一时期考据学发达，并形成了后来的乾嘉学派，他们在整理和考订中国古典文献方面都有不少成就。乾隆后期，由于政治上的腐败，各种社会矛盾进一步激化，清朝由盛而衰迅速走向败落。特别是乾隆末年和嘉庆初年爆发的历时九年，遍及川、楚、陕、豫、甘肃省的白莲教起义，沉重地打击了清王朝的统治，动摇了它的统治基础。

这个时期的戏剧明显表现出一种新的趋向，除杨潮观、蒋士铨等人的作品略有可观外，剧坛已基本沉寂下来。代之而起的是比较有生命力的各种地方戏曲。而讲唱文学如评书、鼓词、弹词、民间小调也以旺盛的生命力在城市和农村活跃着。

清代长篇小说拥有广泛的读者，始终很兴旺。明末清初出现的大量才子佳人小说，也是晚明小说一个方面的延续，但这里面没有什么杰出之作，只是些套路化的娱乐性读物。一些历史传奇小说，如《水浒后传》《说岳全传》等，则较多受到正统意识的影响。到了清代中期，终于出现了中国小说史上两部伟大的作品——《儒林外史》和《红楼梦》，这是清代文学了不起的收获。《儒林外史》对封建科举制度进行了尖锐的批判，对封建社会知识分子的灵魂进行了深刻的剖析，它"戚而能谐，婉而多讽"的艺术手法，使它成为我国古典讽刺小说里程碑式的作品。《红楼梦》通过贾宝玉和林黛玉的爱情悲剧和贾府由盛而衰的故事情节，深刻揭示了封建统治阶级和封建社会必然没落的历史命运。在艺术上，这两部小说对人性复杂性的理解之深刻、描摹之细致，达到了前所未有的高度。

此时的文言短篇小说有纪昀的《阅微草堂笔记》《袁齐谐》，但成就不及前期的《聊斋志异》。

三、古韵学开山鼻祖——顾炎武

顾炎武（1613—1682），原名绛，字忠清，明亡后改名炎武，字宁人，世人尊称"亭林先生"。顾炎武是江苏昆山人，明末清初著名的思想家、史学家、语言学家。他曾经参加抗清斗争，后来致力于学术研究。晚年的顾炎武着重于经学的考证，他考订古音，将古韵分为十部，是清代古韵学的开山鼻祖。

顾炎武学术的最大特色是他反对宋明两代理学的唯心主义思想，重视客观的调查研究，开一代之新风，提出了"君子为学，以明道也，以救世也。徒以诗义而已，所谓雕虫篆刻，亦何益哉"的为学观点。

在顾炎武看来，做学问必须要先树立起人格，"礼义廉耻，是谓四维"，提倡"国家兴亡，匹夫有责"。他在《日知录》卷13《正始》中云："保天下者，匹夫之贱，与有责焉耳矣。"此观点强调了人格的重要性。顾炎武著作有《日知录》《肇域志》

《音学五书》以及《亭林诗文集》等。

顾炎武学问渊博，提倡"经世致用"的实际学问，反对空谈心理性命，注意讲求证据。在经学上，他重视考证，开清代朴学风气。顾炎武在音韵学方面也有重大贡献，被称作是清朝"开国儒师""清学开山"始祖。他一生辗转，读万卷书、行万里路，从而开创出一种新的治学门径，终于成为清初继往开来的一代思想家。

第二节 明清时期的文学人物

一、戏曲大家——汤显祖

汤显祖，字义仍，号若士、海若、清远遭人，于1550年9月诞生在江西临川县城内一个世代书香之家。他天资聪明，自幼好学，5岁上属对无差，12岁吟诗竟能出口得韵，13岁始从泰州学派创始人王艮的三传弟子罗汝芳游学。学力非凡，备受当时江西督学何镗夸赞："文章名世者必子也。"果然，14岁补县诸生，21岁中举。有趣的是，英国人的"骄傲"——6年前出生在英格兰中部艾汶河畔的莎士比亚，这时才开始接受启蒙教育，跟普通孩子一样。而汤显祖则已经是一个于古文词而外能精乐府歌行、五七言诗、诸史百家，通天官、地理、医药、卜筮、河籍、墨、兵、神经、怪牒诸书的博学者，在"此儿汗血，可致千里"的啧啧赞声中名扬遐迩，海内人以能见之为幸。

可是，令人眩目的锦秀前程，却并没有因汤显祖的少年精进和满腹才智而从他脚下延伸开去。虽然他和封建时代的绝大多数知识分子一样，热衷于功名，从22岁起，就意气激昂地开始了科场上的奋斗，但在那趋炎附势、逢迎拍马的庸流俗辈反能运星高照、鱼跃士途的畸形社会里，像他这种刚直不阿的秉介之士，要想凤鸣朝阳，走通以举士求取功名来施展才华的理想道路，明显是极其困难的。

明神宗万历五年，三年一次的京师会考又将举行。当朝首辅张居正，为了他次子（嗣修）能高中名次，正四方搜罗文如晁、贾的天下才人名士为其子张扬。在齐集京城的应试文人中，他们看中了颇著名声的汤显祖和宣城沈懋学，便派人临访，暗许功名以拉拢交谊甚笃的两位才子与其子交游。汤显祖不从，结果落第。而沈懋学与张嗣修果然高中红榜。

不是地位使人增光，而是人使他的地位添色。汤显祖不愿腆颜求仕、蔑视权贵的事迹不胫而走，很快传遍国中，天下慕名来访这位落第才子的远比朝拜新科状元沈懋学的为多。

古来雄才多磨难。或许正是这尘世的千般苦难，人生的万种逆境催人奋进，造成了奇才。严酷的现实无情地捉弄着立志仕进的汤显祖，竟连续三次落第。痛苦自不待言，但他并没有一蹶不振，他发誓穷途再跃。企望子孙为官、百代世禄的张居正不死心，又派人带着他正待应考的三儿子，迢迢千里奔来南京结交汤显祖。启开进取门道的钥匙再一次送到面前，只要乐意使一下子，就一切都顺心如意了。可汤显祖却认为，富贵一时，名节千古，不能及第以伸展才华事小，失节事大，因而甩开功名的诱惑，宁可错过这别人看来是千载难逢的好机会，也不肯移性屈节去换取那为世人所不齿的"状元"，他索性不参加1580年的京师会试。

直到张居正死后第二年，34岁的汤显祖才考取了进士。但在奸相蹑高位、英俊沉下僚的残酷现实面前，痛苦潦倒的命运必如幽灵一般，始终追逐着这不避威权，悖逆于明王朝暴政的才学之士。由于不肯以摧眉折腰去取悦当朝辅臣如申时行、张四维之流，断然拒绝在他们门下为官，而被排斥到南京做太常博士之类的闲官达五年之久，后来才升至南祠郎。

万历十九年，42岁的汤显祖不顾当朝皇帝的震怒，上了《论辅臣科臣疏》，指斥申时行专横独断、任用私人，揭发吏科给事中杨文举纳贿舞弊。结果是他被贬为雷州半岛最南端的徐闻县典史，比当年杜甫、柳宗元遭难的地方更为偏远。

过了两年左右才转为浙江遂昌知县。沉沦潦倒的厄运使汤显祖较多地接触社会下层，"以人民之所欲去留"的思想便逐渐以至于整个地控制了他。尽管好不容易才升了个县令，但他全然不怕丢掉乌纱帽，按照自己的理想，大刀阔斧地采取各种方式抑制豪强，打击恶势力。汤显祖虽因推行这安民息讼、举政兴国的政治路线而博得人民爱戴，却因此得罪了当地权贵，招来保臣朽吏的卑鄙诬陷。终于在1598年春天，49岁的汤显祖绝意于宦途，愤然弃官，归隐临川。

汤显祖一回到故里，就在门上题道"一钩帘幕红尘远，半榻尘书白昼长"，一方面疏远权贵，另一方面却与文朋诗友、艺人歌妓交往活跃在玉茗堂，"宾朋杂坐，箫闲歌咏，俯仰自得"。

从某种意义上讲，幼时的影响关涉人的一生。西方文学史上最杰出的诗人和戏剧家莎士比亚，因童年时代在故乡有机会经常观看伦敦剧团的巡回演出，便在幼小的心灵里播下了戏剧艺术的种子。同样，汤显祖的戏剧才能也和家庭给予的最初影响分不开。精于诗词歌赋的祖父和父亲，使他孩提时代就受到良好的文学熏陶。曾在外度过歌舞生涯的大伯父，家居时常拍曲遣兴，影响少年显祖迷上了戏曲，时常与谢九紫、吴拾芝、曾粤祥等一班曲友在一起歌舞拍曲。他阅读过近千种元人院本，其中许多精妙的唱段和对白他都能够读而成诵。

最初的试笔之作是《紫箫记》，据说因影射了张居正而被迫中途搁笔。后在南京做官时将其改编为《紫钗记》，思想性艺术性反倒大大提高。

早有闻名的汤显祖，在戏剧舞台上对于编剧、导演、排练都是鼎鼎有名的行家里手。他退隐之后，带着对黑暗现实的深沉质问，带着忧伤国事、缅怀民艰的万种情怀，开始了戏剧创作的黄金时期。

长河渐落，晓星西沉，玉茗堂内，汤显祖怫郁展卷，描出"断井颓垣""万里伤心"；朝飞暮卷，寒来暑往，毓霭池畔，汤显祖冥思寻妙，绘成"风丝雨片，烟波画船"。他掬着一腔真情，书写文章的灵性。就在归隐的当年，他写出了《牡丹亭》，紧接着又写成了《南柯记》和《邯郸记》。

1616年秋天，当西方还在为四个月前失去了莎士比亚而悲恸未苏的时候，阅尽人间凄凉的汤显祖也艰难地走完了坎坷曲折的人生之路。东方的星，陨落了。但是，他身后留下的光芒已经汇聚于中华民族骄傲的伟大丰碑，永远闪耀在中国乃至世界的文化园地。

二、明末的思想家——李贽

明末清初的100多年，是中国文学史上最活跃的历史时期之一。与社会政治的黑暗污浊相反，文学园地却是百花盛开，争奇斗艳，群星灿烂，名家云集，徐文长、汤显祖、吴承恩、兰陵笑笑生、三袁兄弟、冯梦龙、凌濛初、李渔、钱谦益、金圣叹等一大批著名文学家为后世献出了精彩的作品。

李贽（1527—1602），号卓吾，又号宏甫，别号还有笃吾、温陵居士、百泉居士、宏父居士、思斋居士、流寓客子、秃翁等，主要以李卓吾名世。福建泉州（今属福建）人。祖上以经商为业，可谓商人世家，但到他父亲时，家道衰落，他父亲以教书为业。李贽童年丧母，随父读书。12岁时便在习作《老农老圃论》中对《论语》提出了独到见解。他很瞧不起八股文，但在26岁游戏般去参加考试却轻易中举。他只是想证明一下自己，于是考完后就宣布"吾此幸不可再侥也"。他在《焚书》卷3中有段文字直接揭示科举考试的弊端说：

（居士）乃叹曰："此直戏耳！但剽窃得滥目足矣，主司岂一一能诵孔圣精蕴者也！"因取时文尖新可爱玩者，日诵数篇，临场得五百。题旨下，但作誊写誊录生，即高中矣。找来好的科举考试范文，仔细阅读，领会其中大意，将各种类型的题目都看一下，等看到试题，往里一套，等于是抄录而已，就可以考中举人。说得力透纸背，入木三分，把当时科举考试考察不出真才实学的弊端揭露得极其透彻。从此他坚决退出科举，没再报考。

李贽30岁出仕当官，在官场20多年，做过多种职务，但到处碰壁，污浊龌龊的官场当然不能容纳一个醇正忠诚而具有自由思想的人。他在晚年回忆自己的仕宦生涯时有一段非常感慨的话，我们读来也会感慨万分：

为县博士，即与县令、提学触；为大学博士，即与祭酒、司业触……司礼曹务，即与高尚书、殷尚书、王侍郎、万侍郎尽触也……最苦者，为员外郎，不得尚书谢、大理卿董并汪意。又最苦而遇尚书赵，赵于道学有名，孰知道学益有名而我之触益又甚也！最后为郡守，即与巡抚王触，与守道骆触。

李贽的著作主要有《焚书》《藏书》以及《初潭集》《明灯通古录》《忠义水浒传》评点等。他不但是哲学家，而且是文艺理论家。

三、一代奇才——曹雪芹

《红楼梦》的作者曹雪芹（约1716—1763），名霑，字梦阮，号雪芹，又号芹圃、芹溪。他的祖先本是汉人，很早就入了满洲旗籍，成了皇家的"包衣"（奴仆）。后来由奴仆一跃而为官僚，到康熙年间，已是显赫一时的富豪人家了。从他的曾祖父曹玺开始，直到他的伯父曹颙、父亲曹頫，三代世袭江宁织造（当时的理财要职）。祖父曹寅还是著名的藏书家，在当时也颇有影响。曹寅的两个女儿（曹雪芹的姑母）都被选作王妃。

曹雪芹的少年时代，过了一段锦衣玉食的豪华生活。但是，这段生活并不太长，由于他的父亲被革职抄家，曹家逐渐走向衰落。曹雪芹13岁时随家迁居北京，后来在皇家子弟学校工作过一个时期。这时，他结识了敦敏、敦诚兄弟俩：他俩都是这个学校的学生，也同曹雪芹一样家里被抄过。曹雪芹之所以能和敦氏兄弟成为好友，正是因为他们气味相投，谈得来——他们的遭际、生活和思想感情当中，有许多共同的东西作为友谊的基础。

曹雪芹的生活越发困窘了。虽有敦氏弟兄偶尔援助，也无济于事。他本来就喜欢喝酒，晚年穷了喝得更厉害。没钱，就靠"卖画得钱付酒家"。他很善于绘画，有一次画了一只飞向牡丹花丛的彩蝶，既像挂在纸上的，又像飞离地面，凌空翩跹；他画的"宓妃"，竟被人们当成了真人。常有人从北京城里赶来求画，同乡有钱人家也多有求购者。曹雪芹虽然穷困，有时连饭都吃不上，但那些为富不仁、钻营仕途的人，即使出高价，他也不肯卖，甚至皇帝画苑的召请，他也拒绝了。他口袋里一旦有了多余的钱，却常常用来救济老弱病残者。

曹雪芹不喜欢跟有钱人来往，同他相好的都像敦氏兄弟和鄂比那类人。鄂比犯过罪，也住在香山，与曹雪芹的住处只隔着一个王府。他俩常常聊天，有时在王府附近的小酒店里喝酒，曹雪芹就向他谈《红楼梦》，后来鄂比能够背着讲出《红楼梦》里的很多故事。

曹雪芹在香山正白旗住了四年，他的前妻就死在那里。乾隆二十年春天下大雨，把他住的房子冲塌了。曹家是被抄过家的，房子塌了也没人修理，鄂比帮他在镶黄旗找到两间东房，同院只有一个老太太。曹雪芹是在那里续的弦。后妻比较年轻，没有文化，曹雪芹对她仍像对前妻一样很好。

曹雪芹晚年生活更为困顿凄凉，敦诚在一首诗中形容道："满径蓬蒿老不华，举家食粥酒常赊。"正是这种从锦衣玉食下降到举家食粥的不平常经历，使他自幼饱经忧患，阅尽沧桑，从较为切近的人情物态，一直看到了较大范围的种种世间真相，从而为小说《红楼梦》的创作提供了丰富的素材。

四、最大的官修丛书——《四库全书》

《四库全书》是乾隆皇帝亲自组织的中国历史上一部规模最大的丛书，由总纂官纪昀（晓岚）穷尽毕生精力，率360位一流学士编纂完成。该书成书于公元1782年3月12日，主要包括经、史、子、集四部，有3461种书目，79039卷，总字数将近10亿，可谓超级文化大典。成书后，先编写了四个抄本，分藏于文源阁、文渊阁、文津阁、文溯阁（"内廷四阁"或称"北四阁"）。

乾隆五十三年（1788），又续抄三部，分贮于文汇阁、文宗阁、文澜阁（"浙江三阁"或称"南三阁"）。这七部抄本，深藏于秘府，普通世人很难看到，之后又经战乱，屡遭焚毁，文源阁、文宗阁、文汇阁藏本已不复存世，文溯阁本曾遭日本侵略军的抢掠，文澜阁也一度散失，文渊阁本于20世纪40年代末被运到台湾收藏，这就使得幸存的《四库全书》弥足珍贵。

《四库全书》是我国现存最大的一部官修丛书，是清乾隆皇帝诏谕编修的我国乃至世界最大的文化工程，它相当于同时期法国狄德罗主编《百科全书》的44倍，清乾隆以前的中国重要典籍，许多都收载其中。由于编纂人员都是当时的著名学者，因而代表了当时学术的最高水平。

第三节 明清时期的文学作品

一、《三国演义》

《三国演义》的出现经历了漫长的历程。从三国鼎立局面的产生到宋元时代，已历时1000余年，其间三国故事也以说话、戏曲、民间传说等各种形式在社会上广泛流传。元代刊本《全相三国志平话》是民间传说中三国故事的写定本。元末明初，罗贯中以这些民间创作为基础，又运用陈寿《三国志》以及裴松之注的正史材料，结合他丰富的生活经验，写成了《三国志通俗演义》。

罗贯中，元末明初人。《录鬼簿续编》对他有简略的介绍："罗贯中，太原人，号湖海散人。与人寡合。乐府、隐语，极为清新。与余为忘年交，遭时多故，各天一方。至正甲辰复会，别来又六十余年，竟不知其所终。"该书作者贾仲明"至正甲辰"（1364）年22，作为他的"忘年交"的罗贯中，此时年岁当在50上下，据此推知罗贯中生年应为1315前后。至正甲辰后四年（1368）明灭元，可知罗贯中卒于明初。罗贯中为元末明初杰出的小说、戏曲作家，现存作品，小说除《三国志通俗演义》外，还有《隋唐志传》《残唐五代史演义》《平妖传》，戏曲有《宋太祖龙虎风云会》。

今存最早的《三国演义》刊本是嘉靖壬午年（1522）刻本，题"晋平阳侯陈寿史传，后学罗贯中编次"。因书前有庸愚子（蒋大器）署为弘治甲寅（1529）所作之《序》，所以旧称"弘治本"，实是嘉靖本。该本分24卷，240则；每则有目，目为七字单句。虽然不能断定是否为首次刻本，但学术界一致认为它比较接近原作。万历末（约1619）建阳吴观明刻托名李卓吾评本《三国演义》，不分卷，将240则合并为120回。回目为双句，但参差不对。其时及之后，刊本日渐增多。清康熙年间，江苏长洲毛宗岗对《三国演义》进行了一次全面的加工修改，将原有回目改成整齐的对偶句，将内容加以增删改削，以唐宋名人诗词换掉原来鄙俗的韵语，并削去旧的评语，以己评代之；于卷首增入长文《读三国志法》。毛氏修改本因在内容、形式上都更确完善，遂成为其后流传最广泛的本子。

《三国演义》是一部历史演义小说。在我国古代章回小说中，历史演义小说占有很大的比重。但是，写得好的，即思想深刻，能正确反映历史发展的本质和规律，并能塑造出一大批性格鲜明的历史人物形象，且能紧密结合现实需要，给读者以深刻启示的成功之作却并不多见。《三国演义》，是历史演义小说中最杰出的作品。

《三国演义》主要写魏、蜀、吴三国的政治斗争和军事斗争，起自黄巾起义，终于西晋统一，前后共百年。罗贯中通过描写错综复杂的历史事件，揭示了当时社会的黑暗和腐朽，谴责了统治阶级的残暴和丑恶，表现了关于国家统一及明君仁政的政治理想。第一，小说真实地再现了公元3世纪中国的历史面貌。东汉末年，在镇压黄巾起义的过程中，无数封建政治集团发展了自己的实力，为攫取财富和权力，彼此征战，形成了军阀割据的混乱局面，给人民带来了深重的灾难。"欲知三国苍生苦，请听通俗演义篇"，明修髯子（张尚德）《三国志通俗演义引》中的这两句话，指出了小说痛恨军阀混战、同情人民苦难的内容特点。第二，小说寄托了作者的政治理想。作者虽受"分久必合，合久必分"的历史循环论的影响，但小说反对分裂、拥护统一的倾向却是很鲜明的。作者将曹操塑造为奸雄，让他集中了封建统治者种种恶劣的品格，这对封建政治无疑是一次大胆的抨击。小说歌颂蜀汉，虽有着正统思想的严重局限，但它所描写的君臣如同手足，将领皆为忠义之士，则反映出作者和人民大众渴望圣君贤相统一天下的政治理想。这种理想在现实中没能实现，蜀汉终未统一天下，所以小说又有着浓厚的悲剧色彩。作者生当改朝换代之际，表达这样的理想，实也是一种深沉的寄托。第三，小说通过对理想英雄的描绘，热情歌颂了忠义、勇敢和智慧。关羽是勇武和忠义的化身，诸葛亮是忠义和智慧的典范。这些理想英雄都具有超人的智慧和勇武，都肩负着常人无法承受的历史重任，不屈不挠地为理想政治而艰苦奋斗。对这些理想英雄崇高品质的歌颂，实际上是对民族精神的弘扬。第四，小说在传播历史知识的同时，还提供了许多社会生活经验，诸如斗争策略、军事计谋、论辩方法等。

《三国演义》标志着历史演义小说的辉煌成就，从此，历史演义小说大量出现，并影响戏曲，产生了一大批"三国"剧目。

二、《水浒传》

《水浒传》与《三国演义》同时产生。宋江起义发生在北宋末年。有关宋江起义的故事南宋初就开始流传。到元末明初，施耐庵汇集250年间有关宋江故事的话本、戏曲，加工创作了《水浒传》。

《水浒传》的作者，历来记载不一。有认为罗贯中编的（明田汝成《西湖游览志余》），有作施耐庵编的（明胡应麟《少室山房笔丛》）。明高儒《百川书志》

说:"《忠义水浒传》一百卷,钱塘施耐庵的本,罗贯中编次。宋寇宋江三十六人之事,并从副百有八人,当世尚之。"这种一百卷体现已不可见,它可能是《水浒传》的祖本,作者为施耐庵,后又经罗贯中编定。今人多从高儒、胡应麟说,认为《水浒传》的语言风格同罗贯中小说迥异,作者应为施耐庵。施耐庵,生平不详,传说他曾参加元末张士诚起义。

《水浒传》版本复杂,既有繁本、简本之分,又有100回本、120回本、70回本之不同。今见最早刊本为嘉靖本,已是残本;万历十七年(1589)天都外臣序本、万历三十八年(1610)容与堂本,皆据嘉靖本翻印,100回,回目对偶,招安后有征辽、征方腊,而无征田虎、王庆事。此本文笔流畅,描写细致,形容曲尽,引用诗词较少,属繁本系统。简本有万历甲午(1594)余象斗双峰堂所刻《水浒志传评林》25卷(30回以下不标回次),特点是文简事繁,叙述粗略而所用诗词较多,内容则在招安后增入了征田虎、王庆二事。此后,有影响的刊本为万历四十二年(1614)杨定见"全传"本,共120回,于100回本补入简本田、王二事而成,属繁本系统。崇祯十四年(1641)金圣叹贯华堂本出,它截取繁本前70回,砍掉排座次以后事,将原小说第一回改为楔子,杜撰卢俊义惊噩梦为第七十回,意在不许梁山英雄自赎立功。该本虽是腰斩《水浒传》而成,但故事也能自成起讫;且对原文也多有润饰,加之金圣叹评语在艺术鉴赏方面亦不乏真知灼见,所以清初以来70回本成为读者最多、流传最广的《水浒传》版本。

《水浒传》以北宋末年宋江故事为题材,通过生动的艺术描写,成功地再现了中国历史上一次农民起义的全过程。首先,通过"官逼民反"过程的描述,揭露了封建统治阶级的罪恶,深刻而又广泛地揭露了封建统治阶级中贪官污吏的腐朽无能和贪暴横行,歌颂了反抗封建压迫的英雄人物,反映了他们劫富济贫、打土豪、杀贪官的斗争。皇帝宠信的高太尉是统治集团的代表人物;武松打虎是水浒中最经典片段之一——祝朝奉、毛太公、西门庆、镇关西、牛二等,是土豪、恶霸、泼皮的典型,他们的丑恶,正表达了作者的批判倾向。而小说所描写的英雄,如鲁智深、林冲、武松、李逵、阮氏三雄等,又表达了作者的赞美之情,肯定了农民起义的合理性。其次,细致而生动地描写了农民起义如何由零碎的复仇星火发展到燎原之势的过程；同时也写出了起义的悲剧结局，揭示了起义失败的内在原因。小说再现了水浒英雄由个人反抗到联合斗争的发展过程。智取生辰纲是联合斗争的萌芽，江州劫法场后的白龙庙小聚义是联合斗争的形成。随即，梁山泊树起了"替天行道"的大旗，出现了起义英雄武装割据政权的新局面，主动出击，连续获得了三打祝家庄、踏平曾头市、两赢童贯、三败高俅等一连串辉煌胜利，震撼了封建统治的根基。然而，就在这种节节胜利的形势下，由于宋江"忠义报国"思想在山寨起了支配作用，终将起义引向了受招安的道路，导致了起义的失败。对宋江的"忠义"思想和起义的受招安结局，小说是持肯定态度的，这是它的局限，应进行分析说明。

《水浒传》虽有不足，但它的成就是巨大的。它为英雄传奇小说的发展开辟了道路，对戏曲和民间文艺的创作也有着直接的影响。在文学语言方面，民间"说话"所运用的通俗、生动的白话，经过它采撷、加工，才真正开始取代文言，进入文学阵地。

三、《西游记》

《西游记》的成书过程，同样是许多故事先在民间长期流传，然后撰写成书。唐僧确有其人，取经确有其事。贞观二年（628），青年和尚玄奘，不怕艰险，经西域赴天竺（印度），一路上受尽千辛万苦，克服各种各样困难，用17年的时间，在印度讲了学，取回经文600多部。回国后他的弟子辨机根据他的口述，写下了《大唐西域记》。该书记载了西域各国的风土人情、佛观寺院等奇闻逸事。对古印度记述得比较详细。此书很重要，英、法等国均有译本。后来他的弟子慧立又写一部《大唐慈恩寺三藏法师传》，也是记载玄奘取经事迹的。这两部书经其弟子有意渲染，又多是佛教上的事，因而在流传的史实上增添了许多神异内容。宋代时说话人，说经的底本有《大唐三藏取经诗话》，文里夹杂着诗，全书分十七节，每节有标题，略如章回小说的回目。今传本已无第一节，只存十六节了。叙述玄奘遇猴行者，经历香林寺、狮子林、树人国、九龙池、鬼子母国、女人国、王母池、沉香国、波罗国等达到天竺，求得经卷。这个猴行者是个白衣秀才，自称"花果山紫云洞八万四千铜头铁额狝猴王",曾因偷吃蟠桃被西王母捉住,发配在花果山紫云洞,神通广大,能伏妖降魔,知识渊博,在他身上已有了孙悟空的影子。还出现了深沙神,是沙僧的前身。《取经诗话》情节简单,文辞粗糙,但主角已由唐僧变成了行者,初具《西游记》的雏形。唐僧故事在金院本中有唐三藏剧目。元代有吴昌龄《唐三藏西天取经》杂剧。元末明初杨讷的《西游记杂剧》,明代《永乐大典》里,保存一段"梦斩泾河龙"的故事。全文约1200字,内容与《西游记》第十回:"老龙王拙计犯天条,魏丞相遗书托冥吏"的前半部基本相同。可知在吴承恩之前已有古本《西游记》了。在古代朝鲜的汉语教科书《朴通事谚解》中还发现了"车迟国斗圣"的片段故事,内容相当于今本《西游记》第四十六回;另还叙述了《西游记》的故事梗概。上述种种是在吴承恩写成《西游记》之前的传说和其他成书情况。这些材料给吴承恩提供了丰富的素材,他依靠这些材料写成了《西游记》。

《西游记》是按照人类社会的模式写的,反映了人的社会生活、人的感情以及人类社会的阶级斗争。在神奇浪漫主义的描写里,熔铸着现实生活的内容,对人民群众受压迫表示同情,对邪恶势力进行反抗,所以说通过绚丽多彩奇巧幻变事件的描写来反映现实生活,是一部伟大的长篇神话小说。

四、《红楼梦》

长篇杰作《红楼梦》是我国古代小说中一部艺术性最高的现实主义作品。这部伟大作品产生于18世纪中叶,亦即封建社会末期。中国江南市镇已有不少手工业工厂,已经有了一些资本主义的萌芽。在《红楼梦》中所表现的对个性解放和个性自由的积极要求,正是这种新的经济关系所决定的意识形态的反映。

《红楼梦》的主题存在多种说法,意见极不一致。归总起来有两种主要说法:一种是把《红楼梦》看成是政治历史小说,即把第四回"葫芦僧乱判葫芦案"作为全书的总纲,把"护官符"作为书胆,认为贾史王薛四大家族的财富与权势是封建王朝的支柱,他们的兴衰成败关系着整个封建王朝的安危。是"将真事隐去"用"假语村言,敷衍出来"的王朝兴衰,是用特殊表现手法,用谈情来掩盖书中描写的政治斗争，因而是一部政治历史小说。另一种是把《红楼梦》看成是爱情小说，认为书中着重描写了贾宝玉和林黛玉的爱情悲剧。他们生活在有钱有势的封建大家族贾府中，他们的爱情生活甚至他们的生命，都要受这个家庭中的礼教和家长制来安排和主宰。而这个家庭又是极度的腐朽、专横、跋扈和日趋没落。他们交结官府欺压百姓，倾害人命。贾赦为抢把扇子要了石呆子的命，王熙凤为得三千两贿银，害死张金哥，这些事在封建社会是屡见不鲜的。一张交租单凝聚着农民的斑斑血泪。这个标榜簪缨之族、钟鸣鼎食之家，实际上是一些寡廉鲜耻的淫夫、恶棍和杀人的刽子手。整个家族人与人之间的关系是尔虞我诈，互相倾轧，这正是封建大家族没落的缩影。而宝玉与黛玉的爱情就是在这样的环境中进行的，他们的恋爱不自由，婚姻的悲剧就是这个大家庭的产物。而他们的叛逆性格，要求个性解放，争取婚姻自由的精神也是在这样的环境中形成的。他们与这个家庭的一切要求背道而驰，虚假的礼教束缚不住他们，科举仕途经济牢笼不了他们的志趣，明显地表现出他们的叛逆性格，是没落中的希望，是黑暗中的明珠。这才是这篇爱情小说的光辉主题，因为它歌颂了叛逆精神，它的重大社会意义和历史意义也在此。

第十章 中国古代文学的实际应用

第一节 戏剧影视文学专业"古代文学"的应用

本节结合高校戏剧影视文学专业的培养要求,对该专业的古代文学应用型教学改革进行探索。提出应围绕古代文学与戏剧影视文学之间的契合点、共通点展开,以发挥古代文学作为有生命力的文化资源的功效。并指出具体应从三个方面着手:第一,文学语言表达上,重视古典词汇的积累和运用;第二,作品创作的题材上,注意古典题材的延伸和再创作;第三,文学创作的方法上,把握画面构图、意境营造及时空处理等技巧上的共通性和可借鉴性。通过有针对性的课堂教学,以增强学生影视剧写作和文化创新的能力,同时也为应用型专业的古代文学教学改革提供一些思路。

中国古代文学长期以来都是本科院校中文专业的主干课程,其重要性自然毋庸置疑。然而,随着"建设应用型高校,培养应用型人才"理念的提出,地方高校中一些市场前景较好的专业不断增设,戏剧影视文学专业就是其中之一。该专业以培养影视剧编导为主导方向,要求学生具有一定的剧本写作和文化创新能力。为适应这类应用性较强专业的需求,作为基础课的古代文学教学也必须有相应的革新。这需要教师转变固有的观念,改变过去那种简单的知识传授、知识堆砌的填鸭式灌输,或者那种曲高和寡、令人望而生畏的学术研讨,而要把古代文学看作有生命力的文化资源灵活地运用。那么在教学中该如何发挥这种文化资源的优势?这就需要深入挖掘古代文学与戏剧影视文学之间的契合点、共通点,在教学中作为重点加以强调和突出。比如,词汇的积累和运用,文学素材的挖掘和创新，某些创作技巧的相似等，都可以给戏剧影视文学专业的学习提供资料和借鉴。下面就从这三个方面来详细论述。

一、语言：时代性

进入有声时代以来，声音（语言、音响和音乐）就成了电影不可缺少的组成部分。声音中的语言即台词（包括对白、独白和旁白），具有一定的时代性，因此在历史剧中需要有所区分。除了做到人物语言充分个性化外，还要尽可能地符合古人的用语习惯，以凸显历史剧的文化韵味。要达到这一点，即使是专业编剧人员也是有相当大的难度。

历史剧对语言要求比较高。语言运用合宜，会有古色古香的效果；而运用不当，则会弄巧成拙，显得不伦不类。戏剧影视文学专业既然以编剧为主导方向，那么就必须在语言方面进行积累和锤炼。这就需要学习经典作品，来提高学生的语言运用能力。能够进入教材的除了诗词曲赋等韵文以外，还有大量的史传散文、说理散文、山水游记、志怪传奇、白话小说。这些作品不仅时代有别，且风格各异，值得带领学生仔细研读、体会。通过熟读文言和白话作品大量积累词汇，熟悉古汉语的习惯用法，唯有如此，才能在语言运用方面驾轻就熟、游刃有余，才不至于捉襟见肘、乱用误用。

二、素材：延伸性

古代文学从时间断限方面来说，上自先秦下止近代；从叙事文学的体裁方面来看，既有上古神话和传说，也有叙事诗、杂剧、南戏、明清传奇、文言和白话小说等。这里面积累的各种类型和母题，在今天依然具有延伸性。

因此，在教学中，教师不应只满足于按时间顺序梳理各种文体发展史，介绍文学观念的嬗变、文学流派的兴替、文学理论的演进等；也不应过多涉及学术性较强的考证、索隐等问题，而应结合当前影视圈的热点，引导学生去搜集有潜在市场价值的素材，选取可行的角度进行文学创新。比如，《水浒传》的教学，对于小说的成书、版本等略做介绍即可；对于小说的主题、人物、影响等与剧本写作有关的部分，应结合作品进行分析、讲解。此外，更多地还要强调对原著深入阅读，从中撷取有价值、有意味的素材资料进行再创作，从而以传统题材表达当代意义。

三、创作：共通性

　　戏剧影视文学与古代文学存在着一定的差别。传统文学主要通过文字、语言传达给读者以间接印象，而影视文学则主要凭借画面、声音所建立的直观视听感受与观众交流。但两者又同属文学大类，因而在创作上仍有明显的共通之处。苏联蒙太奇学派的代表人物之一爱森斯坦曾说："就其对事件的纯情节性的蒙太奇而言，与电影本质最为接近的仍是东方艺术。"之所以这样说，是因为东方艺术能够将时空和谐统一。就拿中国古典诗词来说，它不仅是时间的艺术，同时还是时间率领空间的艺术，它特别重视画面的构图、意境以及时空关系的处理等；作为视听艺术，影视剧也主要借助画面和画面的组接来叙事抒情以及实现时空的转移。因而，古代诗词在建构画面美感、营造画面意境和自由转移时空方面甚为成熟的技巧，同样值得专业的影视剧编剧借鉴和模仿。

（一）诗词：诗画结合

　　影视作品尤其是电影，非常注重画面的构图，往往借助画框中的线条形状、位置、色彩、光线等来营造丰富的层次和视觉的美感。中国古典诗词也同样关注画面的美感，苏轼在《书摩诘蓝田烟雨诗》中评价王维山水诗曰："味摩诘之诗，诗中有画。"诗与画虽不同，但古人却能以画法入诗，实现诗与画的结合。于是诗成了有声画，画则为无声诗。以杜甫《绝句》为例："两个黄鹂鸣翠柳，一行白鹭上青天。窗含西岭千秋雪，门泊东吴万里船。"前两句诗，将能够体现早春特色的景物纳入了画面，不仅有色彩黄、绿、白、青，显得明丽清新；有数字的变化，两个、一行，横纵相对；还有位置的不同，青天、翠柳高低错落，远近合宜。后两句诗中，不仅点出早春的季节特征——未融之雪，还以下东吴之船含蓄表达了思归之情；更重要的是，在构图上以门和窗为画框，以窗外之雪山、门外水上之舟构成借景、隔景来形成画面的景深效果，以增加画面的造型之美。在讲解此类诗词作品时，能更多地与影视的画面构图规则联系起来进行分析，可能会给学生带来更深的体会和更多的启发。

（二）诗词：意境之美

意境是中国古典诗词美学的重要概念，在创作中主要通过景、情的合一来实现。诗词中富有意境的佳句不胜枚举，这里举两个简单例子稍做说明。如范仲淹的边塞词《渔家傲》："塞下秋来风景异，衡阳雁去无留意。四面边声连角起，千嶂里，长烟落日孤城闭。浊酒一杯家万里，燕然未勒归无计。羌管悠悠霜满地。人不寐，将军白发征夫泪。"词的上阕，以边塞秋季特殊的风物、特别的黄昏时刻营造了孤苦凄清的氛围，与下阕抒发戍边将士悲壮心酸的心绪极其吻合。元曲大家马致远的《天净沙·秋思》被视为言愁之佳作。主要是以意境取胜。"枯藤老树昏鸦，小桥流水人家，古道西风瘦马。夕阳西下，断肠人在天涯。"曲中的这几组意象不但极具画面感，而且共同构成了衰飒之秋景，很好地烘托出了天涯游子的羁旅之恨、乡思之愁，引起了历代读者的共鸣。富有意境的画面在电影中，能够承载更多的意义。如苏联诗电影流派的代表作之一《雁南飞》，影片结尾部分有一只大雁又一次南飞的空镜头，饱含着感人至深的情思。它引导着观众思考法西斯战争的罪恶，呼唤人们珍惜美好的情感，学会坚强面对生活。我国第五代电影导演的作品也重视画面意境的营造。因此，教师在教学中可以较多地关注古典诗词的经典意境，引导学生借鉴这些技巧来处理影视剧画面。这样，不仅可以提升画面的感染力，也可以使作品具有某种独特的风格。

（三）诗词：时空转移

中国古典诗词善于处理时空关系，往往借助独特情景营造的特殊情境来打通不同的时空，以深切表达主体对客体的感受。例如，禅护的《题都城南庄》："去年今日此门中，桃花人面相映红。人面不知何处去，桃花依旧笑春风。"诗中通过桃花、庄院门户等相同的景物，将去年今日和今年今日构成对比，不但拓展了时空，还委婉地传达出作者寻访不遇的惆怅惋惜之情。再来看南朝诗人萧绎的《咏梅》："梅含今春树，还临先日池。人怀前岁忆，花发故年枝。"诗歌以梅、池两个物象将过去和现在两个时空连接起来，将梅的再次盛开与人的感慨流年做了比较，在变与不变中抒发了时光流逝、物是人非的感叹之情。再有柳永的《雨霖铃》："寒蝉凄切，对长亭晚，骤雨初歇。都门帐饮无绪，留恋处，兰州催发。执手相看泪眼，竟无语凝噎。念去去千里烟波，暮霭沉沉楚天阔。多情自古伤离别，更那堪冷落清秋节。今宵酒醒何处，杨柳岸晓风残月。此去经年，应是良辰好景虚设。便纵有千种风情，更与何人说。"此词中存在着三个时空：现在的离别之际、离别之后的今夜酒醒之时、离别几年之后，由现在的伤感不已悬想离别以后无人倾诉的孤独寂寞，借三个时空浓浓铺展开来，荡漾开去，造成余韵悠长的效果。古典诗词处理时空的技巧，对影视剧本的写作、分镜头的设置、电影的剪辑都有所启发。特别是在不同时空的转换上，如何做到"无缝"连接？就可以采用诗词中特殊情境等作为剪辑点进行巧妙的转场，以保持画面的流畅和叙事、抒情的连贯。

综上，根据影视剧本创作的实际需要，古代文学教学应以语言的积累与运用、素材的延伸与创新和创作技巧的共通与借鉴三个方面作为教学重点，这既可以加强戏剧影视文学专业学生应用能力的培养，也可以较好地实现古代文学应用型教学改革的目标。这既是传承传统文化的需要，也是提高培养戏剧影视文学专业素养的需要。经典文学只有不断地被接受、被阐释，才能保持旺盛的生命力，才能不断自我更新、与时俱进；而具有深厚的古典文学修养的编剧，才能创作出既符合当代精神又具有东方美学神韵的好作品。

第二节　文献学在古代文学教学中的应用

社会科学的各个学科都是紧密联系的，古代文学也是如此。文献学作为中国的一门古老学科，和古代文学有着千丝万缕的联系，是一种传统的治学方法，在古代文学研究中占有重要地位。因此，在日常的古代文学教学中应该有意识地给学生渗透文献学的相关知识，这样不仅可以加深学生对古代文学作品本身的认识，也可以提高学生的研究能力。

我们知道，社会科学的各个学科都不是孤立的，都与周边的学科有着不可分割的联系。在研究和教学中，如果仅仅单一地就某一学科本身进行解读，必然会陷入单向、一元、狭隘的境地。中国古代文学更是这样一门学科，它源远流长、包罗万象，所以在研究过程中呈现出多学科渗透的态势。与此相关，在古代文学教学中，在解读本学科知识的同时将周边学科知识进行有效渗透，不仅能加深学生对古代文学作品本身的认识，了解古人无所不包的思维方式，更能培养学生的多向思维能力，培养他们研究古代文学的能力；同时也有利于学生系统化的知识体系的建构，有利于学生对社会科学的多学科知识的综合运用。一般来说，中国古代文学中渗透着文献学、哲学、文化学、历史学、美学等各个学科的知识，本节拟就文献学在中国古代文学教学中的应用进行论述。

一、文献学在中国古代文学研究中的重要性

文献学是研究古今中外文献材料的理论和应用的基础课程。古今中外文献卷帙浩繁、无法穷读，现代社会信息技术发展迅猛，信息量空前增长，如何利用较短的时间、有限的精力阅读自己最需要的书，选择最需要的信息，网罗最必要的文献资料，文献学无疑是事半功倍的一把钥匙。

文献学学科的特点和功用决定了它在中国古代文学研究中的重要地位，我国很多学者，如王国维、姜亮夫、程千帆、曹道衡、刘跃进等都十分注重文献学这门根底之学。王国维先生在《人间词话》中说"昨夜西风凋碧树，独上高楼，望尽天涯路"。这是治学的第一种境界，这第一种境界，是知道天外有天、山外有山，要知道每一门学问都和相关的学科有着千丝万缕的联系，不是研究文学就单独搞文学就可以了。要真正进入这种境界的前提就是经过传统文献学的训练，这是从事传统文化研究的基本技能的训练。王国维先生让他的学生通读《四库全书总目提要》，让他们从目录学入手，打通义史界限，走出狭隘观念中的文学。

程千帆先生也始终强调，中国古代文学的研究必须非常重视文献学的基础，他常讲，要把批评建立在考据的基础上，当进行古代文学研究的时候，首先要把研究的对象，也就是材料本身先搞清楚，这个材料是完整的，还是残缺不全的？是真实可靠的，还是虚假的？他首先是强调这一点，接下来才是最基本的文学史

实、作家的生平等。这些属于考据学、文献学的工作搞清楚以后，我们才能进入文艺学的研究，才能对这个作品进行判断、解读、评判，然后提升到理论，得出一些结论来。

曹道衡先生认为，文学史的研究正像其他历史部门一样，要做好这种研究必须兼具古人所说"才—学—识"三个方面，过去的研究者，往往说到对"义理""辞章"和"考据"三者应该并重而不能偏废。这里所谓的"义理"，用现代的话说就是做理论方面的探讨；"辞章"是指艺术成就的分析；而"考据"，则指历史事实、文字、声韵以及版本、校勘等一系列文献学方面的研究。这三种方法各不相同，却又相互为用，相辅相成，缺一不可。文献学的研究其实是文学史研究中不可忽视的一种重要环节，而目前有些研究者，似乎对版本、考据等方面的研究有某种程度上的忽视。

刘跃进先生将古代文学研究明确分为文学文献学和文学阐释学两大阵地，并说自己的研究方法是文献学方法，对文学史的把握更多地依靠文献的清理；同时，对文献的整理与研究又充满了"史"的意识。他认为文献学不是一门独立的学问，而是中国传统的治学方法、治学途径而已。这样看更能突出文献学在古代文学研究中不可或缺的重要作用，更能明确文献学和古代文学两者之间的关系。刘跃进先生还总结了最近几年学术界的变化：第一，由过去的那种单纯追求艺术感受逐渐演变成对中国文化历史感的总体把握，就是强调综合性；第二，由过去单纯地追求理论，慢慢地开始向传统文献回归。从中我们可以看出，当文学研究没有新的理论来拯救的时候，向文献回归也是我们沉淀学术的一种方式。

二、文献学在古代文学教学中的应用

张崇琛先生在《研究型大学的中国古代文学教学改革与实践》的成果总结中提到，古代文学的教学指导思想，首先是对中华民族优秀文化的弘扬。其次是培养学生的"三种能力"，一是驾驭文献的能力，所谓驾驭文献，就是要知道有哪一些书可读，怎样去读，遇到什么问题去翻哪一类书；二是理论思辨的能力；三是实际写作能力。这里面把驾驭文献的能力放在了首位，可以看出当今学者充分认识到文献学在古代文学研究中的基础地位，并把它糅合到了教学中。

高校中国古代文学教学的目的除了让学生了解基本的文学发展演变过程和作家作品之外，更主要的目的是培养学生感受和研究古代文学的能力。因此，在古代文学教学中，我们也应该有意识地把文献学渗透进去，让学生了解两者密切的关系，这不仅有助于加深学生对文学史本身的了解，也教给学生一种传统的治学方法，让他们把前人优秀的传统继承下去。

下面笔者将自己在元明清古代文学教学中总结出来的应用论述一二：

（一）文献学在课堂教学中的应用

中国古代文学史的教学任务是研究中国古代文学的创作与发展的历史，研究中国古代文学在各个历史时期的主要内容及其繁荣发展的情况和艺术规律，在教学中，首先涉及的就是对古代文学史的基本认知，在给学生介绍作者、作品的详细情况时，往往要从文献入手，这就涉及文献学分支学科中的目录学和版本学等知识。如介绍《三国演义》的成书过程时，要引用明代高儒《百川书志》中的这段话："据正史，采小说，证文辞，通好尚，非俗非虚，易观易入。"介绍《水浒传》作者的时候也要引用这本书中的一句话："《忠义水浒传》一百卷。钱塘施耐庵的本，罗贯中编次。"这里就有必要为学生介绍一下《百川书志》这部私家目录书。目录学则被称为"学中第一紧要事，必从此问途，方能得其门而入"。中国的通俗小说一直地位比较低下，所以也一直没有一个完整正式的通俗小说目录书。《百川书志》多年以来一直被学者奉为拱璧，高儒把罗贯中的《三国志通俗演义》和施耐庵的《忠义水浒传》列入了史部的野史类，王实甫、关汉卿等的戏曲列入了史部的外史类，瞿佑的《剪灯新话》列入了史部的小史类。这些在封建时代士大夫所为不登大雅之堂的作品，不收入子部小说类而收入了史部，这是他的独特的看法，对研究元明清文学有很大的指导性。在介绍这部目录书的体例时，要涉及这是本有解题的目录书，那什么是解题，还要给学生简单介绍目录的结构，让他们明确有书名、类序、解题的目录书是结构完整的，对治学指导性也最强，其中解题又称序录，是专门介绍图书的内容主旨、价值得失、作者生平事迹、学术源流及该书的版本、校勘和流传情况的，为学生选择使用书籍和进一步做研究打下了坚实的基础。

由此可以引发出,让学生关注目录书,学会使用目录书,治学可以起到事半功倍的效果,推荐他们去阅读《四库全书总目提要》,让他们明确提要就是目录书的别称,读了这部目录书可以了解从先秦到清代中国3000多部书的内容、优劣和得失,在短时间内就能找到自己需要的资料。

另外,在讲到一些大部头的长篇小说时,首先要介绍的就是小说的版本,如《三国演义》的罗本、李评本和毛本,《水浒传》的嘉靖年间的坊刻残页本,《西游记》最早的版本金陵世德堂刊本等,这里就要涉及版本学的知识,要讲解什么是坊刻本,世德堂是什么地方,要介绍刻本和写本的区别,要介绍明代出版业的发展,让学生了解坊刻本就是书店刻印的有商业性质的书籍,书坊就是书店的别称等,都要用到文献学的知识,如果不加渗透,学生就不会理解,也不会了解各种版本之间的区别,在做研究的时候就会遇到障碍。

(二)文献学在论文指导中的应用

毕业论文在本科教育中是非常重要的,它是对本科学生4年来掌握和运用所学基础理论、基本知识、基本技能及从事科学研究能力的综合考核,是实现本科培养目标的重要教学环节,在训练本科生进行科学研究、提高综合能力与素质等方面,都具有不可替代的作用。因此在日常的教学中,有必要渗透一些选题、写作学术论文的方法和技巧。那么,作为中国传统治学方法的文献学此时就应该派上用场。

中国社会科学院的刘跃进先生总结,中国文学的研究,总要涉猎三个方面的内容:一是艺术感受或文学感受。二是文学的理论。没有理论的研究,总是达不到应有的层次。三是基本节献。最近几年,我们学术界正发生着变化,由过去的那种单纯追求理论,慢慢地开始向传统文献回归。这样看来,在古代文学的教学中,渗透给学生文献学的知识,教给他们这种古老而传统的治学方法,让他们运用到毕业论文的写作中,是迎合了当今学术界的总趋势。

举例说明,在讲《三国演义》的版本时,如果想让学生深入了解三个版本的区别,就需要运用校勘学中的对校法。首先找出两个版本的不同,做完这项最基本的工作，才能展开研究，明确两个版本各自的优劣。陈垣先生在《校勘学释例》卷6之"校法四例"中总结出四种方法：对校法、本校法、他校法和理校法四种。虽然是校勘《元典章》一书所用的方法，但基本上是对历代校勘方法的归纳和总结，因此一经提出，很快为学术界所接受和认可。陈垣先生说："对校法，即以同书之祖本或别本对读，遇不同之处，则注于其旁。"教给学生这种方法之后，学生可以运用它比照罗本、李本和毛本的不同，从中分析一些人物形象的演变，如逐渐淡化曹操的雄才伟略、丑化司马伦等，以及拥刘反曹倾向的强化，并分析这种变化后面的诸多原因。这样就为学生的论文选题提供了很多选择。

在这个研究过程中，不仅可以利用传统文献资源，还可以利用比较先进的电子文献资源。21世纪，随着信息化步伐的不断加快，古籍数字化对中国古代文献研究的影响渐趋显著。近几年，古代小说版本数字化工作已进入《三国演义》《水浒传》《红楼梦》等古典名著的研究领域，为高等学校的古代文学教学提供了便利。在教学中，可以借助小说数字化软件对各种版本进行检索和比对，提高教学的效率，在学生写作毕业论文的时候也提供了一种既广博又便利的资源。

综上所述，在古代文学教学中应用文献学的各分支学科知识，既让学生掌握了一种回归传统的治学方法，也让他们注意到了文献学在古代文学研究中的基础性和重要性，避免了没掌握好充足的文献就盲目研究，得到片面结论的做法。要实现文献学和古代文学两个学科的融合，就应该从本科生的教学开始。

第三节　中国古代文学在当今文化中的应用

传承并弘扬古代文化文明，明确古代文化形成机理。通过诵读古代文学经典，感受先贤的思想与心境，重温他们的志向与情感，让学生的精神得以提升，让古代文学发挥应有的时代价值。我国古代文学作品蕴含着丰富的人生哲理及人文内涵，能够通过文化传承的方式，培养学生深厚的人文素养、道德品质及价值理念。因此，为推动我国人才培养质量，挖掘古代文学价值，本节将结合古代文学的内涵，探析古代文学的时代价值，提出古代文学的应用策略。

古代文学主要指我国秦汉、魏晋、唐宋、元明清时期的文学作品。其中秦汉时期的文学作品主要包括孔子、孟子等儒家学派经典著作；而唐宋时期的文学经典主要有诗词歌赋等诗歌作品；在元明清时期则以杂剧、小说为代表，可以说我国古代文化的发展过程，是中国古代文学的形成与演变过程，同时也是在文化与思想形成的过程中，形成内容丰富、形式多样的古代文学体系的文化形态。因此在文化形态上，古代文学作品与现代文化拥有着紧密的内在联系，能够通过文化的传承与发展，完善当前的现代文化体系，使社会大众及学生的思想理念及人文素养得到显著的提升。

根据历史发展的脉络，可将中国古代文学划分为元明清文学、唐宋文学、魏晋文学及秦汉文学等多个文学体系。然而从文化研究的角度可以发现，中国古代不同时期的文学作品对当时的思想理念及文化环境进行一定程度的剖析及重塑，从而使历史学家、人文学家、社会学家能够通过对中国古代文学作品的研究，有效地探析我国古代各时期的精神风貌及文化环境。法国文化人类学家斯科特·贝尔曾在相关著作中指出，物质世界是文化形成的客观因素，同时也是推动文化不断发展、不断进化的原动力。人类文明在形成与发展的过程中，不断受物质世界及经济活动的影响，从而形成内涵深邃的文化体系。而文学作品正是对这种文化体系的解构与重塑，使文化成为先贤思想的有效载体。在秦汉文学作品中，孔子根据鲁国的文化环境，提出了以"仁"为核心的思想理念（《孔子》）。而在魏晋南北朝时期，中原大地正遭受战火洗礼，人民苦不堪言，因此在文学创作上以诗词歌赋为代表，以此抒发先贤归隐田园，远离纷争的理想抱负；在思想层面，则受"儒家文化"与"历史环境"的影响，呈现出对"君子"思想的追求。刘义庆的《世说新语》、范晔《后汉书》便是通过记录君子言行举止的方式，呈现出创作者的抱负。而元明清文学在受时代文化影响的同时，也对不同体系的文化进行了全面的阐述。其中吴承恩的《西游记》、刘鹗的《老残游记》都对我国儒家文化、道家文化进行了有效的阐述与呈现。因此可以说，历史文化是影响古代文学形成与发展的重要因素，是推动人类文明快速发展的重要媒介。

一、古代文学的时代价值

（一）古代文学是道德素质的载体

从理论层面来分析，民族精神是古代文学作品的主体内容，通过诵读大量古代文学经典，能够发现古代圣贤鲜明的道德素养及人文关照。譬如"舍生取义"的精神、"物之始终"的诚信精神及《过零丁洋》中的爱国精神等。在悠久的历史文化传承下，古代文学经典中的民族精神、道德素质历久弥新，值得国民思考与追问。在现代科技文化中，底线的缺失、道德的沦丧，严重影响了中华民族的发展进程，制约着现代文明的传承与延续，而将古代文学应用到现代文化中，能够有效提升国民的道德素养，形成良好的文化氛围，进而推进我国社会主义核心价值观的有效落实。

（二）能够提升国民的人文素养

我国古代文学作品拥有较强的审美功能，能够从韵律优美的诗词歌赋、情节曲折的章回小说中，呈现出丰富多彩的人文美。国民及学生不仅可以感受《楚辞》的语言美、《三国演义》的人性美，更能体会到蕴含在古典文学作品中的地域美与内涵美。古典文学以其独有的审美特征，吸引广大读者深入文学作品的思想层面，进而在与作者实现情感共鸣或思想共鸣的过程中，提升自身的人文素养及价值理念。在现代网络文化体系中，社会大众及青年学生难以从纷繁复杂的娱乐信息中，获得提升人生感悟的文化信息，致使其在社会交流及文字表达的过程中，难以全面而有效地表达自身的思想情感，同时也难以正确地应对现实生活所带来的压力与困难。而古典文学作品能够在帮助社会大众及青年学生全面理解先贤思想的同时，形成正确的价值观体系、提升文化涵养，从而为我国社会主义精神文明的建设奠定坚实的基础。

二、现代文化应用古代文学的策略

（一）辩证地看待文学作品的思想理念

为有效地将古代文学作品应用到现代文化环境中，提升社会大众及青年学生的人文素养、道德品质及价值观念,需要辩证地看待古代文学中所蕴含的思想理念,取其精华、去其糟粕,甄别出有利于我国社会主义现代化建设及精神文明构建的文化体系。首先将古代文学作品置于特定的历史环境中,深入分析历史文化的表现形式及思想内容。譬如,《三侠五义》中的夫为妻纲的思想理念便与现代文化中的男女平等的思想相背离。因此,在传承古代文学作品中的"传统文化"时,需要做到辩证地对待,即将文学作品中所反映的文化传统与现代社会理念相结合,从而确定哪种思想文化值得学习,哪种文化思想必须舍弃。

(二)构建基于精神文明建设的文学资源

深入挖掘古典文学中有利于推动我国社会主义现代化建设、提升国民及青年学生道德品质和人文素养的文学资源。通过出版发行、网络宣传等手段,逐渐实现传承并弘扬蕴含在古代文学作品中的优秀思想理念的目的。首先,利用实体出版的手段,提升古代文学的传播质量,可以通过市场营销的手段,激发社会大众对古代文学作品的兴趣,从而在提升图书销量的过程中,提高古代文学作品在图书市场中的地位。其次,利用教育体系,鼓励学生阅读古代文学作品,以此推进素质教育的有效落实。最后,根据已构建的古典文学资源库,规划网络教育平台及资源推荐体系,使社会大众或青年学生在网络活动中,能够有效地接触到古典文学作品,从而深入地感受到古典文学作品所独有的审美特征及思想理念。

(三)将古典文学作为精神文明建设的媒介

古典文学作品拥有诸多思想深厚、意境幽远的人文哲理,能够帮助社会大众形成正确的价值观体系,提升人文素养与道德品质。而我国社会主义精神文明建设的主题是和谐、诚信、爱国、友爱,与古典文学中所蕴含的思想理念具有不谋而合之处。因此在构建精神文明的过程中,应将古典文学作为精神文明的重要组成部分,从而使社会大众及青年学生提升对古典文学的重视程度,促使相关学者及专家将古典文学作为重塑现代文化的关键媒介,提升我国现代文化的构建质量,推动社会主义现代化的建设进程。此外,在价值观教育层面,也可将古典文学作品作为价值观教育的重要途径,挖掘古典文学作品中的思想教育功能,从而完善高校原有的价值观教育体系。

古典文学作品蕴含着悠久的历史文化，是在特定文化背景下形成的思想结晶，因此，将古代文学应用到现代文化体系的构建中，具有极高的可行性。为有效发挥古代文学中的教育功能、文化塑造功能，相关学者及专家必须以社会主义主流价值观及和谐社会思想为引导，挖掘古代文学作品中的优质文化与思想，以此推动我国社会主义现代化的健康发展。

第四节 古代文学作品教学中多媒体技术的应用

多媒体技术的课堂应用改变了传统课堂教学模式与教学思维，开发了课程资源，丰富了教学内容与教学手段。由于多媒体在中小学课堂教学应用中没有统一的标准，学科特点不同，课程理论及教师个人知识经验的差异，所以多媒体课堂教学质量参差不齐，再加上古代文学作品具有丰富的美学意蕴及相应的时代气息，迫切需要学生的形象逻辑思维，而多媒体技术具有直接直白的特点，因此，两者完美衔接的过程中就产生了许多问题。本节将就这些问题进行探讨。

一、多媒体技术在课堂上的应用

多媒体教学是指在教学过程中，根据教学目标和教学对象的特点，通过教学设计合理选择和应用现代教学媒体，并与传统教学模式有机结合，共同参与教学全过程。自 20 世纪 80 年代多媒体技术被引入课堂教学以来，中小学课堂教学得到了极大的发展。传统的课堂教学以教师讲授为主，稍有不慎就会走向"满堂灌""填鸭式"教学，它极大地抑制了学生学习的主动性和积极性，不利于学生创造才能及综合素质的发展。

首先，多媒体技术创设了一个丰富多彩、趣味横生的学习环境，有利于提高学生的学习兴趣及课堂参与度。研究表明，人类获取信息 80% 来自视觉，11% 来自听觉。多媒体根据教学需要呈现相应的教学资源，在一定程度上将人的视觉听觉相结合，有利于帮助学生识记信息。运用多媒体教学可以集声像图片为一体，将枯燥无味的教学内容转变为动态字幕或者视频，能大幅度提高学生的学习兴趣，为课堂教学带来新的生机。

其次，多媒体为课堂带来了新的教学方法，扩展了课程资源。在以往的教学模式中，学生的学习大都由教师事先安排好，结合板书一步步传授给学生，整个教学过程呈现出静态化、单层面的特点。多媒体课件具有动静结合、声像并茂、多层次等特点。苏霍姆林斯基曾说过："学生来到这里不仅是为了取得知识的一份行囊，更重要的是为了变得更聪明。"换句话说就是："授人以鱼，不如授人以渔。"传统的教学模式难以达到三维目标，多媒体教学方式可以化抽象为具体，更容易培养学生的情感态度价值观。

最后，目前一些教育专家根据多媒体普及的特点也提出了新颖的课堂教学模式，如"翻转课堂""微课"等。由此可见多媒体技术不仅促进了课堂教学的发展，而且在一定程度上为教育教学方式的转变提供了凭借。任何技术的发展都是一把双刃剑，多媒体技术在为课堂教学的发展带来了很多可能性的同时，也衍生出很多问题，在接下来的论述中笔者会对这些问题具体阐述，并提出相应对策。

二、多媒体技术与古代文学作品课堂教学的契合点

古代文学作品拥有浓厚的时代气息，以文言为主。中小学生因缺乏相应的实践经历，或者背景知识，所以在学习过程中难以感同身受，化抽象为具体，运用多媒体技术就可以避免出现学生"空想""乱想"的状态，以视频或相应考证资料为参考，可以促进学生对于文本的理解能力。古代文学课堂是"艺术生产"的课堂。多媒体技术的应用可以提升学生的艺术体验。

第一，运用多媒体技术促进学生对文学作品形象的理解。古代文学作品中的人物形象大多具有浓郁的时代气息、鲜明的性格特点，在现实生活中很难找到原型。所以学生理解起来就很困难，更不必谈对人物性格特点的深层剖析。运用多媒体技术可以化抽象为具体，通过播放影视片段使人物形象更加明确鲜活，有利于辅助学生进行联想想象。比如《范进中举》，因为学生没有经历过科举的时代，而如今却是三百六十行，行行出状元，倡导全面发展的一个时代。学生理解范进这一形象上会出现偏差，这时运用多媒体技术能达到意想不到的效果。

第二，运用多媒体技术演绎古代文学作品的艺术思维。运用多媒体技术可以综合调动舞台、音乐、灯光等，运用舞台技术、影视表现技术结合读者的心理活动规律，为读者带来一场视听盛宴。李渔《闲情偶寄·词曲部》所说的"作者神魂飞越，如在梦中，不至终篇，不能返魂追魄，谈真则易，说梦为难，非不欲传，不能传也"。在传统的教学中很难表达这些，运用多媒体技术相对简单许多，只需要将意象进行叠加转换，就可实现。这种"羚羊挂角，无处可寻"等类似理论在古代文学作品教学中永远是一笔糊涂账，然而运用多媒体技术可以促进学生客观感性形象的思考，从而提升学生的艺术审美能力，达到美学体验的最优化。

三、多媒体技术在古代文学作品教学中运用的优势

提高学生对古代文学的鉴赏能力。多媒体技术在古代文学作品教育中起着辅助作用，教学课件中添加的音乐和图片使文字表达具有了动态的美感，文字、插图、配乐及色彩调配和谐统一的课件使文学作品更具感染力和生命力，表达效果更强烈。完整且具有综合性的艺术感受有助于提高学生对古代文学作品的鉴赏能力，立体感的作品呈现让学生耳目一新充满兴趣，通过运用多媒体技术对教学环境的营造，让学生感受古代作者对作品的情思，从而逐步完成对作品的审美过程，达到提升自身审美能力和文化素养的目的。

激发学生的学习兴趣。通过多媒体技术教学可以提高学生的学习兴趣。古代文学作品多态，多媒体技术借助生动活泼的动画和鲜艳明亮的色彩等多种表现形式让文字表达更具立体性，化抽象为具体，通过视觉听觉相互结合，让记忆更加准确，使原本枯燥抽象的学习内容变得生动有趣，极大地提高了学习兴趣。兴趣是学习的基础，通过对兴趣的培养达到深入了解及研究的效果，极大地调动了学习的积极性，营造了充满生机的课堂教学氛围。

使抽象文学作品形象化。多媒体技术应用于教学中可使文学作品更加形象化，促进学生对文学作品形象的理解和剖析。古代文学作品因其特有的年代性，刻画的人物形象和环境背景都与现在存在极大差异，使学生很难将自己代入其中，理解起来也就相对困难。运用多媒体技术可将影视作品穿插在课堂之中。例

如，《红楼梦》中描写的精美服饰和恢宏的古代建筑都是日常看不到的，但是通过影视片段可以直观地让学生感受到历史文化的精髓，对提升学生的艺术审美能力有意想不到的效果。

有助于提高教师队伍综合素质。随着科技时代的到来，多媒体技术教学以其能有效提高教学效率和学生学习兴趣的优点，在教学中的应用越来越广泛。大部分院校也配备了多媒体教学设备用于日常教学，因此多媒体教学设备操作也成了任课教师的必备技能，对提高教师综合素质有推进作用。首先教师通过对多媒体教学设备的认知和理解，逐渐完成从传统应试教学模式到素质教学模式的改变，不仅能提高学生学习古代文学作品的兴趣，还能培养出适合当代社会发展的新型人才。其次随着多媒体教学的推动，学生在学习过程中思维更具发散性，课堂上提出的问题也更具想法和个性，这就要求教师在教学过程中不断充实自己，不仅要加强专业理论知识，还要提升计算机应用能力。

四、多媒体技术在古代文学作品教学中存在的问题及其对策

中小学课堂中多媒体技术的使用早已普遍，正如上文所说，多媒体在为课堂教学带来更大可能性的同时也带来了诸多问题。比如说，多媒体成了课堂的主导，与教学无关的内容过多分散了学生的注意力等。笔者对于中小学古代文学多媒体教学存在的问题进行了归纳，并提出了相应的解决策略。

问题之一：容易束缚教师和学生。教师在上课前一般会做好多媒体课件，课堂上按部就班地进行讲解。这样的课堂学生和老师都会懒于思考，更不会产生任何思想上的碰撞，更谈不上对文本的多元解读了。一些古代文学作品晦涩难懂，教师以多媒体为主线进行教学，学生来不及思考，就不会真切体验到自己到底哪些听懂了，哪些还没有理解，这样的课堂是毫无效率可言的。此外，运用多媒体在一定情况下会限制学生对古代文学作品中人物形象的创造性想象。

针对这种情况，教师对于多媒体的选用要格外注意，一些固定的知识点可以运用多媒体进行展现，对于没有固定答案的问题，教师应该多引导学生，巧妙设

问，让学生步步深入。同时鼓励学生对文本进行多元解读，勇于发表自己的看法及见解。运用影视资料辅助教学时教师要提醒学生，不要拘泥于影视作品中所呈现出的人物形象，要贴近文本进行自我创造性联想。比如，人教版节选的《林黛玉进贾府》片段，观看相关影视时，学生可能会发现林黛玉的形象与自己构思的不一样，这时教师就应该鼓励学生按照自己对文本的理解再造人物形象，不要因视频资料而否定自己。

问题之二：放弃板书，不方便学生课堂记忆。中小学古代文学课堂教学中，有太多的老师过度依赖多媒体，只是一味地播放课件，极少或者根本不在黑板上写字，黑板如同虚设。学生上课也是在尽力抄写课件上的知识点而不能进行拓展延伸。这种情况下，学生分不清重难点，对于课堂也没有一个清晰完整的逻辑框架。

基于这种情况，教师应该理清上课思路及框架，并在黑板上板书出来。学生可以对板书在黑板上的知识点进行长时间对比思考，反复记忆。此外，对于本节课所涉及的新的知识点、教学重点、教学难点，教师也应该进行相应的板书。比如，在讲解《烛之武退秦师》这节课时，大概要讲清楚三大知识点，分别是：烛之武为什么要退秦师，烛之武怎么退秦师，烛之武退秦师的结果如何。讲解这三个问题时，如果全用板书就显得捉襟见肘，如果全用多媒体就显得杂乱无章。所以教师可以将三大问题的主要思路板书在黑板上，将具体的操作过程用多媒体展现出来。板书与多媒体相结合，可以使课堂张弛有度，既有学生记录的时间，又可以引发学生讨论思考，同时也能取得良好的教学效果。

问题之三：过度依赖课件，口头讲解太少。一些教师上课依赖课件，很少或者不做口头讲解。主要表现有二：一是过度依赖视频、音频、动画，很少进行口头讲解。二是把全部讲授内容几乎一字不落地全部放在多媒体上，然后按顺序一字不落地读下来，直到课程结束。这种情况不但会造成学生理解困难，而且一旦把握不好还会造成信息量过大、重点不突出的情况。一节课下来，教师虽然尽心尽力，但是学生收效甚微。

这种情况下，教师在讲课中要特别注意重难知识点的口头讲解。比如，在讲解《诗经》《左传》等一些古代文学作品时,其书写语言与今天的通用语言差别过大,加上其古奥难懂的语言,如果不进行详尽的口头讲解,就很难被学生接受理解。

多元文化背景下以视听为主的多媒体教学引入课堂已成必然,多媒体技术作为课堂教学的辅助手段,扩大了信息容量,转变了教学模式,为增加教学手段提供了更多的可能性。但是,任何技术的发展都有利弊,多媒体运用到课堂中也引发了很多问题:教学信息容量过大学生难以接受,教师依赖媒体懒于板书,媒体成为课堂主导,填鸭式教学再现课堂等。本节对于这些问题提出了相应的见解及策略,以期改善多媒体课堂教学,增强多媒体与古代文学作品课堂教学的融合,促进古代文学作品课堂教学的发展,同时希望对后续相关研究起到借鉴作用。

五、多媒体技术在古代文学作品教学中应用的注意事项

将多媒体教学与传统教学相结合。传统的授课模式是众多教育工作者通过长期实践和研究得出的成果,是经得起时代推敲的,但是多媒体技术的融入容易造成反客为主的现象,过分依赖多媒体设备而忽略了传统教学模式。多媒体技术只是帮助学生更好地理解和分析古代文学作品,起到的是辅助作用。若是教育过程中一味地追求课件的精美,添加一些不必要的图片和音乐,势必会分散学生的注意力,大大降低对教学内容的理解,将多媒体形声化的优点变成缺点,一节课下来难以掌握重点,教师费心讲解却发现收效甚微。这就要求教师不仅能熟练操作现代化教学设备,还要从学生学习的实际需要出发,将传统教学模式与多媒体技术相结合,一方面准备板书加强知识点的重点记忆,另一方面制作课件对非重点问题大略讲解。多媒体技术与板书相结合可以使教学课堂变得张弛有度,既能让学生清晰准确地记录知识点,方便日后理解消化,又能创造思考讨论的空间,培养学生的自主学习和创新探索能力。

注意师生之间的有效沟通。教学过程是教师传道授业解惑的过程,也是一个信息传输的过程。多媒体辅助教学以其容量大、速度快、操纵简单等优点受到学生和教师的青睐,但若运用不好,使其无限制地向学生传递教学信息就与原有的

教育理念背道而驰。教师在教学过程中起主导作用，若完全放弃了传统板书而采用课件讲解的模式，势必会因为画面切换过快、重要知识示注不明确而影响学生对知识的理解。填鸭式的信息填充更是忽略了以往教学的互动，学生大部分时间都是在被动地接受知识，教师失去了引导作用，使学习要点当堂难以消化，加重了放学后的课业负担，久而久之会磨灭学生的学习兴趣，教学效果适得其反。因此要准确掌握学生的可接受程度，适当运用多媒体教学进行课堂演示，避免变换频繁，知识冗长烦琐的现象。将重点知识进行口头讲解，加大学生的理解程度，非重点知识可以通过课件一带而过，注意适度性，这样不仅能提高学习效率也能让学生更好地接受知识。

在运用多媒体资源的基础上加强教师引导。多媒体教学对教学环境、器材设施要求较高，教学过程中受外界因素影响大，网络连接、教室采光问题，甚至教师操作技术的熟练与否都会影响教学进程和质量。这就失去了以往教学方式的灵活性，同时增大了教学的经济投入，使其难以全面快速地推广到基层教育系统。此时教师的引导就显得极其重要，学生作为学习的主体不能一味地依靠多媒体资源进行学习，也需要适当地沟通讨论，一味地自己钻研可能会出现理解偏出现象，久而久之难以改正。若通过教师引导学生参与教学过程中的各个环节，学生自主学习的同时将其中产生的问题反馈给教师，教师通过产生的相应问题来调整教学进程和教学重点帮助学生解除疑惑，这是一个互相交流不断调控的过程，双方都在这一过程中得到了学习和成长。由此可见教师引导的重要性，如果过分依赖多媒体软件将达不到预期的教育效果。

注重培养学生个性化学习方式。现代教学模式总体是以教师为主导、学生为主体的，但学生也因兴趣爱好、成长环境的不同而个性千差万别，这就使教师在古代文学作品教学中要做到因人而异因材施教。多媒体技术的应用可以提升学生学习古代文学作品的兴趣，通过因材施教的教学方法让学生找到自己喜爱的文学作品，在此基础上引导学生深入了解更多同类型作品，逐步深层次了解从而全面地掌握各个知识点。古代文学作品因其特有的艺术魅力，越发钻研兴趣越浓，学生在运用多媒体技术学习的过程中逐渐感受到古代文学作品的魅力，因此教师在教学过程中注重因材施教十分必要。

　　古代文学作品的教育现状使其必然需要改革创新，多媒体技术与传统教育模式相结合的教育方式是顺应时代变化和科技发展的新型产物，多媒体技术的应用不仅能拓宽学生视野，增加学习乐趣，也能减轻教师备课负担，增加多种教学手段，营造轻松自主的课堂氛围，激发学生兴趣和学习力。但是多媒体技术在应用中存在的弊端也显而易见，过分依赖多媒体设备可能导致教师惰性增加，疏于备课，过快的课件展示导致一节课讲述内容过多，填鸭式教学使学生难以消化理解，以及其对教室环境、设备性能的超高要求等需要注意的事项也都显而易见。本节对这些问题进行了相关探讨并提出了见解及意见，希望能提高古代文学作品教学与多媒体技术的深入融合，促进古代文学作品课堂教学的发展。

第五节　师生互动模式在古代文学教学中的应用

　　师生互动行为的具体实施必须考虑到相应学科的目的与性质。中国古代文学课程具有一定的独特性，其师生互动应当以原典为核心。围绕文学作品的阅读，发现问题，并通过教师课堂问答、学生课堂展示、课程作业等具体形式形成师生互动的氛围，有利于解决当前古代文学教学中存在的诸多问题。

　　在教学过程中，师生之间的关系直接影响着授课效果，良好的互动能够对学生的学习起到促进作用，从而成为教学过程中备受关注的环节。分析师生互动的价值、基本形态和具体应用时，也需注意，不同的科目具有不同的课程性质和教学目的，故师生互动的设置与运用也会因具体学科（课程）而异。在高等院校汉语言文学专业的众多课程中，中国古代文学具有一定的独特性。该门课程同时担负着文学史知识传授和文学作品解读两重教学内容，除了传授文学史知识，还承担着提升学生写作能力、阅读能力、文学鉴赏能力，以至于传承中国古代优秀传统文化的重要任务。当前的古代文学教学面临着不少问题，有限的课时难以容纳如此长时段的教学内容；文学史讲授和文学作品解读之间的平衡不好把握；课堂容易变成教师的单方向灌输，学生对文学史的了解过于概念化、片面化等。将授课重心从文学史转向原典是改进当前教学方法的必由之路。在此前提下，如何结合当前古代文学的课程性质、教学中的种种问题，通过安排师生互动这一教学行为，来提升上课的效率与效果，是不得不考虑的重要问题。对此，本节将依据以往的教学经验，探讨古代文学教学中师生互动的几种模式及其具体实现路径。

一、以教师为主导的问题式互动

在传统的教学模式中，教师处于绝对核心的地位。所有学生围绕着教师的指挥棒转，填鸭式的授课也就不可避免地形成。由于古代文学时段极长，作品极为丰富，学生很难在短时间内进行整体把握和全面认知，所以教师的主导作用至关重要，以教师为核心也是理所当然。对此，尽量避免单方面的填鸭式灌输，而合理地运用师生互动可在一定程度上解决这一问题。"问答"被认为是最常见的互动方式，但偶化的、没有延展性的问答并不能构成真正的互动。诸如"《诗经》有多少篇""三曹是哪三位"这样简单的问题或许会引发学生异口同声的回答，造成师生互动的表象，但它本身并未推动学生的思考与探究。只有"当问与答的过程与经验、知识、探究、理解融为一体时，'问答'才是互动"。对于古代文学课程，以问答为基础的互动可以从以下路径展开：

1. 设置引导式问题，引发学生思考。互动的效果主要取决于问题的设置是否成功，教师设置问题的形式一般有两种：一是课堂上随问随答；二是下课前提出问题，供学生课后思考，并作为下节课内容的引子。不论何种形式，问题都应当具有一定的引导性和延展性，因而教师必须精心安排。比如，在讲到司马迁《史记》"本纪"的特点时，可以问学生两个问题：第一个问题是，"本纪写的什么内容？"一般学生会回答"天子（或帝王）的传记"。那第二个问题随之而来："如果让你来写本纪，你要写哪些人物？"待学生讨论回答之后，列出《史记》"本纪"的目录，让学生自己找不同之处并说明原因。这样，学生对司马迁的历史观、《史记》创作中的精心安排都会有直观的理解。通过问题，先设想，再印证，是设置引导式问题的典型方式，问题设置得好，完全可以吸引学生的注意力，推动学生对授课内容的不断思考，达到师生互动的效果。

2. 通过启发式言论，引导学生自己发现问题。由上述可以看出，问题的设置要能引起学生探寻答案的兴趣，否则学生只是为了完成课堂任务而刻意去搜索答案，如此，问答也就形同虚设，起不到应有的作用。换言之，通过课程讲授或启发式言论，引导学生自己发现问题，并以此为线索，激发学生不断思考，并解决问题，这也是达成师生有效互动的一种方式。比如讲授屈原生平，先带领学生阅读《屈原列传》，然后让他们从中找出《离骚》创作年代的文字依据。这样学生就很容易发现《屈原列传》中相互矛盾的地方，甚至察觉到《屈原列传》称谓混乱等其他问题。接下来的授课就可以围绕这些问题逐步展开。只要学生自主发现并意识到了这个问题，就会跟着老师的思路，全身心投入课程的分析和讨论中来，即便没有与老师发生言语上的交流，但互动的教学行为是实实在在地贯彻到位了的。

3. 收集学生的问题，带领学生讨论。以教师为主导的课堂容易带来一个弊端，即教师不考虑学生内心的疑问而自说自话。师生问答的理想效果就是要将学生内心的疑问和求知欲激发出来。以上两点在一定程度上都能做到这一步。此外，收集并听取学生的问题，并以此为核心带领学生讨论，也是可行的办法。此法有先例可循，如吕思勉先生在无锡国专讲授史学讲座课，就要求学生在每节课后准备几个问题，上课时把问题转达给他，他再择要进行答问式的讲授。该举措完全可以借鉴，这既能考查学生的课后准备、对相关问题的思考，又能拉近师生之间的距离，促成课堂上的良好互动。

二、以学生为主体的展示式互动

由于教师处于课堂的主导地位，师生问答如果处理不好，很容易造成单方面的压制和灌输，从而失去互动应有的效果。师生问答往往还会造成一个弊端，即水平较高的、表现主动的学生时常与教师产生互动、交流，同时也存在相当一部分学生课上一言不发，即便叫他回答问题，也都是勉强应付。因而，需要转变以教师为核心的授课方式，在合理的时间安排下将讲台让给学生，充分发挥他们的自主能动性。学生展示一方面能够改变教师满堂灌的情况，给课堂教学带来灵活的氛围；另一方面能够充分凸显学生的关注点、问题点，有利于教师把握其学习动向。此外，还带来教师与学生、学生与学生之间的多维互动，增加课堂活跃度。但需注意并不是任何展示都可达到上述理想的效果，如果展示仅仅是学生为完成任务而走走过场，不但无益于课堂教学，还会浪费有限的教学时间。所以在学生展示这一互动模式下，需要探索的是如何通过展示内容和具体环节的设置，使其具有应有的效果。

对于古代文学教学，教师时常会处理文学史讲授和文学作品解读之间的关系问题。有限的课堂时间内如何安排二者的比例，不同的教师有不同的设计。但无论如何，脱离了作品的文学史终究是僵化的知识点和框架，印在学生头脑中的，也是概念化的甚至片面的文学史结论。因此，重视文学作品、回归原典是古代文学教学的必然选择。这也为学生的课堂展示指示了一条路径。整体而言，学生的课堂展示内容可以分为两类，即文学史梳理和文学作品解读。文学史建立于大量文学作品基础之上，只有在深入阅读大量文学作品的前提下，才会对文学史知识有深刻体会，头脑中的古代文学世界才会是有血有肉的。然而，大部分学生在古代文学原典阅读方面没有太多的积累，对文学史的理解与梳理往往是从概念到概念，比较生硬。在教学实践中，如果安排学生展示文学史的内容，就会发现他们所讲述的东西大都是从教材或别的研究论著中复制过来的，内容非常详细，甚至面面俱到。但由于没有在结合大量作品基础上进行深入理解，展示过程就成了照PPT或笔纪念。比如，学生讲解《楚辞》时，在20分钟内会将屈原生平、楚辞含义、思想内容、文学特色、后世意义等逐一讲解；讲解《汉书》时，甚至会提到"汉书学"这一他们根本没有接触过的内容。对此类展示，学生只是做了搬运的工作，其他人听之无味，展示者也觉得难熬。

之所以会出现上述情况，就是因为没有处理好文学史与文学作品之间的关系。在课程设计中，文学史的讲授需要调动丰富的学识，引用大量文学作品做支撑，所以必须由教师来把握。对于文学作品，则可充分发挥学生的理解力与想象力，把他们最想说的话激发出来。因此，课堂展示应当以作品为中心，让学生展示作品，比展示文学史知识更容易达到教学效果。比如，在讲解《诗经》之前，指定学生（或学生自荐）课后阅读《诗经》原典，挑自己觉得有意思的作品准备课堂展示。这既能让学生接触作品选之外的大量原典，加深他们对文学史的理解，同时又激发了他们的独特见解。有的学生会在展示过程中，绘声绘色地讲解文学视教材、作品选都未提及的诗歌，让大家耳目一新。再如，学生在讲解《论语》时指出后人对孔子诸多表述存在误解；讲解《战国策》时，会说这本书是"策士脑洞大全"；讲解汉乐府时，认为《上邪》被放在《鼓吹曲辞》中，不应该被理解为男女之间的情歌。这些话题既引发了学生的兴趣，又带来了教师与学生之间的交流。当然，为了增强互动效果，可以安排特定的同学预先准备点评，促使学生之间围绕特定话题形成讨论的氛围，而教师则游走其中，着重引导。总之，学生展示式互动必须考虑到古代文学课程的性质，才能得到很好的效果。

三、以原典为核心的课程作业式互动

以教师为导向的问答式互动、以学生为主的展示式互动主要都是在课堂上进行。除此之外，依靠课程作业，师生之间一对一的互动可以得到有效的开展。当前古代文学教学普遍存在作业少的问题，一两次平时作业，一次期中作业，再加上期末小论文（以考试结课的则不需要此环节），并且对于大部分作业，教师一般都不会将评阅意见回馈给学生。由此，课程作业仅仅是教师考查学生学习状况的凭据，尚未成为学生反观自己学习疏漏的平台。实际上，课程作业完全能在教师与学生之间起到良好的沟通作用，其效果是双向，甚至是多向的。合理地安排课程作业，形成较好的反馈和互动机制，极为重要，因此，教师应当对课程作业的设置花一番心思。原典是教学的重心，课程作业的安排也必须围绕原典，主要包括以下两种形式：

一是小论文或读书笔记、读后感的形式。这是古代文学期中和期末考查中最为常见的形式，可反映学生在阅读、思考、表达等方面的能力。其问题也极为明显，很多学生选择的题目往往会过大，如"春秋战国时候的忠孝观念""古代文学中的悲秋情结"等，他们的知识积累远不足以支撑这样的题目，其结果只会是写一些常识性的内容，虚浮不实，教师也难以进行切实的反馈。所以平时作业不

宜写长篇论文，论文题目宜小不宜大，宜从原典阅读中发现具体而微的问题，而不宜在文学史教材中寻找大而无当的话题。比如，学生阅读了《诗经》之后，发现"鸟兽草木"在"风""雅""颂"各部分中的表现和内涵是有差异的，将此写成小论文，就显得切实有据。教师也便于围绕这一问题进行反馈、交流。再如，通过课程作业看到不同的学生对同一个问题有各自的见解，就可以让他们互相阅读对方的文章，形成有针对性的对话，加深对该问题的认识。读书笔记所起到的作用与小论文相似，但它更适合作为平时作业，可以直接反映学生课后阅读情况。教师可据此对授课内容进行弹性调整，师生之间也能围绕特定作品展开讨论。

二是古诗文创作。当前的古代文学教学不太注重文言写作的训练，导致"读"与"写"相分离，教学效果大打折扣。对学生而言，这降低了"学"与"用"之间的联系，使得他们对古代文学作品产生距离感。在课程作业中掺入古诗文写作训练，益处颇多，其互动效果也不亚于小论文或读书笔记。比如，安排学生创作文言自传、诗词，互相点评，最后交由老师批阅并反馈，优秀的作品可以当堂展示。通过这一形式，学生对古代文言传记的结构特点、表达方式，对格律诗的平仄要求等都有了切身体会，其写作能力与鉴赏能力均得到提升。在有条件的情况下，可采取无锡国专教师"下水"示范的方式，围绕诗文写作形成轻松活泼的交流氛围。当然，这对教师的写作水平与前期准备也提出了较高的要求。再如，选择一段白话文，让学生课后翻译成文言，互相评阅。通过这些方式拉近学生与古诗文之间的距离，其间所产生的不只是师生之间的互动，也有学生之间的互动，甚至在学生创作实践与阅读鉴赏之间也能产生良性的互动。

综上，古代文学课程中师生互动的具体形式可以多种多样，不论是师生问答、课堂展示，还是课程作业，互动的本质并不在于师生交流这个表象，而在于通过语言交流或作业交流，促进学生阅读原典，思考具体问题，由此带来对丰富的古代文学世界的深刻理解。最后还需注意，良好的互动必须建立在融洽和睦的师生关系基础上。"教师的淡漠与批评"会导致师生关系的疏远，对于古代文学的教师，不但要建立和睦的师生关系，还要通过自己的言传身教，让学生切实感受到古代文学以至于古代文学的现实魅力，如此，师生互动也就增加了一份人文色彩。

第六节 审美教育在"中国古代文学"教学中的应用

"中国古代文学"的课程特性决定了审美教育是不可或缺的、最重要的教学目标之一。本节从勤于诵读、积累知识、大胆创作三方面入手，探讨审美教育在该学科教学中的应用，引导学生正确地感知美、欣赏美、创造美，实现学科价值的当代化，具有典型的时代意义。

审美教育是通过社会生活和自然界中各种美的事物给人以潜在的审美影响，从而提高人的审美素养，陶冶性情，培养高尚情操，最终实现人性的全面和谐发展，达到人的解放。最早提出这一概念的德国哲学家席勒曾在《美育书简》中提到，在美的艺术中，感性和理性能在不知不觉中达到融洽，他把理性与感性的自由结合状态称为"美的心灵"。

"中国古代文学"是中国语言文学学科的核心课程，其课程特性决定了审美教育不仅是不可或缺的，还是最重要的教学目标之一。从学科性质看，属于文学艺术类的人文学科，人文学科关注的是人类社会发展的客观规律及人们的思想、情感，与审美教育有着必然的内在联系。从学科内容看，包括对文学作品、作家、文学观念及文学创作发展历史等的描述和阐释，不论是感性的文学作品本身，还是由文学作品延伸而来的理性的历史规律，都以凝聚审美因素、体现人类审美意识的"作品"为中心。从学科目的看，应当涉及以下四方面：①传授文学知识，了解古代文学发展状况；②培养专业技能，具备古代文学作品的阅读、鉴赏、分析、批评能力；③进行思想道德教育，弘扬民族文化，培养文化自信和爱国情操；④提高审美能力，了解文学作品的古典美学精神和艺术价值，树立正确的审美意识和标准，以促进人全面、和谐发展。除第 4 点明确提出培养审美能力以外，培养专业技能实质上包含审美鉴赏、审美创造等能力的培养，传授文学知识和进行思想道德教育则需要在审美教育过程中完成。

可见在高校古代文学教学中，审美教育有着举足轻重的地位。尤其在当下科学技术和工业文明迅速发展、人普遍被工具化的现代社会，如何发挥古代文学的审美教育功能，引导学生正确地欣赏美、感受美，提高审美趣味，进而创造美，实现席勒所说的"美的心灵"，同时实现古代文学学科价值的当代化，就具有典型的时代意义。

一、勤于诵读，强化审美感知力

在审美活动中，审美主体首先会依据自身的审美观念、审美经验，对审美对象的各项特征进行直观、感性的体会。中国古代的文学作品，不论是"关关雎鸠，在河之洲。窈窕淑女，君子好逑"的纯真"但使相思莫相负，牡丹亭上三生路"的执着，还是"安能摧眉折腰事权贵，使我不得开心颜"的桀骜、"纵一苇之所如，凌万顷之茫然"的飘逸，不论是汉赋唐诗宋词元曲还是诸子散文、明清小说，都充分体现出中国文字与文学音韵和谐、节奏铿锵、言简意丰之美感。但这种典型而丰富的艺术之美光用眼睛"看"，在心中默默地"念"是远远不能领会其全貌的。因此，古有曾国藩主张，"先之以高声朗诵，以昌其气;继之以密咏恬吟，以玩其味"（《谕纪泽》），今有南怀瑾提出"非诵之于口，得之于耳，不能传授于心也""什么叫读书？'读'书是用嘴巴念的"（《南怀瑾讲演录（2004—2006）》）。

在古代文学具体课程教学中，教师不妨结合实际作品特点带领学生在声情并茂、反反复复的诵读中，感知作品的音节韵律美，如《诗经·周南·关雎》中四字句式的整齐和谐，《道德经》中韵散结合语体的错落有致，楚辞中"兮"字句的悠扬婉转，唐诗声调的抑扬顿挫、节奏的简明有力。同时，还可通过诵读体会作品的情感内涵，如长篇诗歌《长恨歌》的课堂教学，如果教师用一般文本解读法介绍创作背景，解释疑难字句，最后分析作品的艺术特征和思想情感，不但费时费力，而且长时间进行知识讲授会令学生感到疲惫和厌倦，未必能取得较好的学习效果。因此，笔者曾尝试在这堂课中主要运用诵读法进行教学，选择名家朗诵《长恨歌》的视频，让学生从感受这首诗歌的声音变化（包括音高、节奏）入手，体会诗中李杨结合之初的美满、马嵬坡事件的矛盾和无奈、玄宗入蜀后的悲凉、玄宗回宫后的思念、道士寻访的执着、蓬莱遇太真的惊喜、临别寄词的恳切这一系列情感转变；但是光听并不够，学生还需要诵读，只有在张口发出声音的那一刻，才能真正领悟到每一个音节的抑扬交错、节奏的张弛起伏之美，才能进一步把握"春宵苦短日高起，从此君王不早朝"隐藏的危机、"遂令天下父母心，不重生男重生女"包含的讽意、"黄埃散漫风萧索，云栈萦纡登剑阁"中的乱世景象及末句"此恨绵绵无绝期"中对往事不可再来的无尽遗憾。

二、积累知识，提高审美鉴赏力

在古代文学教学中提高学生的审美鉴赏力，简单地说，就是让他们在正确审美观的指导下分辨文学作品的美丑，鉴别优劣，并欣赏领会其精妙之处。

与审美感知力相比，审美鉴赏力更积极主动，在思维过程中不仅停留在感知的层面，还深入审美对象意蕴之中，令审美主体产生精神上的愉悦，即审美享受。审美享受的产生，一方面取决于鉴赏对象具备的审美特征，另一方面会因不同审美主体的性格、爱好、文化艺术修养等方面的差异而导致区别。古代文学教学中同样需要注意到这一规律，我们现在读到的绝大多数古典文学作品都是历经时间考验、筛选后留存下来的精品，但不能忽略混杂其中的低级审美趣味及相对于当代社会更消极、落后的审美观念，像唐人元稹的《莺莺传》，作品虽然成功地塑造了崔莺莺这一经典形象，并为后世创作提供了素材，但作者为张生始乱终弃的薄幸行为进行辩护，甚至称赞他的变心是"善于补过"，既向读者传递了扭曲的婚恋观念，又造成了作品前后主题思想的矛盾，正如鲁迅先生在《中国小说史略》中所说："篇末文过饰非，遂堕恶趣。"此外，还有著名戏曲作品《西厢记》和《牡丹亭》中大段较为露骨的唱词、《诗经·鄘风·蟋蟀》中对追求自由恋爱的女子的讽刺、"三言"中部分纯为猎奇而作的篇章，等等。如果学生缺乏一定的审美鉴别能力，在欣赏作品时就很容易被其中不健康的"恶趣"（虽然不多）误导或产生疑惑。因此，教师在教学过程中进行有效的审美教育，培养学生的审美鉴赏能力是十分必要的。

就目前以"95后"为主的在校本科生而言，他们生活在经济、网络迅速发展的时期，物质欲望受到强烈刺激，爆炸式的信息和粗制滥造的快餐文化令他们眼花缭乱、美丑不分、是非难辨，从根本上解决这些问题，需要广泛、深入地接触、积累文化艺术知识，缺乏必要的艺术、文化知识的审美鉴赏必定是盲目的、低水平的，人的知识体系越完善越成熟，就越能准确、深刻地展开审美鉴赏。在教学中，笔者曾尝试从这方面入手引导学生学习备受争议的"明代四大奇书之一"——《金瓶梅词话》。在正式学习之前，学生纷纷表示虽没有读过原著，但听说过很多有关《金瓶梅词话》是"黄书""淫书"的结论。为此，笔者列出了张天杰的《明朝思想》（南京出版社）、赵伯陶的《市井文化与市民心态》（湖北教育出版社）、熊召政的《张居正》（长江文艺出版社）等书目让学生先行阅读，虽然课外阅读时间不长，但已经能够基本了解明代的个性解放思潮、官场文化、城市生活、晚明朝廷的内部斗争等知识，再加上对前期已经学过的《三国志通俗演义》《水浒传》等作品的回顾，一些学生在课堂发言中提出"西门庆家的妻妾争宠就像朝廷斗争""西门庆的发家之路暴露了官场的腐败和黑暗""潘金莲是一个可恨而又可怜之人""《三国演义》《水浒传》里的英雄形象高大而不够真实，《金》的描写琐碎而真实"等观点，对于其中的低俗片段，他们的认识是"可能是为了迎合小市民的趣味""个性解放得过了头"。可见，他们的理解在大致方向上没有偏差，文化知识的储备与人的审美鉴赏能力是成正比的。

三、大胆创作，培养审美创造力

创造性是审美能力的又一重要特征，事实上它一直贯穿主体的审美感知、审美鉴赏等一系列审美活动之中，只不过审美创造力更突出主体在审美活动中的选择、补充、阐释等创造性特征，在主体创造出超越物质的、自由的精神世界时，他的情感得以释放，生命体验得以延伸。与此同时，"创造着具有人的本质的全部丰富性的人，创造着具有深刻的感受力的丰富的、全面的人"。

中国古代文学作品本身包含优美的语言、旋律，优雅空灵的情思、意境，以及华夏民族独特、深刻的人生智慧，如何在感知、鉴赏中国古典文学之美的基础上引导、启发学生进一步思考与创造美的精神境界，正是古代文学课程中审美教育需要重点关注的问题。

在古代文学课程中，审美创造力可以体现在古诗文吟诵、古典诗词文创作、口头表达及书面写作中对古典文学语言或艺术样式的借鉴与运用等方面，因此，教师应给予学生更多参与创作实践的机会，可以根据学生在各阶段感受到的作品特征、艺术成就设计不同的课堂及课外创作活动，如学习《诗经》、楚辞时，可以开展吟诵活动；学习格律诗词时，可以开展古诗词创作、古诗词演唱等活动，像李清照的《一剪梅》(红藕香残)、李之仪的《卜算子》(我住长江头)、蒋捷的《一剪梅·舟过吴江》等作品都有今人配乐演唱的音乐作品，学生可模仿、借鉴和点评，这是提高其审美感知、鉴赏能力的途径之一；学习戏曲时，可以开展古典戏曲剧本改编、表演等活动，如笔者曾让学生将《窦娥冤》《救风尘》《西厢记》中的经典片段译成白话文后自导自演、自评互评，不但能让他们充分读懂作品，而且能在演出和点评中感受戏曲这一"场上文学"与诗文等"案头文学"的区别，领略优秀戏曲作品在冲突设计、人物塑造、语言艺术等方面的成就和魅力；学习小说时，可以开展小说改写、续写等活动，如《红楼梦》八十回之后故事的发展，可布置以"还原曹雪芹的《红楼梦》"为主题的作业，让学生边学习边创作，在创作实践中更加切实、深入地领略古典文学的艺术之美。当然，由于学生审美水平参差不齐，在自由创作过程中，教师需引导他们展示出有较高审美情趣的作品，避免低俗趣味，并有效开展点评活动，从而让学生在创作与再创作过程中不断提高审美能力。

参考文献

[1] 张子川.中国古代民族文论逻辑体系的建构：评《中国古代文学理论》[J].中国教育学刊，2021（3）：119.

[2] 黄志程.高校中国古代文学理论教学和实践教学深度融合研究[J].赤峰学院学报（汉文哲学社会科学版），2020，41（9）：100-104.

[3] 王青.《中国古代文学理论》的主要特点[J].河北师范大学学报（哲学社会科学版），2020，43（4）：86-88.

[4] 杨乃乔.从中国古代文学批评到中国古代文学理论：兼谈哲学是文学理论研究的功底[J].河北师范大学学报（哲学社会科学版），2020，43（4）：81-86.

[5] 潘端伟.基于本土话语的中国古代文学理论体系建构：祁志祥先生《中国古代文学理论》评析[J].古代文学理论研究，2020（1）：580-590.

[6] 王毅.缘情与尊体：中国古代词学理论的历史演变[J].河北学刊，2018，38（6）：106-111+125.

[7] 姚爱斌."文以意为主"：中国古代散文理论的历史演变[J].河北学刊，2018，38（6）：94-99+125.

[8] 乔东义."言志"与"缘情"：中国古代诗学理论的历史演变[J].河北学刊，2018，38（6）：99-105+125.

[9] 李桂奎.寻意觅趣：中国古代小说理论的历史演变[J].河北学刊，2018，38（6）：118-125.

[10] 唐芸芸，王秀芹.汉语言文学专业后置课程重复问题及对策研究[J].黑龙江工业学院学报（综合版），2018，18（7）：29-32.

[11] 李云涛.张文勋先生关于中国古代文学理论研究中几个热点问题的观点和阐述[J].思想战线，2016，42（4）：2+173.

[12] 付晓丽.中国古代文学理论范畴的当代价值[J].青年文学家,2015(30):54.

[13] 樊瑞娟.试析中国古代与现代文学理论的异同[J].延边党校学报,2015,31(1):106-108.

[14] 陈水云,柳倩月.返本 通变 重建:学术生态视野下的中国古代文学理论研究[J].哈尔滨工业大学学报(社会科学版),2012,14(4):61-65+133.

[15] 陈志刚.中国文学史叙事模式与中国古代文学理论的离与合[J].曲靖师范学院学报,2012,31(1):47-52.

[16] 殷锐,朱祖君,王文仙.试论中国古代文学理论的价值[J].剑南文学(经典教苑),2011(8):88.

[17] 李健.中国古代文学理论范畴的当代价值[J].南京社会科学,2011(4):133-139.

[18] 杨星映.中国古代思维方式与中国古代文学理论批评[J].南阳师范学院学报,2008(10):47-52.

[19] 张文勋.中国古代文学理论体系概述[J].楚雄师范学院学报,2004(2):1-9.

[20] 陈池瑜.中国古代文学理论研究的新思维:王先霈《国学举要·文卷》简评[J].湖北社会科学,2003(11):36-38.

[21] 李旦初.中国古代文学流派理论发展梗概[J].山西大学学报(哲学社会科学版),1988(4):1-11.

[22] 晏震亚.中国古代文学理论发展源流初探(上)[J].玉溪师专学报,1987(5):76-86.

[23] 原小平.中国现代文学图像论[M].新华出版社,2014:11,317.